suhrkamp taschenbuch 4590

Miia Pohjavirta musste ihren Polizeijob wegen ihrer Internetsucht an den Nagel hängen. Als Sonderpädagogin ist sie jetzt an ihre alte Schule zurückgekehrt. Es soll endlich Ruhe in ihr Leben einkehren. Aber am ersten Schultag nach den Ferien macht es schnell die Runde: Laura Anderson ist verschwunden. Ihre Eltern richten eine Facebook-Seite ein und lösen damit einen wahren Shitstorm aus. Von Satanskult, Drogen und Sadomaso-Spielen ist die Rede, jemand will Laura in Amsterdam gesichtet haben. Jeder hat seine eigene Theorie, wo Laura steckt, aber am meisten scheint Miias Bruder Niklas zu wissen, der als Psychologe an der Schule arbeitet. Schließlich wird Laura tot aufgefunden. Ein Unfall? Der Sommer, der für Miia so strahlend und hoffnungsvoll begann, wird zum düsteren Albtraum.

»Ein dunkler, psychologischer Thriller, ein fesselndes Beziehungsdrama in Zeiten des Internet.« *Uusimaa Newspaper*, Finnland

»Wie soll man jetzt die Zeit bis zum Erscheinen des zweiten Bandes überbrücken? Ein Thriller, den man verschlingt.«
Ilona Magazine, Finnland

J. K. Johansson – das ist eine Gruppe von Autoren und professionellen Drehbuchschreibern für Film und TV. *Lauras letzte Party* ist Teil eins der »Palokaski-Trilogie«. *Noras zweites Gesicht* (st 4613) erscheint im September 2015, *Venlas dunkles Geheimnis* (st 4614) im November 2015.

J. K. Johansson

Lauras letzte Party

Roman

Aus dem Finnischen von
Elina Kritzokat

Suhrkamp

Die finnische Originalausgabe erschien 2013 unter dem Titel
Laura
bei Tammi Publishers, Helsinki

Umschlagabbildung: Sandra Samuelsson / EyeEm / Getty Images

Der Verlag dankt FILI – Finnish Literature Exchange
für die Förderung der Übersetzung.

FILI
FINNISH LITERATURE EXCHANGE

Erste Auflage 2015
suhrkamp taschenbuch 4590

Original edition published by Tammi Publishers.
German edition published by agreement with J. K. Johansson
and Elina Ahlback Literary Agency, Helsinki, Finland.
Suhrkamp Taschenbuch Verlag

Umschlaggestaltung: Werbeagentur ZERO, München
Druck und Bindung: CPI – Ebner & Spiegel, Ulm
Printed in Germany
ISBN 978-3-518-46590-5

Lauras letzte Party

1

Die Schule in Palokaski wirkte noch immer unglaublich groß. Miia hatte gedacht, sie wäre geschrumpft, wie alles andere aus ihrer Kindheit auch. Der wilde Urwald neben dem Schulhof, in dem sie in den Achtzigerjahren gespielt hatten, war heute ein lachhaft kleiner Park – doch das Schulgebäude kam der 37-Jährigen noch genauso groß und einschüchternd vor wie damals. Na ja, der Schulhof war kleiner. Und die Müllcontainer. Hatten sie wirklich geglaubt, dahinter vor den Blicken der Lehrer sicher zu sein, mit ihren heimlichen Zigaretten und Zungenküssen?

Die Schultür fiel genauso laut ins Schloss wie früher. Miia musste an das Chaos denken, das sofort entstand, sobald sich hier mehrere Hundert Schüler lärmend in die Pause drängten. Jetzt hallte die Tür in den leeren Gängen wider, ansonsten war nichts zu hören. Doch, ganz leise: das Geräusch eines Hubschraubers in der Ferne. Es war der letzte Tag der Schulferien – morgen würde sich das Gebäude mit lustlosen Jugendlichen füllen.

Miia steuerte direkt aufs Lehrerzimmer zu. Jedenfalls dorthin, wo es sich vor zwanzig Jahren befunden hatte. Hieß es überhaupt noch *Lehrerzimmer*? Gemeinschaftskunde hieß ja inzwischen auch Politik und Werken Technik.

Die Flure sahen anders aus. An den Wänden standen

abschließbare Schränke mit Metalltüren, wie in amerikanischen Highschool-Serien. In Miias Jugend hatte man seine Bücher noch im Rucksack mitgeschleppt. Auch die Design-Deckenleuchten und die coolen Riesenkissen waren neu. Damals hockten sie sich einfach auf den kalten Boden oder auf die Holzbänke, die der Jahrgang über ihnen mit hässlichen Sitzkissen ausgestattet hatte.

Woher kam bloß das Geld für diese Anschaffungen? Angeblich konnten nicht mal Nachschlagewerke bezahlt werden, von neuen Lehrkräften ganz zu schweigen.

Miia war schon wieder durchgeschwitzt und verlangsamte ihren Schritt. Gleich zwei Mal hatte sie morgens geduscht, einmal nach dem Aufstehen und dann nochmal nach dem Kaffee. Der August war im ganzen Land elendig schwül. Die Schlagzeilen verkündeten den heißesten Sommer seit Jahrzehnten, dabei waren Miia auch die letzten Sommer schon außergewöhnlich warm vorgekommen. Bei diesen Temperaturen trug sie am liebsten eine kurze Jeans. Je knapper, desto besser. In diesem Punkt würden ihr die männlichen Jugendlichen der Palokaski-Schule garantiert zustimmen, denn ihre langen, schlanken Beine, für die sie sich kein einziges Mal im Fitnessstudio abgemüht hatte, erregten überall Aufsehen. Sogar bei Frauen. An diesem Morgen hatte Miia sich jedoch eingestehen müssen, dass eine knappe Hose zwar angenehm zu tragen war, aber auch ein ungünstiges Licht auf sie werfen konnte: Mal wieder so eine bemitleidenswerte Um-die-Vierzigjährige, deren einziges Vergnügen der wöchentliche Kneipenabend unter den anerkennenden Blicken männlicher Biertrinker war. Miia hatte statt der kurzen eine lange Jeans angezogen, dazu ein Top mit Blazer – auch auf die Gefahr hin, mittags von einem Hitzeschlag hingestreckt zu werden.

Das Lehrerzimmer befand sich noch am gleichen Ort wie früher. Sie wollte schon aus alter Gewohnheit anklopfen, als ihr wieder einfiel, dass sie nun selber Lehrerin war. Miia drückte die Klinke runter, und die Tür zu allen Geheimnissen öffnete sich. Sie lachte bei der Feststellung, dass sie noch immer davon ausging, hier auf abgründige Intrigen zu stoßen. Erst recht, als sie sah, dass das Zimmer leer war. Niemand erwartete sie. Wo steckten die Kollegen bloß? Hatte sie sich im Datum geirrt?

Vielleicht war es doch ein Fehler gewesen, sich für die Stelle an ihrer alten Schule zu bewerben. Miia lief der Schweiß den Rücken hinunter, sie sehnte sich nach einer dritten Dusche.

Die letzten Jahre hatte Miia als Coach bei der Polizei in Helsinki gearbeitet und dort die Einheit für Ermittlung in sozialen Netzwerken begründet. In dieser Funktion war sie so oft im Fernsehen gewesen, dass sie einen gewissen Bekanntheitsgrad erlangt hatte, im Guten wie im Schlechten. Als sogenannte Internet-Spionin der gesamten Nation hatte sie sich nicht nur beliebt gemacht, und so kamen auf zehn anerkennende Schulterklopfer mindestens zwei Beschimpfungen oder sogar Morddrohungen, und natürlich setzten sich gerade die in Miias Kopf fest. Es wurde immer schwieriger, ihr Privatleben vor der Arbeit zu schützen. Darüber hinaus vermisste sie den echten Kontakt zu Jugendlichen. Als sie hörte, dass an ihrer alten Schule die Stelle der Sonderpädagogin neu ausgeschrieben wurde, hatte sie sich sofort beworben. Sie rechnete sich gute Chancen aus, immerhin hatte sie gleich zwei passable Uni-Abschlüsse.

In der Luft hing der Duft von Kaffee. Auf dem Tisch lag eine riesige Bäckertüte mit frischen Hörnchen, die Miia daran erinnerte, dass sie noch nicht gefrühstückt hatte.

»Hallo?«, fragte sie zaghaft.

Niemand antwortete.

Miia wusste, dass hinter dem Lehrerzimmer noch das große Konferenzzimmer und das Büro der Direktorin lagen. Sie überlegte, ob sie zuerst nach ihren Kollegen schauen oder erst frühstücken sollte. Die zweite Option war verführerisch, allerdings wusste sie nicht, ob die Hörnchen vielleicht für später reserviert waren. Andererseits waren es so viele, dass es auf eins mehr oder weniger auch nicht ankam. Miia hatte sich gerade eins geangelt, als die Tür aufflog.

»Sieh an, du bist sogar vor mir hier! Schöne Grüße von Mama, sie hat irgendwas für dich an unsere Adresse geschickt, kannst du dir jederzeit abholen.«

Der Mann, der gerade atemlos seinen Fahrradhelm

absetzte, war ihr kleiner Bruder Nikke, der in Palokaski als Schulpsychologe arbeitete.

»Okay, danke. Aber sag mal, weißt du, wo die anderen stecken?«

»Wir sind garantiert nicht die Ersten, komm, wir schauen mal nach.«

Nikke marschierte Richtung Konferenzzimmer, Miia ging hinter ihm her. Sie hielt das Hörnchen in der Hand und kam sich ziemlich blöd vor.

Das Konferenzzimmer war voll. Miia spürte sofort, dass etwas nicht stimmte. Ihre Kollegen sahen erholt und gebräunt aus, doch das Stimmengewirr war gedämpft und drehte sich eindeutig nicht um Urlaubsanekdoten. Die Direktorin, eine gestandene Frau kurz vor der Pensionierung, sah mit gerunzelter Stirn aus dem Fenster.

»Waren eure Ferien so mies, oder was ist hier los?«, versuchte Nikke zu scherzen.

Einige Kollegen grüßten ihn freundlich, eine jüngere Frau fiel ihm sogar um den Hals. Miia wusste, dass ihr Bruder im Kollegium geschätzt wurde. Und dass seine Tür auch den Erwachsenen offenstand, auch wenn das ursprünglich nicht zur Stellenbeschreibung gehörte. Miia war stolz auf ihren beliebten Bruder.

»Ich habe meine Schwester mitgebracht. Sie war zu schüchtern, um gleich ins Konferenzzimmer zu platzen. Darf ich vorstellen – das ist Miia.«

»Hallo allerseits!« Miia versteckte das Hörnchen

hinter ihrem Rücken und versuchte zu lächeln. »Schön, hier gleich alle auf einmal zu sehen. Ein paar kenne ich ja sogar noch von früher.«

»Herzlich willkommen, liebe Miia!« Die Direktorin lächelte breit und umarmte sie fest.

»Nun sind wir also vollzählig«, fuhr sie fort und wies Miia einen freien Stuhl zu. »Miia Pohjavirta fängt bei uns in diesem Schuljahr als Sonderpädagogin an. Einigen aus unserer Runde dürfte sie noch von früher gut bekannt sein. Ein erfolgreicher Spross unserer Schule!«

Miia blickte in die Runde. Viele Gesichter waren ihr fremd. Mattila erkannte sie, außerdem eine Biolehrerin, den Russischlehrer, den Religionslehrer und die Handarbeitslehrerin. Was denen jetzt wohl durch den Kopf ging? Immerhin, alle nickten ihr freundlich zu. Ob sie, wie die Direktorin, stolz waren auf die einstige Schülerin? Oder lag in den gealterten Gesichtern auch eine Spur Verbitterung über den eigenen jahrzehntelangen Trott, an den Miias plötzliches Auftauchen sie jetzt erinnerte? Oder Herablassung, Zweifel daran, ob sie der neuen Aufgabe gewachsen war? Womöglich überlegten einige auch, wieso sie hierher zurückwollte.

Die Direktorin setzte sich an den Kopf des Tisches.

»Bei aller Freude darüber, Miia in unserem Kreis begrüßen zu dürfen, gibt es heute leider – wie einige schon wissen – auch traurige Nachrichten. Der Vater von Laura Anderson hat mich heute früh angerufen. Laura wird seit Samstagabend vermisst.«

Nikke, der links von Miia saß, sog geräuschvoll Luft ein. Miia kannte diesen Laut. So atmete ihr Bruder nur, wenn etwas Unangenehmes auf ihn zukam.

Die Direktorin fuhr fort: »Die Schüler waren am Samstag in einer großen Gruppe am Badestrand. Dort haben sie wie jedes Jahr die Sommerferien mit einer kleinen Party verabschiedet. Seitdem ist Laura nicht nach Hause gekommen. Dass sie allein schwimmen gehen wollte, ist nicht bekannt. Trotzdem wurde das Wasserareal rund um den Badestrand gründlich abgesucht.« Die Direktorin hielt inne, versuchte ihre Worte abzuschwächen. »Nur routinehalber, Hinweise hat man keine gefunden. Und natürlich glauben und hoffen wir, dass Laura schon bald gesund und munter wieder auftaucht. Vielleicht hat sie sich nur irgendwo auf einen Übernachtungsbesuch einquartiert.«

Miia verstand nun, wieso die Stimmung im Raum so verhalten war. Wahrscheinlich hatten die meisten bereits von der Sache gewusst – so was sprach sich in einer Kleinstadt schnell rum –, womöglich sogar bei der Suche nach dem Mädchen geholfen.

Das Hörnchen lag noch immer in Miias Hand. Sie hätte es gern irgendwo abgelegt.

2 Der offizielle Teil der Lehrerversammlung war vorbei, Miias Kollegen standen noch in kleinen Grüppchen beisammen. Einige stellten Vermutungen über Laura an, andere berichteten von ihren Urlaubsreisen. Miia verfolgte leicht irritiert, wie ihr Bruder jedem einzelnen Kollegen eine individuell zugeschnittene Version seiner Lappland-Tour servierte. Soweit sie wusste, war Nikke seit dem Tod ihres Vaters nicht mehr in Lappland gewesen, geschweige denn, dass er einen selbstgeangelten Fisch verspeist hätte. Für das Lehrerkollegium von Palokaski schienen seine allsommerlichen Angeltouren jedoch legendär zu sein. Nikke schaute ein paar Mal zu Miia, als wollte er sagen: Du hältst jetzt besser die Klappe. Doch es wäre ihr sowieso nicht in den Sinn gekommen, sich in Nikkes Geschichten einzumischen – immerhin lockerten sie die angespannte Stimmung ein wenig auf.

»Komm, Miia, ich zeige dir deine alte Schule und dein neues Zimmer«, sagte die Direktorin. Miia erhob sich hektisch von ihrem Stuhl.

»Immer mit der Ruhe, Schwesterherz. Du musst garantiert nicht nachsitzen, auch wenn du mal nicht gleich parierst.« Nikke grinste, stand aber ebenfalls auf. Einträchtig folgten sie der Direktorin auf den Flur. »Läuft doch«, sagte Nikke und kniff Miia in die Wange.

Die Direktorin führte sie zügig durch das Gebäude.

Da Miia die Räume noch von früher kannte, waren sie schnell damit fertig. Umso mehr Zeit blieb für das Gespräch über den Verhaltenskodex, der an dieser Schule das Miteinander regelte. Miia sah sich kurz zu ihrem Bruder um, der hinter ihnen herschlurfte. Er war seltsam stumm und hielt den Kopf gesenkt.

»Diese Werte also sind unsere Richtlinie, und jeder hier im Haus sollte sie so verinnerlichen, dass er oder sie entsprechend handeln kann – auch dann noch, wenn er mitten in der Nacht aus dem Schlaf gerissen wird.« Die Direktorin musterte Miia und Nikke wie eine Lehrerin, die genau wusste, dass ihre Schüler unaufmerksam waren, und deshalb bereits einen unangekündigten Test plante.

»So, und dies hier ist dein Zimmer, Miia.«

Sie standen vor einem sterilen Raum mit Glaswand. »Mach es dir ein bisschen gemütlicher. Dein Bruder hat sein Zimmer gleich nebenan in eine richtige Kuschelecke verwandelt«, fügte sie hinzu. »Hier sind deine Schlüssel. Der ist für die Außentür, das ist der Generalschlüssel, und der hier ist für dein Zimmer.«

Die Direktorin reichte Miia einen Schlüsselbund und kramte einen Zettel aus ihrer Tasche. »Quittierst du bitte kurz den Empfang? Danke.«

Miia kritzelte ihre Unterschrift auf das knittrige Papier.

»Jetzt muss ich zurück in mein Büro und die Stundenpläne überprüfen. Du kannst mich jederzeit ansprechen, und sicher auch deinen Bruder Niklas, wenn du Fragen hast. Von mir aus könnt ihr für heute Schluss machen und nach Hause gehen. Der Trubel geht früh genug wieder los ...«

Die Direktorin ließ ihr energisches Lächeln aufblitzen und eilte zurück Richtung Lehrerzimmer. Ihre Absätze knallten wie kleine Schüsse.

Nikke schloss die Tür zu seinem Zimmer auf. Neugierig spähte Miia hinein. Ihr Bruder hatte in der Tat Wert auf die Einrichtung gelegt: An den Fenstern hingen leuchtende Marimekko-Vorhänge mit grafischem Retromuster, auf dem Boden lag ein weicher Wollteppich, es gab keinen Schreibtisch, aber ein Sofa, auf dem etliche Papierstapel lagen. An der Wand gegenüber der Tür stand ein gut gefülltes Bücherregal, daneben hingen eine akustische Gitarre, eine E-Gitarre und eine Ukulele. In der Ecke wartete ein großer Gymnastikball, vor dem Sofa luden zwei Riesenkissen zum Lümmeln ein. Einziger Stilbruch waren die vertrockneten Blumen auf der Fensterbank. Neben der Tür hingen zwei grelle Kunstwerke, die zu genauerer Betrachtung aufforderten.

»Die sind von Schülern«, erklärte Nikke. Er schaltete einen Ventilator ein, und schon wurde Miia von kühler Luft umweht.

»Sieht ganz anders aus als bei euch zu Hause«, stellte sie fest und ließ sich auf ein Kissen plumpsen. Der Ventilator war eine Wohltat – am liebsten hätte sie sich auch gleich noch die Klamotten vom Leib gerissen. »Du hast dein kreatives Potential also lieber in deine Büro-Einrichtung gesteckt.«

»Na ja, rate mal, wieso.«

Miia kannte den Grund, hatte jedoch keine Lust, mit Nikke über Suski zu lästern.

»Tauschen wir die Zimmer? Ich geb dir fünf Euro«, scherzte sie.

»Für zehn bin ich dabei.«

»Geht klar.«

»Aber den Ventilator behalte ich.«

»Genau den will ich haben! Ohne den gibt's auch kein Geld.«

»Tja, dann wird wohl nichts aus unserem Tausch ...«

Nikke grinste.

Unwirsch stand Miia auf und ging zur Tür.

»So was hast du dir also auch besorgt.« Sie öffnete und schloss die Jalousie an der gläsernen Wand zum Flur.

»Würdest du etwa wollen, dass jeder mitkriegt, wenn du beim Psychologen sitzt?«

Wohl kaum, dachte Miia. Allerdings war sie noch nie bei einem gewesen – dabei hatte man ihr das durchaus angeraten. Nicht, weil sie ein Alkoholproblem oder eine depressive Veranlagung hätte, sondern aus einem anderen Grund.

Miia betrat ihr neues Reich und überlegte, wie sie es einrichten konnte. Ganz oben auf der Liste stand der Ventilator. Sie öffnete das Fenster, doch von draußen drang nur noch heißere Luft herein.

In Zimmer stand kein Computer. Miia überlegte, ob sie die Direktorin um einen Laptop bitten sollte. Als sie das letzte Mal an einer Schule gearbeitet hatte, als Schwangerschaftsvertretung für eine Klassenlehrerin, musste sie sich mit dem alten Computer im Lehrerzimmer zufriedengeben. Im Grunde wäre es besser, wenn es auch dieses Mal so liefe. Das Leben wurde leichter, wenn man nicht ständig dem Reiz der Versuchung ausgesetzt war. Irgendwann später würde sie sich natürlich wieder an die sozialen Netzwerke und ihre permanente Verfügbarkeit gewöhnen müssen.

Miia setzte sich auf den Bürostuhl und tastete nach dem Hebel unter der Sitzfläche; der Stuhl war viel zu niedrig eingestellt. Sie drückte und zerrte, doch nichts geschah. Genervt stand sie wieder auf und trat ans Fenster. Ihr bot sich ein perfekter Blick auf die Rückseite der Müllcontainer.

Da steckte Nikke den Kopf durch die Tür.

»Darf ich reinkommen?« Er hielt ihr eine seiner vertrockneten Blumen entgegen. »Herzlich willkommen im neuen Zuhause!«

»Deine vertrockneten Pflanzen kannst du gern behalten.«

»Aber das ist die perfekte Schulpflanze: Schläft in den Ferien und wacht mit einer anständigen Dusche sofort wieder auf. Ehrlich, mit ein bisschen Wasser erholt die sich über Nacht!«

Nikke stellte die Blume auf die Fensterbank und

machte sich an Miias Bürostuhl zu schaffen. Mit einem beherzten Ruck hatte er den Sitz höher gestellt.

»Wie hast du das denn hingekriegt?«

»Magic hands.«

»Soso. Sag mal, hast du das verschwundene Mädchen eigentlich gut gekannt?«

Nikke atmete wieder geräuschvoll ein, genau wie vorhin. Miia wurde hellhörig.

»Ich wusste es! Sie ist deine Patientin.«

»Klientin. Von Patienten redet man heute nicht mehr.«

»Egal. Jedenfalls liege ich mit meiner Vermutung richtig.«

»Laura ist nicht der Typ Mensch, der einfach so abhaut.«

»Dann glaubst du also, dass ihr etwas zugestoßen ist?«

Nikke schwieg einen Moment.

»Laura ist eine sehr gute Schülerin. Und eine talentierte Klavierspielerin. Eher still, man könnte sie sogar für schüchtern halten. Kommt aber mit allen gut aus.«

»Wieso ist sie dann in deine Sprechstunde gekommen?«

Nikke gab keine Antwort.

»Sag mir einfach, was du weißt. Ich bin jetzt nicht mehr nur deine Schwester, sondern deine direkte Kollegin, insofern gilt das mit der Schweigepflicht nicht mehr. Außerdem werden wir sicher noch öfter Fälle haben, die sich überschneiden. Klienten, meine ich.«

»Das mit der Schweigepflicht gilt sehr wohl, liebes Schwesterherz, auch innerhalb des Kollegiums. Aber weil du es bist, nur so viel: Auch wenn man es Laura auf den ersten Blick nicht ansieht, sie hat was ungeheuer Zielstrebiges. Sie weiß, was sie will. Jedenfalls hat sie sich nach außen so präsentiert. Manchmal kann sie wegen Kleinigkeiten ausrasten. Allerdings glaube ich nicht, dass sie mir immer die wahren Gründe dafür anvertraut hat.«

Nikke verstummte erneut. Miia starrte aus dem Fenster. Sie hörte ein Auto näher kommen und halten, kurz darauf eine Tür zuschlagen. Sehen konnte sie das Fahrzeug nicht.

»Im letzten Schuljahr hat Laura sich ziemlich verändert«, fuhr Nikke fort. »Alle anderen natürlich auch, aber bei Laura war es extremer ...«

Miia sah ihren Bruder fragend an.

»Die Pubertät eben«, antwortete er. »Komm, da kennst du dich doch aus. Ärger mit den Eltern, hormongesteuerte unsinnige Aktionen und so weiter.«

»Das klingt jetzt aber ziemlich vage.«

»Laura ist ein klassischer Fall. Hat sich von heute auf morgen die ellenlangen Zöpfe abgeschnitten und ihre Augen dick mit schwarzem Kajal umrandet. Angeblich haben ihre strengen Eltern sie in letzter Zeit ziemlich tyrannisiert. Vor allem der Vater. Aus Rache hat sie mit den Klavierstunden aufgehört und nicht mehr für die Schule gelernt.«

»Aber da würde es doch gut ins Bild passen, wenn sie die Schnauze voll hat und abhaut!«

»Theoretisch ja. Aber Laura hat das alles wie aus weiter Ferne betrachtet. Sie ist enorm reflektiert und weiß ganz genau, dass das alles nur eine Phase ist, die irgendwann vorübergeht. Dass das Leben schon bald wieder anders aussehen kann.«

Miia beobachtete ihren Bruder. Ganz langsam drehte er sich auf dem Bürostuhl im Kreis.

Dann klopfte es an der Tür, Miia öffnete.

Vor ihr stand ein Mann Anfang sechzig, unrasiert, zerstrubbelt, in einem alten Trenchcoat. Sein Blick war warm und sein Lächeln freundlich; er konnte ebenso als Penner durchgehen wie als Spitzenwissenschaftler.

»Korhonen!«, stieß Miia überrascht aus.

Kommissar Korhonen war ein alter Bekannter aus ihrer Zeit bei der Polizei. Er hatte mehrere Ermittlungen geleitet, zu denen Miia Informationen aus den sozialen Netzwerken beigesteuert hatte.

»Tag, Miia. Manchmal sieht man sich schneller wieder als gedacht.«

»Ja, traurig. Auch wenn ich mich freue, dich zu sehen – besser, es hätte den Grund dafür nicht gegeben.« Miia schüttelte ihm die Hand.

»Schöner hätte ich es nicht sagen können.«

Miia sah ihrem alten Kollegen in die wachen Augen und spürte, wie sehr sie ihn vermisst hatte. Korhonen zählte zu den wenigen Menschen, die ihr nie auf den

Geist gingen. Auch wenn er manchmal etwas sonderbar wirkte – als Polizist war er absolute A-Klasse, und als Freund sogar Triple AAA. Erst vor wenigen Monaten hatten sie in enger Zusammenarbeit einen online agierenden Pädophilenring hochgehen lassen.

»Ich fürchte, ich weiß, was hier alles auf dich zukommt. Bist du ganz allein gekommen?«

»Lehtola ist heute krank. Und erstmal stehen ja nur Routineverhöre an.«

»Alles klar. Das ist übrigens mein Bruder, Niklas Pohjavirta. Er arbeitet hier als Schulpsychologe.«

Nikke stand auf und reichte dem Kommissar die Hand.

»Sie habe ich gesucht.« Korhonen warf Miia einen entschuldigenden Blick zu. »Können wir uns irgendwohin zurückziehen? Wir sollten uns ein bisschen über Laura Anderson unterhalten.«

3

»Geht ihr von einem Verbrechen aus?«, fragte Miia. Korhonens Blick sagte ihr, dass sie das nichts mehr anging.

»Nein. Aber Laura Anderson wird schon zwei Tage lang vermisst, da müssen wir der Sache nachgehen«, erwiderte Korhonen.

»Eben. Können wir uns nicht auch noch kurz unterhalten? Ich hab mich schließlich schon ein bisschen wegen Laura umgehört.«

»Ach je, das hätte ich mir denken können. Sofort wieder mittendrin. Dabei hat man dich hier als Pädagogin eingestellt.«

»Aber wir können doch trotzdem unsere Informationen austauschen.«

»Hm. Du gehörst hier jetzt zu den Lehrern, und darauf solltest du dich konzentrieren. Und du weißt doch selbst: Statistisch gesehen gehen diese kleinen Teenagerausflüge fast immer gut aus. Nur ein paar Prozent enden unerfreulich.« Korhonen sah Miia nachdrücklich an.

»Aber wenn sich der Fall ungünstig entwickelt, hab ich hier eine optimale Position. Ich bin mittendrin im Schulgeschehen und kann den Freundeskreis von Laura unter die Lupe nehmen«, widersprach Miia.

Korhonens Blick wurde weich. »Du arbeitest nicht mehr für uns.«

Auch wenn dieser Hinweis keine Überraschung für Miia war, er gefiel ihr nicht.

»Ja ja, lieber Korhonen. Ich bin jetzt Lehrerin.«

Korhonen hob seine Hand wie zu einer tröstenden Geste, ließ sie aber wieder fallen. »Ich sag ja nicht, dass es von Nachteil ist, dich hier in der Schule zu haben.«

»Aha. Du weißt, dass ich gut darin bin, Augen und Ohren offen zu halten.«

»Daran habe ich nie zu zweifeln gewagt.« Korhonen lächelte und ging zur Tür. »Allerdings glaube ich, dass der Fall schnell erledigt sein wird und es eine einfache Erklärung für Lauras Verschwinden gibt. Wir hören bestimmt bald von ihr. Oder man findet sie irgendwo am Strand ... Na ja, hoffen wir mal, dass sie lebendig zurückkehrt.«

Miia blieb allein im Zimmer. Mit einem Schlag war die Hitze wieder da. Als hätte Korhonens Anwesenheit das Zimmer angenehm runtergekühlt. Er trug seinen Trenchcoat sogar jetzt im Hochsommer. Korhonen war eben cool, im wahrsten Sinne des Wortes. Miia war es nicht. Gleich morgen würde sie sich einen Ventilator besorgen. Irgendwie gelang es ihr, die Sitzfläche ihres Bürostuhls wieder runtersausen zu lassen. Sie stand auf, holte von der Damentoilette auf dem Flur etwas Wasser und begoss die Pflanze auf ihrer Fensterbank – vielleicht geschah ja doch ein Wunder, und die von Nikke angepriesene Wiederbelebungsmaßnahme funktionierte. Dann nahm sie ihre Tasche, machte das Licht aus und ging.

Im Lehrerzimmer war niemand mehr zu sehen. Das

Zimmer der Direktorin war leer. Auf dem Parkplatz stand mutterseelenallein Korhonens VW. Miia war oft genug mit ihrem ehemaligen Kollegen mitgefahren um zu wissen, dass es in seinem Auto aussah wie auf einer Müllkippe.

Auf dem Heimweg brannte die Sonne vom wolkenlosen Himmel, es gab kaum Schatteninseln. Miia krempelte sich die Jeans ein Stück hoch. Was gäbe sie um einen Tag am Strand. Und noch ein paar Tage Ferien. Morgen begann der Alltag, und sie fühlte sich alles andere als bereit dafür. Das gute Gefühl vom Morgen hatte sich komplett verflüchtigt. Ach, das ist nur Müdigkeit, sagte sie sich. Schließlich hatte sie wegen der Hitze schon mehrere Nächte schlecht geschlafen. Und der Tag heute war anstrengend gewesen; völlig anders, als sie erwartet hatte.

Am Morgen war sie zu sehr in Eile gewesen, um sich an den vertrauten Ecken ihrer Kindheit zu freuen. Auch jetzt konnte sie nicht gerade behaupten, von Nostalgie überwältigt zu werden, fand aber Palokaski trotzdem zu schön, um weiter deprimierenden Gedanken nachzuhängen. Endlich entspannte sie sich ein wenig. Als sie an einer Eisbude vorbeikam, gönnte sie sich zwei Kugeln Zitroneneis und setzte sich in den Schatten.

Palokaski war früher die Sommerfrische der Bürger Helsinkis gewesen. In den Sechzigerjahren verdrängten mehrstöckige Wohnhäuser und Einkaufszentren die

Kühe von den Wiesen. Auf den Meergrundstücken durften nur hübsche Einfamilienhäuser gebaut werden. In den Siebzigerjahren zogen etliche junge Familien nach Palokaski, die sich nach frischer Luft und ausreichend Platz sehnten; unter ihnen auch die Pohjavirtas, Miias Eltern. Zuerst trugen sie ihre Umzugskisten in eins der Mehrfamilienhäuser. Später, als Miias Vater die Karriereleiter raufkletterte und eine Führungsposition bekam, waren sie alle fünf in ein eigenes Haus am Meer gezogen. Das Grundstück lag zwar nicht direkt am Wasser, aber von einer Ecke im Garten konnte man doch ein paar Wellen sehen.

Miia hegte bis heute warme Kindheitserinnerungen. Palokaski hatte etwas von einem Paradies gehabt, immer war jemand zum Spielen da, und die Umgebung hatte sich stets ihren Vorstellungen gefügt, war mal Fischerdorf, mal Ronja-Räubertochter-Zauberwald, mal Seeräuberschiff. Es gab genug Platz für ihre Höhlen, Kaufmannsläden und Schneeburgen, und Verstecke in Gebüschen und Felsspalten gab es mehr, als sie je nutzen konnten. Überall in der Nachbarschaft war man willkommen, und einen Grund zum Angsthaben lieferte höchstens die eigene Phantasie.

Als Miia mit dem Eis fertig war, machte sie einen Abstecher Richtung Supermarkt. Früher hatte es hier für alles einen Extraladen gegeben; Spielzeug, Papierwaren, Glas und Porzellan, Angelzubehör, Brot, Süßigkeiten, Blumen. Während der Rezession in den Neunzigerjahren gingen die kleinen Läden allesamt wie über Nacht ein. An ihre Stelle traten Billigbier-Kneipen und leerstehende Mieträume. Heute gab es nur noch einen Supermarkt und ein Bürgeramt. Hier bewegten sich mittlerweile ausschließlich sozial schwächere Leute; die Reicheren fuhren mit ihren Jeeps anderswo einkaufen. Eine Filiale der staatlichen Alkoholkette Alko wäre hier sicher gut angekommen, doch der nächste Alko befand sich in einem riesigen Shoppingcenter nahe der Autobahn. Nur ein kleiner Kiosk war noch am Leben.

Miia ging spontan zum Kiosk hinüber, dabei wollte sie gar nichts kaufen. Immerhin hatte er eine gute Klimaanlage. Sie wanderte am Zeitungsregal entlang und entdeckte den Namen *Tiina Ojantaus* auf dem Cover der *Gloria*. Wer interessierte sich bloß für diese reiche Tusse? Dann sah sie, dass der Aufmacher der Zeitschrift ›Neue Strategien bei ungewollter Kinderlosigkeit‹ lautete. Nikke und Suski mühten sich schon jahrelang ohne Erfolg ab. Miia beschloss, die *Gloria* für Suski zu kaufen.

Miias neues Zuhause, eine Zweizimmerwohnung in einem Reihenhaus, lag in dem ›Grenzland‹ genannten schmalen Gürtel, der vorwiegend von Mittelklasse-Bürgern bewohnt wurde. Als nach der Rezession die Einkommensschere weiter auseinanderging, entstanden am Meer immer prunkvollere Villen samt Alarmanlagen und hohen Mauern, während die Mehrfamilienhäuser aus den Siebzigerjahren nach einer Renovierung lechzten. Inzwischen konnte Palokaski leider als Negativbeispiel für diese Entwicklung herhalten. Und die Unterschiede spitzten sich immer weiter zu, da die Regel ›gleich und gleich gesellt sich gern‹ in Palokaski keine Ausnahme machte. Es war, als gäbe es zwei Palokaskis, ein armes und ein reiches. Dazwischen der schmale Streifen, den eine Mittelschicht bewohnte, die wenig Einfluss hatte auf die unaufhaltsame Entwicklung.

Zu Hause angekommen, beglückwünschte Miia sich dazu, dass sie am Morgen die Fenster offen gelassen hatte – wenigstens Durchzug. Schnell zerrte sie sich die verschwitzten Klamotten vom Leib und tauschte sie gegen eine Shorts und ein ärmelloses Top. Die Wohnung sah aus, als würde sie schon länger darin leben. Der Umzug von Helsinki nach Palokaski war ihr leichtgefallen, sie besaß wenig Möbel. Für die neue Wohnung hatte sie sich noch ein paar Stücke von Ikea geholt und die schwedischen Zusammenschraubtests erfolgreich bestanden. Die Kleidersäcke und Umzugskisten mit Büchern hatte sie mit Suskis Hilfe an einem einzigen Abend ausgepackt. Ihre neue Bleibe war gemütlich.

Miia öffnete den Kühlschrank. Leer. Die Gitterstäbe der Einlegeböden schienen mit der Kühlung mitzusurren, das Licht um Entschuldigung zu bitten. Warum hatte sie statt einer Zeitschrift nicht etwas zu Essen gekauft? Miia suchte kurz nach ihrem Handy, ging die Pizzerias von Palokaski durch und bestellte zwei große Thunfischpizzas und zwei Cola light.

Dann legte sie die Beine hoch, nahm ihren Laptop auf den Schoß und klappte ihn bewusst ruhig und konzentriert auf. Einmal täglich durfte sie Facebook und die anderen sozialen Medien checken. So hatte sie es mit sich selbst vereinbart. Ein kompletter Verzicht wäre zu radikal gewesen, wahrscheinlich sogar unmöglich. Einmal am Tag, das musste sein. Ihre Abhängigkeit hatte sie sich inzwischen eingestanden.

Sie schaute kurz in ihr E-Mail-Postfach und loggte sich dann bei Facebook ein, überflog die Timeline und stellte fest, dass sich bei keinem ihrer Freunde Wichtiges getan hatte. Die Urlaubsfotos wirkten schon beinahe veraltet; Miia hatte keine Lust, sich durch die Fülle von Sonnenuntergängen und See-Ansichten zu klicken. Nein, hier verpasst sie nichts, und das fühlte sich gut an. Auch ohne ständig ihr Handy zu checken, war ihr nichts entgangen.

Die rote Figur links oben zeigte an, dass sechs neue Freundschaftsanfragen auf Miia warteten. Zwei kamen von Kollegen an der Schule, die restlichen vier von Schülern. Miia kannte niemanden, akzeptierte aber alle. Schon von Berufs wegen hatte sie mehrere Tausend ›Freunde‹, die sie nicht persönlich kannte. Sie hatte schon öfter überlegt, sich für die echten Freunde einen Account unter anderem Namen zuzulegen, dies aber noch nicht in die Tat umgesetzt.

Miia schrieb ein kurzes Status-Update: *Palokaski, mon amour! Zurück im Zentrum der Welt! Der erste*

Arbeitstag ist geschafft – aber ich bin nicht geschafft ;-)
Nach wenigen Sekunden hatte sie ein paar Likes. Wenn sie nachher den PC ausschaltete, stünde ihr das Schwerste bevor: erst morgen wieder nachzuschauen, ob sie weitere Likes oder Kommentare erhalten hatte.

Jetzt las Miia die Nachrichten; es waren ziemlich viele. Der Großteil stammte von Freunden und Bekannten, aber ein paar kamen auch von Wildfremden und bezogen sich auf ihre alte Arbeit. Solche Anfragen würden noch eine ganze Weile eintrudeln.

Miia las zerstreut, ihre Augenlider wurden schwer. Sie war müde und hungrig. Wo blieb der Pizzabote? Sie wollte gerade den Laptop runterfahren, als ihr eine neue Nachricht ins Auge stach. Absender: Johanna Malkamäki. Auch das ein unbekannter Name. Johanna schrieb, dass sie mit Miia über Laura Anderson sprechen wollte. Miia klickte sich auf Johannas Facebookseite. Johanna war Schülerin am Gymnasium Palokaski und hatte zuletzt am Samstag etwas Neues auf ihrer Seite geschrieben – an dem Tag, an dem Laura verschwunden war. Miia durchsuchte Johannas Freundesliste nach Laura, um sich auf deren Seite umzusehen, doch das ging nur, wenn man zu Lauras Freunden zählte.

Gerade als Miia eine Antwort an Johanna schreiben wollte, klingelte es. Der Lieferservice. Endlich was zu essen. Für die zwei Riesenpizzas würde sie nicht lange brauchen.

Als sie die Tür öffnete, hörte sie von irgendwoher ein

lautes Rattern und Dröhnen. Ein Hubschrauber mit dem orangefarbenen Streifen des Grenzschutzes flog dicht über die Tannen und kam auf ihr Reihenhaus zu. Miia spürte das Dröhnen tief in der Brust. Der Hubschrauber flog über sie hinweg und schwenkte Richtung Meer. Auch wenn der Lärm verebbte, blieb ein bedrückendes Gefühl zurück.

4

»Du isst mal wieder ziemlich laut.«

Nikke blickte erst zu Suski, die ihm gegenübersaß, dann auf sein Toastbrot.

»Sorry.«

Suski verdrehte genervt die Augen und wandte sich wieder den neuesten Nachrichten in der *Helsingin Sanomat* zu.

Nikke überlegte. Musste ein Fazer-Toastbrot in Eins-a-Qualität nicht ordentlich knuspern und krachen? Und durfte man bei einem fruchtigen Apfelsinensaft von Valio oder dem Kaffee von Paulig nicht auch mal schlürfen? Er hielt es dennoch für klüger, den Rest seines Toasts so leise wie möglich zu essen.

Dann stand er auf, wischte die Krümel vom Artek-Tisch auf den Teller aus Keramik und ging zur Geschirrspülmaschine.

»Schatz. Wir hatten doch abgemacht, dass wir jetzt nicht mehr im Schlafanzug frühstücken. Die Ferien sind vorbei, Schluss mit dem Gammellook.«

Nikke zupfte sein altes, eingelaufenes Band-T-Shirt über die Boxershorts.

»Ach Suski, es muss wirklich hart sein, deinen Mann so herumlaufen zu sehen.« Er schlich sich von hinten an sie heran und gab ihr einen Kuss in den Nacken. »Und was sollen erst die Nachbarn sagen – haa, die da drüben lassen sich gehen wie ein uraltes Ehepaar.«

»Du weißt schon, wie ich das meine.«

»Ja. Und wenn ich einen Frack besitzen würde, ich würde mich nur damit zu dir ins Bett legen. Ehrenwort.« Nikke sah seiner Frau mit gespieltem Ernst in die Augen. Endlich musste Suski lachen.

»Möchte die Dame an diesem göttlich schönen Morgen vielleicht noch etwas Tee?«

»Gerne, danke.«

»Voilà. Für dich nur das Beste.«

Nikke setzte sich wieder an den Tisch und sah seine Frau an. Suski war noch immer dieselbe wie damals, als er sie zum ersten Mal sah. Dasselbe Mädchen.

Er hatte gerade eine Woche Urlaub vom Wehrdienst und kam ins leere Haus zurück; Miia trieb sich sonst wo herum, ihre Mutter war bei der Arbeit. Er schlenderte durch die Räume, als wäre er zum ersten Mal hier, betrachtete die Möbel und atmete den Geruch ein, der ein anderer war, seit nur noch zwei Frauen hier wohnten. Zwei Frauen, mehrere leere Zimmer. Nikke selbst kam immerhin noch an den Wochenenden nach Hause, aber zwei Zimmer waren schon lange gänzlich unbewohnt: Papas Arbeitszimmer und das andere Zimmer. Dort hatte seit Jahren niemand etwas angerührt. Es wäre emotional zu belastend gewesen.

Als hungriger Soldat war Nikke schließlich in die Küche abgebogen und hatte acht Scheiben Toast mit Butter, Leberwurst und Gewürzgurke und einen halben Liter starken Kakao verdrückt. Er hatte sich im Stehen gestärkt, dabei anständig auf den Fußboden gekrümelt und auf dem Tisch ein gesprenkeltes Kakaopulverbild hinterlassen. Dann war er aus irgendeinem Grund ins Zimmer seiner Schwester getrottet, hatte sich auf ihrer verlockend flauschigen Tagesdecke ausgestreckt und war sofort eingeschlafen.

Als er mehrere Stunden später die Augen wieder aufmachte, stand vor ihm ein verdammt gut aussehendes, aber streng dreinblickendes Mädchen im Alter seiner Schwester. Das Mädchen musterte leicht verächtlich seine Armeeklamotten und die leicht bräunliche Spucke auf seiner Wange – das sei der Kakao gewesen, erklärte er ihr später. Er sprang auf und fuhr sich durch die armeebedingt kaum vorhandenen Haare.

»Äh ...«, stammelte er.

»Hallo. Ich bin Suski, Miias Freundin. Wir kommen grad vom Sport.«

Jetzt, gut zehn Jahre später, saß dieses Mädchen, inzwischen eine Frau, ihm beim Frühstück gegenüber, und ihr strenger Gesichtsausdruck war immer noch derselbe. Die schwarzen Haare standen als kräftiger Pferdeschwanz vom Hinterkopf ab wie damals, und auf den Wangen lag das gleiche Rot. Nur ein paar Falten waren hinzugekommen.

Suski stand auf und ließ Wasser über ihren Teller laufen, ehe sie ihn in den Geschirrspüler stellte. Sie nahm ein Einmal-Küchentuch aus dem Schrank, besprühte es mit Desinfektionsmittel und wischte den Tisch, die Arbeitsfläche und die ohnehin schon vor Sauberkeit glänzenden Küchenschränke samt Griffen gründlich ab.

»Ich habe gestern eine SMS von Miia gekriegt«, sagte Nikke. »Sie hat in einer Frauenzeitschrift was über neue Methoden gefunden und wollte mir den Artikel heute in die Schule mitbringen. Für dich.«

»Okay. Wann kommst du denn etwa nach Hause?«

»Kann ich jetzt am Anfang des neuen Schuljahrs noch nicht genau sagen. Theoretisch eher früh, aber jetzt ist halt noch die Sache mit Laura.«

»Aha?«

»Ja. Du weißt doch, die Schülerin, die verschwunden ist.«

Suski spülte den Lappen, drückte ihn aus, pfefferte ihn in den Restmüll und ging ans Fenster. Bald würden ihre Gartenpflanzen den Kampf gegen die Trockenheit aufgeben.

»Sie ist noch nicht wieder aufgetaucht?«

»Nein.«

»Ich kapier nicht, wieso alle so einen Riesenwirbel um die Geschichte machen.«

»So ein Riesenwirbel ist das doch gar nicht. Man muss der Sache nachgehen. Und weil sie zu meinen Klientinnen gehört hat, bin auch ich gefordert. Mehr nicht.«

Suski musterte ihre Dahlien. Vertrockneten da tatsächlich schon die ersten Blätter? Dahlien waren doch angeblich robust und blühten bis in den Herbst!

»Aber du unterliegst der Schweigepflicht. Da darfst

du doch von dieser Laura gar nichts erzählen.« Suski sah ihren Mann herausfordernd an.

»Vertrauliche Einzelheiten werde ich auch sicher nicht weitergeben. Doch ich weiß nun mal, wie Laura tickt, wer ihre Freunde sind und was die in ihrer Freizeit so treiben.« Nikke stand hektisch vom Tisch auf. »Außerdem kannst du ja wohl sicher nachvollziehen, dass Lauras Angehörige beunruhigt sind.«

Suski sah Nikke verärgert an. »Mach jetzt nicht einen auf sensibel. *Ich* war es, die hier den halben Sommer allein rumgehockt hat, während du dich mit dieser Laura befasst hast.«

Nikke schlang die Arme um seine Frau.

»Suski. Liebling. Du weißt, dass das zu meiner Arbeit gehört. Laura ist meine Klientin, da muss ich mich um sie kümmern. Und du weißt, dass ich Psychologe bin, nicht Lehrer. Als Psychologe habe ich nun mal nicht so lange Urlaub wie die anderen. Meine Klienten brauchen mich auch während der Schulferien.«

Suskis angespannter Körper wurde weicher, sie legte ihre Arme um Nikkes Hals.

»Entschuldige bitte. Du weißt doch, meine Stimmung schwankt momentan total.«

Nikke drückte Suski einen zarten Kuss auf die Lippen und rieb seine Nase an ihrer. »Ich weiß.«

Suski wich ein paar Zentimeter zurück und betrachtete ihren attraktiven, verlässlichen Mann mit ein wenig Abstand.

»Ich verstehe nur nicht ganz, wie ein einziger Teenager einen so in Beschlag nehmen kann.«

Nikke löste sich von seiner Frau, wuschelte ihr durch den Pferdeschwanz und murmelte leise in sich hinein: »Das ist auch ganz gut so.«

5

»Guten Morgen.« Ein Mann mit Dreitagebart grinste Miia munter an, kaute an einem Krapfen und schlürfte Kaffee. Miia konnte sich weder an seinen Namen noch seine Unterrichtsfächer erinnern.

»Guten Morgen«, grüßte sie zurück. Mathe und Physik vielleicht? Sie hatte keine Lust auf ein Gespräch, schnappte sich eine Apfeltasche, stopfte sich die Hälfte in den Mund und wandte sich zum Gehen.

An der Tür des Lehrerzimmers kam Nikke ihr entgegen und schnappte sich die zweite Hälfte ihrer Apfeltasche.

»Du solltest auf deine Linie achten, Schätzchen.«

Der Kollege, der möglicherweise Mathe und Physik unterrichtete, musterte Miias schlanke Figur und brach in wieherndes Gelächter aus. »Hahaha, der war nicht schlecht.«

Dann erschien die Direktorin und klatschte in die Hände.

»So, meine Lieben. Die Ferien sind endgültig um. Gleich ist es so weit, und wir treffen unsere Schülerinnen und Schüler, die, für die wir hier sind. Unsere Hoffnung.«

Sie gingen in den großen Saal. Miia saß mit den Lehrern vorne und lauschte den Worten ihrer neuen Chefin. Die zweihundertköpfige Schülerschar schien eher gelangweilt. In der Tat hatte die Direktorin leider wenig zu sagen, nichts was man so nicht schon oft gehört hätte.

»Neuer Anfang«, »Zukunft«, »um eurer selbst willen«. Lernte man bei der Vorbereitung aufs Direktorenamt etwa auch gleich alle Klischees für Standardreden?

Miia beobachtete die Schüler, ihre neue Herde. Neunzig Prozent waren nahezu identisch gekleidet, jedenfalls aus ihrer, Miias, Sicht. Die gleichen Logos an den Klamotten, die gleichen Schultaschen, manche vielleicht nur eine Kopie, aber dennoch. Die gleichen Frisuren. Nagellackfarben gab es ganze drei. Und immerhin hatten die Schüler nicht alle den gleichen Gesichtsausdruck.

Zehn Prozent dieser großen Gruppe schien besonders mainstream zu sein. Aber dann gab es noch die Freaks und Nerds. Brillenträger ohne Logos. Schüler mit einem unsexy Hobby – Orientierungslauf oder Briefschach. Das Leben dieser Sonderlinge war bestimmt nicht nur einfach, aber auf lange Sicht war ihr Ansatz vernünftiger, sie mussten nur die Schulzeit überstehen. Miia dachte an Laura, die schon viele Jahre lang Klavier spielte. Auch wenn sie mittendrin war im Mainstream – dieses intensiv betriebene Hobby machte sie doch auch zu etwas Besonderem. Miia wurde unsanft aus ihren Gedanken gerissen, als sie ihren eigenen Namen hörte.

»... Manche kennen unsere neue Kollegin vielleicht schon, womöglich sogar aus den Medien. Miia Pohjavirta ist unsere neue Sonderpädagogin und unterstützt die Schüler bei allen Fragen rund ums schulische Leben. Miia ist unserem Gymnasium auf vielfältige Weise verbunden: Zum einen ist sie die Schwester von Niklas Pohjavirta, wie man sich aufgrund des Nachnamens schon denken kann. Zum anderen ist sie selber hier zur Schule gegangen, kennt also alle Tricks. Ihr braucht gar nicht erst versuchen, sie aufs Glatteis zu führen, nicht wahr, Miia?« Die Direktorin sah sie mit einem auffordernden Lächeln an.

Miia erhob sich, zog ihre locker sitzende Jeans wieder hoch und ging zum Mikrophon. »Hallo allerseits, ich bin Miia. Mein Zimmer ist gleich neben dem von Niklas. Ihr könnt jederzeit einen Termin mit mir vereinbaren, genauso gut aber auch spontan vorbeikommen, wenn ihr was auf dem Herzen habt. Ich möchte im Laufe der nächsten Monate so viele wie möglich von euch kennenlernen – erschreckt also nicht, wenn ihr irgendwann eine offizielle Einladung zum Gespräch bekommt. Ihr könnt mir natürlich gerne auch eine E-Mail schreiben, aber lieber würde ich euch persönlich sehen. Ihr dürft mich wirklich jederzeit ansprechen.«

Die Schüler schwiegen und starrten sie an. Miia war gewohnt, vor vielen Leuten zu reden. Sie war ebenfalls gewohnt, dass viele sie aus dem Internet kannten und ein Bild von ihr hatten, wohingegen sie ihr Gegenüber noch gar nicht kannte. Aber das hier, das war sie nicht gewohnt. Genauso gut hätte sie ohne Jeans und mit durchsichtiger Bluse auf der Bühne stehen können. Miia räusperte sich und bemühte sich um einen lockeren, warmen Ton.

»Ich freu mich schon sehr darauf, euch kennenzulernen. Habt ihr noch irgendwelche Fragen an mich?« Miia hielt sich an den Klassiker – niemand würde sich melden, und sie könnte endlich von der Bühne verschwinden.

»Hast du dich hier einschleusen lassen?«, fragte von irgendwoher ein Junge mit klarer Stimme. Miia versuchte vergeblich, sein Gesicht in der Masse zu entdecken.

»Einschleusen?«

»Ja. Wegen Laura.«

Verdammt. Das fing ja gut an.

Miia saß mit einer schmalen Mappe an ihrem Tisch. *Lauri Ojantaus.* Ihr erster Besucher. In der Mappe befanden sich eher unzusammenhängende Informationen: Lernschwierigkeiten, Schwänzen, unangemessene Kommentare im Unterricht, unfähig zur Gruppenarbeit, einzelgängerisch. Miia las sich alles durch und sah auf die Uhr. Noch eine Viertelstunde. Da könnte sie locker noch auf Lauri Ojantaus' Facebook-Seite gehen. Allerdings wäre er wohl nur unter einem Spitznamen zu finden. Doch wenn man gründlich suchte und die Seiten anderer Schüler durchkämmte, würde man ihn sicher irgendwann finden. In Wirklichkeit jedoch wollte Miia sehen, ob sie neue Likes oder Kommentare auf ihr letztes Status-update bekommen hatte. Warum kapierte sie nicht endlich, dass das vollkommen unerheblich war?

Miia war gerade dabei, ihren Laptop aus der Tasche zu holen, als es an der Tür klopfte. Sie schluckte kurz, setzte sich aufrecht hin und sagte »Herein«.

In ihr Büro schlurfte ein schmächtiger, schüchtern wirkender Junge, dem sie am liebsten einen Becher Kakao gereicht und einen Schlafplatz auf ihrem Bürosofa angeboten hätte. Allerdings verriet Lauris Gesicht, dass er hier ungern länger bleiben wollte als nötig. Er war blass und hatte dunkle Augenringe; wahrscheinlich war die einzige Gesellschaft, in der er sich wohl fühlte, die seines Computers.

»Schön, dass du da bist! Du bist mein allererster Besuch. Komm, setz dich.« Miia versuchte, munter und energiegeladen zu klingen. Vielleicht würde das ein wenig Leben in den Jungen bringen.

»Hi.«

»Hallo. Also. Da das hier unser erstes Treffen ist, sollten wir uns einfach ein bisschen unterhalten und auch über die Dinge reden, über die du in diesem Raum schon früher gesprochen hast. Ich will dich ein bisschen kennenlernen, wenn du nichts dagegen hast.«

»Okay.«

»Aber Moment mal ... ich hatte mir notiert, dass deine Mutter bei unserem Treffen dabei sein wollte.«

»Tja. Die verspätet sich halt. Wie immer.« Lauri blickte auf seine Hände. Seine Augen konnte Miia nicht sehen; sie wurden von wuscheligen, fettigen Haaren verdeckt. Auf seinem T-Shirt war irgendein leicht pixeliger

Print zu sehen, Lauri saß zu krumm, als dass Miia das Motiv hätte erkennen können.

»Die Wege in Palokaski sind ja nicht die allerkürzesten«, sagte Miia versöhnlich, »und im Büro hält einen vielleicht noch ein Kollege oder die Chefin auf.«

Lauri grinste matt. »Meine Mutter arbeitet freiberuflich. Von zu Hause aus.«

Eins zu null für Lauri.

»Aha. Gut, na ja, wir warten einfach noch einen Moment. Wie waren deine Ferien? Bist du verreist?«

»Ja.«

Stille.

»Wohin denn?« Miia hob die Augenbrauen. Lauri musste man wirklich jedes Wort aus der Nase ziehen.

»Cannes.«

»Toll. Ich versteh übrigens auch ganze Sätze.«

»Ja, ich war verreist. Wir waren in Cannes. Da war es okay.« Lauri sah aus, als hätte er diese Art von Gespräch ordentlich satt.

Miia warf einen schnellen Blick auf die Uhr an der Wand. Mist, sie hatte erst drei Minuten rumgekriegt. Wenn Lauris Mutter tatsächlich immer zu spät kam, konnte das ja noch eine Weile dauern.

Sie hatte gewusst, dass sie mit ihrem neuen Job eine völlig neue Richtung einschlug. Was sie nicht gewusst hatte: wie viel einfacher alles im Internet war. Dort gab es keine Mimik und keinen Tonfall, keine Seufzer und keine Körpersprache, es gab nur Worte. Und Smileys.

Sie hatte ewig mit Jugendlichen gechattet, aber jetzt, face to face, machte schon ein einziger Teenager sie nervös. Wenn sie im Internet war, konnte sie in ihrer löchrigen Jogginghose auf dem Sofa liegen und gleichzeitig Musik hören. Jetzt, im direkten Kontakt, musste sie erwachsen sein und ihre Autorität unter Beweis stellen.

Und auf diesen Job hatte sie sich freiwillig beworben!

Bravo, Miia.

Die Tür flog ohne ein Klopfen auf und knallte an die Wand. Miia zuckte vor Schreck zusammen, Lauri reagierte in keiner Weise.

»Aha. Hier wurde also schon ohne mich angefangen.«

Miia sah Tiina Ojantaus irritiert an. Lauris Mutter hatte sich dem Wetter, nicht dem Anlass gemäß gekleidet: Sie trug hochhackige silberne Sandalen, einen schmalen knielangen Jeansrock und ein enges Top. Zahlreiche Silberketten baumelten in ihrem offenherzigen Dekolleté. Ihre weißblond gefärbten kurzen Haare waren zu einer expressionistischen Skulptur geföhnt. Tiina Ojantaus schien viel Geld für ihr Äußeres aufzuwenden, allerdings ohne dabei Geschmack zu beweisen. Miia stand auf und reichte ihr lächelnd die Hand.

»Hallo, ich bin Miia Pohjavirta. Schön, dass wir uns nach so langer Zeit mal wiedersehen.«

Widerwillig schüttelte Tiina Ojantaus ihr die Hand – sie schien sich nicht zu erinnern, dass sie früher zusammen in die Schule gegangen waren.

»Ich glaube, ich habe deutlich gemacht, dass ich bei diesen Gesprächen von Anfang an dabei sein will. Ich möchte wissen, was hier mit meinem Sohn angestellt wird.«

Tiina Ojantaus schien darauf zu warten, dass Miia ihr einen Stuhl holte. Schließlich zerrte sie einen der Hocker an den Tisch und setzte sich.

»Aber wir wollen doch alle dasselbe, oder? Dass es den Schülern hier gutgeht.« Miia lächelte verbindlich.

Lauris Mutter lächelte überraschend breit zurück. »Ja, Sie wollen den Jugendlichen helfen. Und wenn das wirklich gelingen würde, würde ich meine Steuern deutlich lieber zahlen, meinetwegen sogar noch mehr als bisher. Tja, auf meine Weise versuche auch ich, den Leuten zu helfen. Erwachsenen allerdings. Ich kümmere mich darum, dass sie sich wohl fühlen.«

Miia holte tief Luft und bemühte sich, das Gespräch in professionelle Bahnen zu lenken.

Als Mutter und Sohn wieder aufstanden, erkannte Miia, was auf Lauris T-Shirt abgebildet war. Ein Zauberer, der einen blau glühenden Feuerball in die Luft schleuderte. Auf dem Rücken des Shirts stand: *Guns don't kill people, Magic Missiles do.*

Beim Hinausgehen sagte Tiina Ojantaus mit mitleidiger Miene: »Richten Sie Ihren pädagogischen Blick lieber auf andere. Wären Sie mal hier gewesen, ehe Laura verschwunden ist! Wie die sich immer aufgeführt hat, wenn sie bei uns zu Besuch war. Hätte man sich gleich denken können, dass daraus nichts Gutes folgt.«

Die Tür schloss sich genauso laut, wie sie geöffnet worden war. Miia lehnte sich in ihrem Bürostuhl zurück, drehte sich einmal im Kreis und starrte dann zur Blume auf der Fensterbank. Die würde sich nicht mehr erholen.

Ihr erstes Gespräch hatte ganze dreizehn Minuten gedauert. Nun war ihr klar, wieso man im pädagogischen und therapeutischen Sektor inzwischen eine andere Sprache benutzte. Schüler blieben immer Lernende, Patienten Kranke, aber Klienten, die durften eine Dienstleistung erwarten, durften Ansprüche stellen. Leider.

Miias Gedanken wanderten zu Laura. Was hatte das Mädchen von Nikke gewollt? Was hat Nikke ihr geben können? Obwohl Miia ihren Bruder gut kannte und ihm vertraute – irgendetwas irritierte sie. Nikkes Beschreibung von Laura stimmte nicht mit dem überein, was Tiina Ojantaus gerade von sich gegeben hatte. Andererseits hielt Miia Lauris Mutter nicht gerade für eine verlässliche Informationsquelle. Und das, was sie im Lehrerzimmer gehört hatte, stützte eher das Bild ihres Bruders. Doch wieso ging Laura zu Nikke in die Sprechstunde? Pubertätsbedingte Schwierigkeiten, wie Nikke gemeint hatte, schienen als Grund nicht auszureichen.

Miia ärgerte sich schwarz darüber, dass sie keinen Zugang mehr zum Intranet der Polizei hatte. Und Nikke unterlag der Schweigepflicht. Auch Korhonen würde ihr nichts sagen, jedenfalls nicht ohne eine satte Gegenleistung.

Erst als ihr Laptop schon hochgefahren und die Facebook-Seite geöffnet war, kapierte Miia, was sie getan hatte. Aber machte sie nicht einfach nur ihre Arbeit? Jedenfalls kümmerte sie sich um wichtige Dinge, versuchte Miia sich einzureden, und las noch einmal die Nachricht von Johanna. Sie hätte gleich gestern darauf antworten müssen und holte es schnell nach:

Hallo Johanna, wie schön, dass du Kontakt zu mir aufgenommen hast! Ich bin jeden Tag in der Schule, du kannst immer bei mir anklopfen. Freue mich auf unser Gespräch.

Wie schön, dass du Kontakt zu mir aufgenommen hast? Was war das bitte für ein übertriebenes Lehrerblabla? Miia fiel es wirklich schwer, in ihre neue Rolle zu schlüpfen, schickte die Nachricht aber dennoch sofort ab. Vielleicht wusste Johanna etwas, was den Fall Laura voranbringen würde. Und wenn nicht, dann würde ein Gespräch dem Mädchen wenigstens seelisch guttun.

Wie auch immer – Miia hatte das seltsame Gefühl, meilenweit von ihrer beruflichen Komfortzone entfernt zu sein, und zugleich doch ganz nah dran.

6 In wenigen Minuten hatte Miia zwei Cheeseburger und eine große Pommes verdrückt. Sie knüllte die Papiertüte von McDonald's zusammen, warf sie in den Papierkorb, schaute auf den Schulhof und schlürfte ihre Cola leer.

Draußen rannten die Schüler wie in einem Flipperspiel umher, bis sie endlich ihre Gruppe gefunden hatten. Emos, Gothics, Hipster, Mangamädchen, Skater, Models. Auch wenn die Gruppierungen andere waren als früher, hinter den Müllcontainern lief noch genau dasselbe Programm wie zu Miias Zeiten: auf die Erde spucken, Zigaretten rauchen, knutschen.

Gesundheitlich gesehen wäre Miia besser in die durchaus gute Schulmensa gegangen, außerdem wäre es sozialer, als allein im Büro zu essen. Möglicherweise gab es sogar eine unausgesprochene Regel, dass die Erwachsenen mit den Kindern in der Mensa aßen. Der Besuch von Lady Ojantaus und Sohn Lauri hatte Miia jedoch so geschafft, ja geradezu erniedrigt, dass Miia von niemandem gefragt werden wollte, wie ihr erster Tag so lief. Tja, der Face-to-face-Kontakt hatte wirklich seine Tücken.

Ein anderer Grund, warum sie ihre Mittagspause im Büro verbringen wollte, war Facebook. Sie wollte im Blick haben, ob Johanna ihr schrieb. Allerdings war es ihr tatsächlich gelungen, nicht nach neuen Likes zu schauen, und auch die Drei auf dem kleinen Erdball ignorierte sie. Das durfte warten.

Miia fiel auf, dass ein paar Schüler zu ihrem Fenster rüberstarrten. Ob Johanna unter ihnen war? Überlegten die Schüler gerade, inwiefern das mit dem »einschleusen lassen« stimmte? Für einen kurzen Moment verfluchte Miia Laura. Hätte sie für ihr Verschwinden nicht einen anderen Zeitpunkt wählen können? Jetzt war Miia für alle der Polizeispitzel, kaum jemand würde ihr vertrauen. Selbst wenn das nur ein dummes Gerücht war. Denn damit kannte Miia sich leider aus: Vor zwei Jahren kursierte im Internet ein Pornovideo, in dem sie angeblich den weiblichen Part hatte. Die Frau in dem Film sah ihr nicht einmal ähnlich, außerdem wurde das Video von Spezialisten bei der Polizei schnell als Fake entlarvt. Trotzdem blieb Miia für manche die Internetpolizistin mit der Pornovergangenheit. Sie hatte versucht, das Ganze nicht zu nah an sich herankommen zu lassen, aber leicht war das nicht gewesen.

Miia linste auf den Flur. Nikkes Jalousien waren noch immer heruntergelassen. Sie hatte ihren Bruder den ganzen Vormittag nicht rauskommen sehen. Hier, an ihrer Arbeitsstelle, wagte sie nicht, einfach bei ihm reinzuplatzen. Das war neu in ihrer Geschwisterbeziehung, denn bislang hatten Miia und ihr Bruder sich nicht im Geringsten um ihre gegenseitige Privatsphäre gekümmert. Schon die Keep-out-Schilder, die sie am Anfang der Pubertät an ihre Zimmertüren gehängt hatten, wurden vom ersten Tag an ignoriert.

Außerdem hatte Miia noch im Ohr, was Nikke über

die Privatsphäre seiner Klienten sagte, und so traute sie sich nicht, hinüberzugehen und sich brüderlichen Trost zum Fall Ojantaus abzuholen. Es hätte gutgetan zu hören, dass kein einziger Lehrer auch nur irgendetwas auf die eingebildete Schnepfe gab und dass Miia ihren Job super hinbekommen hatte.

Immerhin, den restlichen Tag liefen die Besuche glatt, und als die Schulklingel zum letzten Mal ertönte, fühlte Miia sich erstaunlich gelassen. Sie hatte sich sogar ein paar Mal selbst überrascht: Es war ihr gelungen, mit ihren Klienten neue Motivationsquellen für ihre Problemfächer zu erschließen.

Miia sah wieder auf die Facebook-Seite – noch immer nichts von Johanna. Dafür eine Nachricht von Suski. Auf wie immer effektive Art erinnerte sie ihre alten Schulfreundinnen an das Treffen abends und an die jeweiligen Zuständigkeiten. Ohne Suskis Organisationstalent und ihre grenzenlose Energie, ihnen Züge, Busse, Flüge, Hotels, Bars, Clubs, Restaurants, Einkaufsmöglichkeiten, das Wetter und – für den Fall der Fälle – auch das nächstgelegene Krankenhaus rauszusuchen, hätten sie viele perfekte Momente nie erlebt. Wahrscheinlich wären sie sonst auch an Hunger oder kleinen Verletzungen gestorben.

Heute wollten sie sich seit Ewigkeiten wieder zu viert auf einen Mädchenabend treffen, und Suski hatte in ihrer Nachricht natürlich auch die Taxinummer und alle Nahrungsmittelallergien notiert. Isabella war also Vegetarierin geworden, interessant. Suski vergaß ebenfalls nicht zu erwähnen, dass am Strand Suchmaßnahmen durchgeführt wurden und sie eventuell an einen anderen Ort ausweichen mussten. Als sie sich auf diesen Abend geeinigt hatten, war Laura natürlich noch brav zu Hause gewesen und der Strand der beste Ort für ein Treffen. Dort war Palokaski noch wie früher, beim Schwimmen interessierte sich außerdem niemand für Einkommensunterschiede. Der Strand war seit den frühen Sechzigerjahren *der* Ort, an dem die Bewohner Palokaskis den Sommer feierten. So wie auch Laura letzten Samstag. Und wie Miia in ihrer Jugend. All die heimlichen Biere in langen, lauen Nächten ... Miia dachte wieder an Laura, dann an den Anblick von Wasserleichen. Sie schüttelte sich.

Suski machte kein Aufhebens von ihrer Organisationsarbeit, erwartete keinen Dank, und schon gar nicht spielte sie die Märtyrerin. Sie tat alles aus Liebe zum Detail und zu ihren alten Freundinnen. Wahrscheinlich lag sie sogar nachts noch wach und betete, dass alle sich an ihren Plan hielten, und garantiert hatte sie für alle Fälle sogar einen Plan B auf Lager. Sie verteilte die Aufgaben stets so, dass niemand überfordert war. So sollte Miia heute nichts als die Getränke besorgen. Suski wusste, dass Miias kulinarische Kompetenz begrenzt war und sie an Käse- und Fleischtheken ins Schwitzen kam.

Miia verließ ihr Büro und schloss die Tür ab. Bei Nikke waren die Jalousien noch immer heruntergelassen.

Sie sah auf ihre Uhr. Kurz nach vier. Hatte Nikke um diese Zeit noch Klienten zu Besuch? Sie lauschte einen Moment an der Tür, klopfte dann leise. Niemand antwortete. Sie drückte behutsam die Klinke runter, die Tür ging auf, das Zimmer war leer. Hatte ihr Bruder heute gar nicht gearbeitet? Miia machte die Tür schnell wieder zu und ging hektisch aus der Schule, rannte beinahe. Das unangenehme Gefühl, dass ihr Bruder etwas mit Lauras Verschwinden zu tun hatte, verfolgte sie den ganzen Weg bis zum Getränkemarkt Alko.

»Wo bleibst du bloß?«, fragte Suski. Sie saß auf der Treppe vor Miias Wohnung.

»O je, ich wusste nicht, dass du kommen wolltest«, antwortete Miia.

»Aber ich hab doch geschrieben, dass ich das Essen bei dir mache, weil der Weg zum Strand von hier kürzer ist und der Salat knackig bleibt.«

Natürlich.

»Sorry, ich hab deine Mail wohl nicht genau genug gelesen.« Miia schloss die Tür auf und half Suski mit den Einkaufstüten.

»Jetzt aber Tempo, eigentlich wollte ich vor einer halben Stunde loslegen.«

Suski holte die Salatzutaten aus den Tüten und hatte in der Küche sofort ein Schneidebrett und ein scharfes Messer gefunden – noch ehe Miia ihre Schuhe ausgezogen hatte. Miia verfolgte das hektische Gewusel ihrer

Freundin einen Moment und wusste sofort, dass etwas nicht stimmte. Normalerweise umarmte Suski sie zur Begrüßung und fragte, wie es ihr ging. Normalerweise.

Jetzt plapperte Suski einfach drauflos: »Ist dir klar, dass Isabella, Aikku und ich morgen frei haben? Du bist die Einzige, die arbeiten muss.«

»Das heißt, ihr sauft euch ins Koma und ich schleif euch nach Hause in eure Betten?«

»Mal sehen. Vielleicht machst du erst mal das hier für den Dip fertig.« Suski drückte Miia eine Tüte Mohrrüben in die Hand. »Bitte zu Sticks schneiden.«

»Sticks?«

»Naja, zum Dippen halt.«

»Ach so.«

Miia betrachtete die Mohrrüben und fand, dass sie auch in ihrer Ursprungsform zum Dippen geeignet waren. Suski las ihre Gedanken.

»Schneid sie einfach so, wie du willst. Wir haben es eilig.«

Miia wollte gerade die Tüte aufreißen, als Suski sie ihr aus der Hand nahm und selber loslegte.

»Stopp«, protestierte Miia, »wenn wir es so eilig haben, sollte ich ja wohl auch was übernehmen.«

»Mach einen Sekt auf und gieß mir was in den Mund.«

Suski schälte die Mohrrüben geradezu manisch, und Miia beeilte sich, die Flasche aus dem Kühlschrank zu holen. Sie tat, wie ihre Freundin befohlen hatte, und goss ihr den Sekt direkt in den Mund. So viel, bis er

Suski aus den Nasenlöchern wieder rauskam. Miia musste laut loslachen, und irgendwann lachte auch Suski mit. Danach war sie endlich ruhiger.

»Komm, leg mal kurz die Hände in den Schoß und atme tief durch.« Miia goss den Sekt nun in zwei Gläser und stellte eins vor ihre Freundin. »Wirbelst hier rein wie ein Tornado und sagst nicht mal richtig Hallo.«

»Hallo.« Suski lächelte verlegen, in ihrem Lächeln lag eine Spur Dankbarkeit.

»Was ist eigentlich los?«

Miia und Suski hatten keine Geheimnisse voreinander. Als Suski und Nikke zusammenkamen, fürchtete Miia erst, ihre beste Freundin zu verlieren, und stänkerte wochenlang herum. Das wäre nicht nötig gewesen, denn für Suski stand ihre Freundschaft auf Platz eins, sie bot sogar an, die Beziehung mit Nikke wieder auf Eis zu legen, wenn Miia damit nicht klarkam. Selbstverständlich lehnte Miia solch ein Angebot ab, und ihre Freundschaft ging gefestigt aus der Krise hervor. Ihrem Bruder hatte Miia natürlich nie von dem Angebot Suskis erzählt. Und auch die anderen Dinge, die Suski ihr über Nikke anvertraute, behielt sie für sich. In die andere Richtung galt das ebenso; von ihren Gesprächen mit Nikke über Suski drang nichts nach außen.

Miia gefiel es, zwischen diesen beiden Polen hin- und herzuwandern; als mittleres von drei Kindern war sie von klein auf an eine solche Konstellation gewöhnt. Sie war die geborene Diplomatin. In letzter Zeit war das allerdings anstrengend geworden, denn Nikke und Suski litten unter ihrer ungewollten Kinderlosigkeit. Suski bombardierte Miia mit Details zu Nikkes Potenz und seinen Künsten im Bett, womit Miia leicht überfordert war. Einerseits war so ein Thema immer spannend, andererseits fand sie es pervers, so viel Intimes über ihren Bruder zu erfahren.

»Wir haben uns echt die ganze Nacht ins Zeug gelegt, und es hat wieder nicht geklappt.«

Aha. Gleich wieder beim Thema. Miia hätte es sich denken können. Jetzt kam sie aus der Geschichte nicht mehr raus, schließlich hatte sie Suski selbst gebeten zu erzählen, was los war.

»Wie kannst du dir da so sicher sein? So schnell kann man doch gar nicht wissen, ob man schwanger ist oder nicht.«

»Ich weiß es einfach. Es fühlt sich an wie immer.«

»Aber ...«

»Nikke ist nicht richtig bei der Sache. Bevor wir uns für ein Kind entschieden haben, ist er quasi ständig mit 'ner Latte rumgerannt. Wir haben es manchmal dreimal täglich gemacht.«

Miia dachte, wie so oft bei dieser Art von Gespräch, an die drei berühmten Affen: nichts sehen, nichts hören, nichts sagen.

»Vielleicht solltet ihr eine kleine Pause machen«, schlug sie schließlich vor.

»Wir können keine einzige Sekunde lang Pause machen. Kapierst du denn nicht? In unserem Alter sinkt die Kurve rapide!«

»Was für eine Kurve?«

»Na, die Fruchtbarkeitskurve!«

Bestimmt redete Suski auch Nikke gegenüber so, und Miia konnte sich gut vorstellen, wie abturnend das für ihren Bruder sein musste.

Suski fuhr erst nach längerem Schweigen fort.

»Und heute Morgen hat Nikke sich übergeben. Hat behauptet, dass seine Eier so leer gepumpt sind, dass ihm flau geworden ist. Ich kann mir so was gar nicht vorstellen. Das muss doch irgendeinen anderen Grund haben.«

»Komisch. Na ja, jedenfalls weiß ich jetzt, warum Nikke nicht in der Schule war.«

»Er hat sich bei der Direktorin krankgemeldet. Ist dann aber trotzdem aus dem Haus gegangen und den ganzen Tag unterwegs gewesen.«

»Wo denn?«

»Wenn ich das wüsste. Er hat nur gesagt, dass er was regeln muss. Tja. Stell dir vor, jemand von der Schule sieht ihn draußen rumrennen, wo er doch offiziell krankgeschrieben ist.«

Miia hatte das deutliche Gefühl, dass Nikkes Krankmeldung und ›dass er was regeln musste‹ eng mit Lauras Verschwinden zu tun hatten.

»Was weißt du eigentlich über Laura?«, fragte sie.

»Mist, wir müssen jetzt echt mit den Salaten loslegen«, sagte Suski und stand auf.

Miia stutzte. Suski schien, wie sie selbst, beim Thema Laura kein gutes Gefühl zu haben. Offenbar glaubte auch sie, dass Nikke etwas verheimlichte. Aber sie selbst verhielt sich genauso. Beide weihten Miia nicht ein. Miias Vertrauen in ihren Bruder und ihre beste Freundin wurde schneller schal als der Sekt in ihrem Glas.

7

Mit leckeren Salaten in den Tragetaschen und einer Flasche Sekt intus waren Miia und Suski die ersten am Strand. Von Suchmaßnahmen keine Spur, alles wirkte normal. Das Mädchen wurde jedoch schon den dritten Tag vermisst – anderswo ging die Suche garantiert auf Hochtouren weiter.

In der Abendhitze erinnerte der Badestrand von Palokaski eher ans Mittelmeer als an Finnland. Miia blieb stehen, um den Anblick zu genießen, und wurde ein wenig nostalgisch. Am liebsten hätte sie die Arme ausgebreitet, die Augen geschlossen und wäre der Sonne entgegengelaufen. Nachdem sie mit Suski die Sektflasche leer getrunken hatte, war das ungute Gefühl wegen Nikke und Laura wieder verschwunden.

»Da hinten kommt Aikku!«

Miia sah in die Richtung, in die Suski zeigte. Zuletzt hatte sie Aikku vor einem halben Jahr gesehen, bei einem Sauna-Abend, den Suski organisiert hatte. Aikku winkte ihnen zu, bog dann aber in eine andere Richtung ab und setzte sich zu einem Mann in Speedo-Badehose. Miia blickte Suski fragend an.

»Ach, das ist der Vater ihres zweiten Kindes. Wie war der Name nochmal?«

»Na, Iisa!«

»Nicht von dem Kind, von dem Mann! Der hieß ... Mara. Nee, Masa.«

Verstohlen beobachtete Miia Aikku und ihren Ex. Sie plauderten in bester Stimmung. »Aikku scheint immer noch gut mit ihm klarzukommen.«

»Muss sie. Der hat schließlich Geld. Die anderen Väter dürfen sich ihren Kindern nicht nähern. Hat sie eisern durchgedrückt.«

»Wieso das? Die sind doch hoffentlich nicht gewalttätig?«

»Nee. Aber bettelarm. Aikku wollte wirklich nur deren Sperma, mehr nicht.«

Aikku war zum ersten Mal schwanger geworden, als die anderen anfingen zu studieren. Die Flucht in die Mutterrolle war die beste Methode, nicht erklären zu müssen, warum sie nicht an die Uni wollte. Sie hatte den Erzeuger ihres Kindes anhand seiner Schädelform ausgesucht und war bereits nach wenigen Wochen schwanger mit ihrem Sohn Olli. Kaum zeigte der Schwangerschaftstest das gewünschte Ergebnis, jagte sie den Mann mit der attraktiven Kopfform zum Teufel. Als Nächstes entschied Aikku, dass sie sich selbst um ihren Nachwuchs kümmern würde, da Kindergärten es sowieso nicht brachten. So musste Aikku nicht überlegen, was sie denn nun mit ihrem Abi anfangen wollte. Als Olli eingeschult wurde, wiederholte Aikku das Spiel, suchte sich einen neuen Mann mit guter Schädelform und wurde mit Iisa schwanger, die sie – wie Olli – bis zu ihrer Einschulung betüddelte. Dann kamen die Zwillinge Matilda und Johanna.

Eine ganze Weile hatten die anderen versucht, Aikku zu therapieren, sie von ihrem sonderbaren Lebensweg abzubringen. Auch wenn Aikku eine gute alte Freundin war – es fiel den anderen nicht leicht, ihre Methoden gutzuheißen. Aikku hatte noch nie in ihrem Leben gearbeitet; keiner wusste, wovon sie lebte. Vielleicht erpresste sie die Großeltern ihrer Kinder, oder sie verkaufte Drogen – oder womöglich ihren eigenen Körper. Als Patentanten von Aikkus Kindern hatten sie sich ernsthaft Sorgen um die Kinder gemacht.

Miia sah, dass Aikku die Hand hob und erst den Nacken, dann den Schenkel des Mannes streichelte. Worauf Mara oder Masa, oder wie auch immer er hieß, ein Portemonnaie aus seinem Rucksack kramte. Aikkus lange, platinblonde Locken wehten dekorativ im Wind. Allerdings hatte sie zugenommen. Natürlich hinterließen drei Schwangerschaften, davon eine mit Zwillingen, ihre Spuren; Aikku wirkte jetzt fast noch dicker als während der letzten Schwangerschaft. Sicher nicht angenehm bei dieser Hitze.

»Hey, wollen wir uns nicht ein schattigeres Plätzchen suchen?«

Miia drehte sich erfreut zu Isabella um, die soeben zu ihnen gestoßen war. Im ersten Moment glaubte sie, Tiina Ojantaus vor sich zu haben.

»Toll, dich wiederzusehen! Endlich wieder zurück im zivilisierten Palokaski!« Isabella drückte Miia fest an sich. Sogar ihr Parfum war das gleiche wie das von Tiina

Ojantaus. Leider verwendete Isabella es noch großzügiger, und Miia bekam eine Niesattacke.

»Du wirst doch nicht krank?« Isabella musterte Miia mütterlich. »Bei Wellness&Spirit gibt es supergute Zinktabletten mit Vitamin B, hundert Prozent Bio. Die ersticken jede Krankheit im Keim.«

»An diesem Abend bitte mal keine Werbung für eure Produkte, ja?« Suski umarmte Isabella mit strengem Blick. »Ich will die Worte ›bio‹ und ›öko‹ heute kein einziges Mal hören.« Offenbar hatte Isabella ihre Wundertabletten auch Suski schon angepriesen.

»Schon gut. Man wird sich ja wohl noch um seine Freundinnen sorgen dürfen. Und unsere Tabletten sind einfach besser als Antibiotika – die bringen ja nur das Immunsystem durcheinander, und es dauert ewig, bis man wieder fit ist.«

»Schon gut, Isabella, ich werde nicht krank. Hab nur irgendwas in die Nase gekriegt.«

Miia konnte ihren Blick nicht von Isabella losreißen: die gleiche blonde Kurzhaarfrisur wie Tiina Ojantaus. Jede Menge Ketten und Armreifen. Ein ähnlicher Kleidungsstil. Silberne Sandalen. Bei Tiina Ojantaus hatte der Look zwar geschmacklos, aber trotzdem nach Geld ausgesehen, bei Isabella kam er nur noch billig rüber, in jeder Hinsicht.

Isabella hatte sich dem Team von Wellness&Spirit vor gut einem Jahr angeschlossen. Miia hätte es nie für möglich gehalten, dass sich damit auch ihr Stil so wandeln würde. Und ihr gefiel nicht, was sie sah. Dass Tiina Ojantaus mit ihrer Firma so viel Macht über das Äußere und damit vielleicht auch das Innere eines Menschen ausübte, fand sie besorgniserregend. Früher war Isabella die Schönste von ihnen gewesen, sogar Model-Agenten hatten sie ein paar Mal angesprochen, doch Isabella hatte ihre Schönheit lieber am Kundenschalter der Sparkasse leuchten lassen. Inzwischen hatte sie dort leider gekündigt, das wusste Miia von Suski. »Eine gute Verkäuferin muss sich voll auf ihren Job konzentrieren, sonst kann sie keinen Gewinn machen«, hatte Tiina Ojantaus Isabella eingeschärft. Aber sosehr Isabella sich auch ›konzentrierte‹, sie kam finanziell auf keinen grünen Zweig. Kein Wunder bei Ojantaus' Schneeballsystem – das meiste floss in die Taschen der Chefin.

»Sorry, musste noch 'ne Runde mit Mauri quatschen, Iisa braucht neue Gummistiefel.« Aikku ließ sich neben sie plumpsen und wedelte mit einem 500-Euro-Schein. »Hi, Miia!«

»Hi, schön, dich zu sehen!«

Suski reichte Aikku eine kühle Dose Cidre. »Wow, damit kriegst du etwas mehr als ein Paar Gummistiefel.«

»Ja, zum Beispiel unser Rundum-Versorgungspaket, das sollte jeder im Haus haben«, warf Isabella ein.

»Lass mal, ich kauf meine Vitamintabletten und Cremes ganz gern im Supermarkt.«

»Du weißt nicht, was für einen Mist du dir und deinen Kindern damit auf die Haut schmierst.«

»Mist?« Suski lachte. »Wieso sagst du nicht ›Scheiße‹?«

»Bei Wellness & Spirit bemühen wir uns um eine positive Rhetorik.«

»Vergiss nicht, dass du uns heute Abend keine Produkte mehr aufdrücken wolltest.«

»Wirklich?« Isabella grinste Suski an. »Na gut, ich geb's auf. Los, Miia, erzähl mal, wie es dir geht.«

Nach ein paar Drinks war alles wieder wie früher. Als wären sie nie voneinander getrennt gewesen. Jede hatte zurückgefunden in ihre Rolle. Aikku war die Standup-Comedian, Suski die Ironische, Isabella die Schulter zum Anlehnen und Miia die Beobachterin, die mal mit der einen, mal mit der anderen mitging. Da sie am wenigsten redete, hielten die anderen sie für die Schlaueste, für ein Orakel, das man bei Schwierigkeiten gern befragte. An diesem Abend wurde Miia einmal mehr klar, wie viel Raum Aikku beanspruchte, so dass es kein Wunder war, dass sie, Miia, die Beobachterrolle einnahm. In einer anderen Clique hätte sie vielleicht eine andere Rolle gehabt – und wäre nicht für die Schlaueste gehalten worden.

Auch an einem heißen Augustabend wie diesem begann es irgendwann zu dämmern. Gegen zehn hatte der Strand sich geleert, nur ein paar ältere Schüler und eine Gruppe Männer waren noch da. Wie Miia und ihre Freundinnen hatten die Männer gute Drinks und Essen dabei. Einer holte seine Gitarre heraus, zupfte ein paar alte Tangos und untermalte damit auch den Abend der Frauen. Suski war so beschwipst, dass sie eine Runde dösen wollte. Das kannten die anderen schon; Suski vertrug kaum etwas und dämmerte immer irgendwann weg – aber nur, um am Ende der Party wieder aufzuwachen und frisch und munter das Aufräumen zu organisieren.

»Die Arme, das kommt sicher von der anstrengenden Hormonbehandlung«, mutmaßte Isabella und rettete eine Erdbeerschale, die sonst womöglich Suskis Kissen geworden wäre. »Ich habe ihr mehrmals ein Kräuterelixier aus unserer Spezialserie zur Verbesserung der Fruchtbarkeit angeboten, aber sie will ja nicht.«

»Suski kommt nicht mehr zu mir zu Besuch. Sie erträgt den Anblick von Kindern nicht«, erzählte Aikku. »Und ich darf nichts sagen, wenn die Kinder mich nerven, da sagt sie sofort, ich soll doch froh sein, dass ich welche habe. Ich versteh sie natürlich, aber schön ist das trotzdem nicht.«

»Hm. Ich hab länger nicht mehr mit Nikke über das Thema geredet, aber anscheinend haben sie es jetzt wirklich eilig mit dem Kinderkriegen.«

»Also, ich muss ja sagen, dass ich total dankbar bin, keine Kinder zu haben. Jetzt, wo diese Laura weg ist, wird mir das einmal mehr klar«, sagte Isabella und fügte mit einem Seitenblick auf Aikku hinzu: »Nichts für ungut. Aber ich hätte viel zu viel Angst vor so was. Wie müssen sich Lauras Eltern jetzt fühlen!«

»Nichts für ungut, liebe Isabella, aber meine Kinder

werden es nicht nötig haben, abzuhauen, da sie gegen niemanden rebellieren müssen. Laura hat angeblich extrem strenge Eltern.«

»Inwiefern streng?« Miia sah kurz zu Suski, die leise schnarchte, und war froh, ungestört über Laura sprechen zu können.

»Ihr Vater verbietet ihr, einen Freund zu haben, heißt es im Internet. Sie soll sich als ewige Jungfrau aufs Klavierspielen konzentrieren, haha.«

»Wo genau hast du diese Info her?«

»Ach, das taucht da überall auf. Das findest du in mehreren Foren.«

Miia fiel wieder ein, dass Aikku reichlich Zeit mit Surfen verbrachte.

»Also, von Tiina habe ich gehört«, schaltete Isabella sich ein, »dass Laura auf reifere Männer steht und ihr Vater sich da querstellt. Verständlicherweise, wenn ihr mich fragt. Schade für Laura, denn Tiina hat zwei so tolle Söhne, Lauri und Toni. In Toni war sie wohl auch mal kurz verknallt, aber der würde so eine Hure nie nehmen.«

»Hure?«

»Ach komm, klar, die ist ’ne Hure.«

»Im Internet ist jetzt auch die Info aufgetaucht, dass sie schwanger ist und deshalb abhauen musste. Ihr Papa verbietet ihr, das Kind zu behalten.«

»Und wer soll der Vater des Kindes sein?«, fragte Miia.

»Da kommen viele in Frage. Die soll ja ziemlich aktiv sein«, sagte Isabella geringschätzig.

»Das hast du doch garantiert wieder von Tiina Ojantaus«, sagte Miia und fand Lauris Mutter nur noch unsympathischer. Sie wandte sich an Aikku. »Was sagen die Diskussionsforen dazu?«

»Einer der Kandidaten ist Toni.«

»Toni Ojantaus, nie im Leben!«

Isabellas Linientreue mit der Ojantaus-Familie ging Miia gewaltig auf die Nerven.

»Irgendwo stand auch, dass es einer von diesen reiferen Typen ist, einer mit Frau und Kindern. Und irgendein Musiker aus einer Band kommt auch in Frage, den Namen weiß ich leider nicht mehr.«

Toni? Ein Familienvater? Ein Musiker? Am liebsten hätte Miia sofort Korhonen angerufen. Sie mussten eine Lagebesprechung abhalten, eine Liste der möglichen Szenarien entwerfen und das Netz engmaschig nach Infos durchkämmen. Und zwar mit ihrem, Miias, ›Kamm‹. Korhonens Chef hatte zwar sicher längst einen Nachfolger eingestellt, doch jetzt brauchte man eine erfahrene Person wie sie. Zum Teufel mit der realen Welt und Echtkontakten, zum Teufel mit der Internetsucht – es ging um ein Menschenleben.

Auf einmal schwebte Miia auf der gleichen Wolke wie zu Beginn des Abends, jetzt allerdings nicht mehr durch den Sekt, sondern durch den Adrenalinkick: Nur sie konnte sich ein umfassendes Bild von Lauras Situation machen. Dass sie gleichzeitig mit Lauras Verschwinden nach Palokaski gekommen war, war kein Zufall. Miia begann vor Erregung zu zittern. Dummerweise hatten sie unnötig Zeit verplempert. Laura wurde seit drei Tagen vermisst. Aber jetzt würde es vorangehen, Korhonen würde Miia hinzuziehen, schließlich konnte sie ihm Verdächtige nennen.

Sie wollte ihn gerade anrufen, als ihr das mit den reiferen, berufstätigen Männern wieder einfiel. Auch Nikke fiel in diese Gruppe. Miia verstaute ihr Handy wieder in der Handtasche, auch wenn Nikke garantiert nichts mit der Sache zu tun hatte. Das war unmöglich, nach der ganzen Geschichte mit Venla ... ausgeschlossen.

Aikku riss Miia aus ihren Gedanken. »Ich dachte, du hast deinen Polizeijob an den Nagel gehängt. Du willst dich doch hoffentlich nicht in diese Geschichte mit Laura einmischen?«

»Nein. Und ja. Nein, ich werde mich nicht einmischen, ja, ich habe bewusst bei der Polizei aufgehört.« Miia hatte das dringende Bedürfnis, das Thema zu wechseln. So schnell wie möglich.

»Los, nacktbaden!«, rief sie. »Weg mit den Klamotten!« Sie riss sich die Kleider vom Leib und rannte über den weichen Sand ins Wasser.

Das Meer fühlte sich warm und kühl zugleich an. Miia wollte das Thema Laura endlich hinter sich lassen und die schöne Sommernacht mit ihren Freundinnen genießen. Doch während sie auf dem Rücken sanft dahinschaukelte, drängte sich ihr der Gedanke an Laura erneut auf: Im diesem Wasser lag sie jetzt vielleicht schon drei ganze Tage. Wie sah ein Körper nach so langer Zeit aus? Miia versuchte, an Meerjungfrauen und Wasserschlösser aus Seerosen und Algen zu denken, doch die Angst, beim Schwimmen gegen eine Wasserleiche zu stoßen, wich nicht von ihr. Erst als Aikku und Isabella auf sie zuschwammen und munter herumscherzten, legte sich Miias Angst.

»Hihi, wusste ich's doch. Die Typen können sich natürlich nicht zurückhalten und wollen jetzt auch 'ne Runde nacktbaden!« Aikku kicherte und zeigte zum Strand, wo die Männer sich gerade auszogen und ins Wasser hechteten.

Aikku und Isabella schwammen sofort zu ihnen hin, doch Miia hatte keine rechte Lust. Sie ließ sich weiter treiben und blickte zu den Sternen. Schon bald stiegen wieder grausame Bilder in ihr auf, und sie beschloss, zurück ans Ufer zu schwimmen. Da spürte sie etwas an ihrem Fuß. Sie geriet so in Panik, dass sie nicht einmal schreien konnte. Hektisch versuchte sie loszuschwimmen, kam jedoch keinen Meter voran, irgendetwas hielt ihren Knöchel umklammert. Sie begann wie wild zu strampeln – doch da war nichts, woran ihre Füße sich hätten hochstoßen können. Jetzt war ihr Kopf unter Wasser; die Luft in ihren Lungen wurde knapp. Endlich holte eine Kraft sie wieder nach oben, dieselbe Kraft, die ihren Fuß umschlossen hatte. Miia begriff, dass ein anderer Mensch neben ihr schwamm.

Wie dumm die Idee mit dem Nacktbaden gewesen war! Für die Männer musste das wie eine Einladung ausgesehen haben. Jetzt zappelte Miia in den Händen eines starken Kerls, der sie Richtung Ufer zerrte. Als das Meer flach genug war und sie stehen konnte, spuckte sie erst einmal jede Menge Salzwasser. Dann riss sie sich von dem Mann los und drosch auf ihn ein. »Idiot, Idiot!«

Der Mann ließ sich ohne Gegenwehr von ihren Fäusten bearbeiten und schaute amüsiert.

»Antti heiße ich eigentlich.«

»Hast du sie nicht mehr alle? Du hättest mich um ein Haar umgebracht!«

»Im Gegenteil. Ich hab dich gerettet. Du warst schon fast bis da hinten getrieben.« Er zeigte weit aufs Meer. »Du warst ganz dicht an der Stelle mit der gefährlichen Strömung. Wir haben alle laut nach dir gerufen, aber du hast nichts gehört. Also musste jemand losschwimmen und dich retten.«

Miia kannte die gefährliche Stelle.

»So weit draußen soll ich gewesen sein? Das glaube ich nicht.«

»Glaub's oder nicht. Jedenfalls lagst du auf dem Rücken und bist immer weiter rausgetrieben und hast nichts mehr mitgekriegt.« Antti stieg aus dem Wasser. »Gib einfach Bescheid, solltest du irgendwann wieder meine Hilfe brauchen.« Er lächelte freundlich. Miia fühlte sich elend.

Heimlich musterte sie ihren Retter. Er war groß und

hatte dichte Haare, sein Körper war straff und muskulös. Wäre Miia ihm in einer Bar begegnet, sie hätte ihn wahrscheinlich angebaggert und am Ende vielleicht mit nach Hause genommen. Aber hey, wieso sollte es am Strand anders laufen als in einer Bar? Miia registrierte, dass ihre Angst vor dem Ertrinken bereits in Erregung umgeschlagen war.

Als Miias Wohnungstür hinter ihnen ins Schloss fiel, war Antti schon fast in Miia drin. Seine Rettungsaktion hatte sich als prickelnder Auftakt fürs Vorspiel erwiesen, auch das Meersalz auf seiner Haut war erregend. Was dann in ihrem Bett folgte, ließ Miia erst recht nicht kalt, aber das lag nicht am Meersalz, sondern an Anttis Talent, das musste sie zugeben. Der Sex mit ihm gehörte auf jeden Fall in ihre persönliche Top drei, rüttelte sogar am bisherigen Platz eins.

Zum Glück hatte sie sich unauffällig vom Strand wegstehlen können. Suski war irgendwann wieder wach geworden, hatte alles zusammengeräumt und sich mit ihren Tragetaschen in ein Taxi verfrachtet. Aikku und Isabella hatten sich zu den Männern gesetzt und alte Hits zur Gitarre gesungen. Miia war froh, niemandem erklären zu müssen, was sie mit Antti vorhatte, auch wenn ihre Freundinnen sie höchstwahrscheinlich durchschauten. Antti war nicht die erste Männerbekanntschaft, die sie am Ende eines Frauenabends mit nach Hause nahm. Miias Liebesleben, oder besser gesagt, ihr Männerleben, war in ihrem Freundeskreis ein ebenso heiß diskutiertes Thema wie Aikkus Einkunftsquellen. Männer hatte Miia viele. Manche schafften es, ein wenig länger auf der Bildfläche zu bleiben, doch eine echte, verbindliche Beziehung hatte Miia zum letzten Mal vor über zehn Jahren geführt. Obwohl ihre Freundinnen reichlich Zeit in küchenpsychologische Sitzungen investierten – nie hatten sie das Trauma gefunden, dass Miias Bindungsphobie erklärte. Vielleicht war sie einfach noch nicht dem Richtigen begegnet.

Als Antti eingeschlafen war, holte Miia ihr Handy hervor. Fünf Uhr. Nur noch zwei Stunden Zeit bis zum Aufstehen. Miia verspürte den Drang, auf Facebook nachzuschauen, ob Aikku, Isabella oder Suski Fotos von ihrem Frauenabend hochgeladen hatten. Ihr Verstand sagte ihr, dass keine das in derselben Nacht tun würde und sie genauso gut auch nach der Schule online gehen konnte. Trotzdem war sie leicht besorgt und sah vor sich schon das Foto, wie sie nackt in die Fluten rannte. Las bereits die Kommentare, die auf solch einen Schnappschuss folgten. Sie wusste, wie schnell so was im Netz die Runde machte. Das konnte sie sich in ihrem neuen Job auf keinen Fall leisten.

Miia ging auf das weiße *f* auf blauem Grund. Keine Fotos. Keine neuen Kommentare oder Likes. Aber eine Nachricht. Und im selben Moment wusste Miia, dass sie keine einzige Sekunde mehr schlafen würde. Die Nachricht stammte von Johanna und war kurz:

Laura ist tot.

8 Wie immer zog sich die Nachtschicht in dem Großraumbüro in Helsinki zäh dahin. Bei den Kollegen von der Webredaktion war deutlich mehr los. Pasi Tikka dachte wieder einmal darüber nach, dass der Journalismus vom Unglück anderer lebte. Nichts interessierte die Leserschaft so sehr wie Nachrichten von Terroristen, Schulmassakern und Naturkatastrophen. Wenn sich etwas von diesem Kaliber ereignet hatte, brummte es im Büro bis spät in die Nacht. In solchen Nächten verliebte man sich aufs Neue in seinen Job, fühlte sich im Auge des Sturms, als bedeutsamer Teil von etwas Größerem. Während der Sturm tobte, dachte man nicht weiter als bis zur nächsten Headline, verschwendete keinen Gedanken an die Gefühle von Eltern, die ihre Kinder verloren hatten oder umgekehrt, dachte nicht an die eigenen Angehörigen daheim. Erst in den Sekunden vor dem Einschlafen streifte einen vielleicht kurz das erleichterte Gefühl, dass das eigene Patenkind nicht im Einkaufszentrum war, als die Bombe hochging.

Pasi Tikka hatte jetzt schon mehrere von diesen ruhigen Nachtschichten hinter sich. Er hatte Themen für die nächsten Ausgaben recherchiert, ein paar Artikel geschrieben, im Internet rumgehangen und mit Linda von der Webredaktion über Fahrräder gefachsimpelt. Heute Nachmittag war er endlich in das Geschäft an der Kalevankatu gegangen und hatte sich das langersehnte Pelago-Rad gekauft. Super Woche, dachte Tikka. Und nur noch ein Arbeitstag, dann begann ein langes Wochenende. Er hatte sich für das Flow-Festival akkreditiert, aber man erwartete keinen Artikel von ihm. Er würde einfach zum Privatvergnügen hingehen; solche Vorteile musste man als Journalist nutzen. Freitagabend noch ein paar Bierchen im Stadtteil Kallio und sich dann mit der Masse aufs Festivalgelände treiben lassen. Dort das überteuerte Pils aus Plastikbechern, ein paar Kollegen und Freunde hier und da, Gespräche über den neuen hippen Herrenschneider, dann vielleicht noch ein alkoholgeschwängertes Nachglühen mit Bekannten für eine Nacht in irgendeiner Studentenbude. Samstag dann nochmal dasselbe Programm. Tikka überlegte, ob er für Sonntag einen Tisch zum Brunchen reservieren sollte. Da könnte er dann seine gleichaltrigen Freunde wiedersehen, Erlebnisse austauschen und müsste kein schlechtes Gewissen haben, wenn er gleich wieder eine Sektflasche entkorkte.

Tikka zuckte zusammen, als sein Chef Tötterman an seinem Schreibtisch auftauchte.

»Na, wie läuft die Nacht?«

»Prima«, sagte er mit ausgestreckten Armen. »Ich hab ein paar interessante Themen gefunden, zum Beispiel das Schulessen in Vantaa. Total krank, was den Kindern da aufgetischt wird – habe ich dir das nicht schon per Mail geschickt? Diese Website mit Fotos von dem Essen, die die Schüler gestartet haben, ist eine wahre Fundgrube. Die haben super Vergleichsfotos mit reingestellt, von einem Schweinestall aus der Nachbarschaft. Die Story ist ein echter Diamant.«

Tötterman setzte sich kommentarlos auf Tikkas Schreibtisch.

»Du bist doch aus Palokaski, oder?«

»Ja. Wie kommst du darauf?«

»Hast du noch Beziehungen dorthin? Zu deiner alten Schule?«

»Das kommt drauf an, ob da noch ein paar von den alten Lehrern sind. Wieso fragst du?«

»Du hast doch sicher auch von dieser Laura-Geschichte gehört, oder nicht? Das Schulmädchen, das verschwunden ist.«

»Klar, daran kommt man ja grad gar nicht vorbei.«

Zwei Tage hintereinander war der Fall die Hauptmeldung sämtlicher Medien gewesen: »Wo ist Laura? Schülerin aus Palokaski vermisst. Wenn Sie dieses Mädchen sehen, kontaktieren Sie bitte umgehend die Polizei«, und so weiter und so fort.

»Unser werter Kollege Janne hat eine interessante Sache entdeckt. Ihm ist eingefallen, dass in Palokaski vor etwa zwanzig Jahren schon mal genau das Gleiche passiert ist. Ein Blick in die Archive, und tatsächlich – ein Mädchen namens Venla, in genau demselben Alter.«

Tikka wurde plötzlich flau. Seine Erinnerungen an die Schulzeit in Palokaski waren sowieso schon nicht berauschend, aber Venlas Namen zu hören löste einen regelrechten Schweißausbruch aus. Sein Mund war mit einem Schlag wie ausgetrocknet, er musste sich Mühe geben, halbwegs normal zu sprechen.

»Ja. Irgend so was war da, ich kann mich dunkel erinnern.«

»Super. Tja, und von dieser Laura gibt's jetzt keine Spur. Du weißt ja, wie das normalerweise läuft: Die Eltern rufen bei uns an und überlassen uns ein nettes Foto von ihrer Tochter, um die Suche anzukurbeln. Einen Tag später ruft das Mädel selbst bei uns an, weil es das Foto scheiße findet. Aber diesmal: nichts.«

»Aha.«

Töttermans Augen glänzten, sein Ton wurde dramatisch. Tikka wusste, dass es nur noch wenige Sekunden dauern konnte, bis Töttermans legendäre Speicheltröpfchen auf ihm landeten.

»So weit, so gut. Gestern Abend haben die Eltern von dieser Laura die Idee des Jahrtausends gehabt. Schließlich sind sie supermodern, haha. Sie haben eine Facebook-Seite aufgemacht und um Hinweise zum Verschwinden ihrer Tochter gebeten. Unglaublich, was da in so kurzer Zeit alles eintrudelt!«

Der erste Speicheltropfen landete auf Tikkas Nase. Möglichst unauffällig wischte er ihn weg. Er seufzte.

»Ich kann's mir vorstellen.«

»Kaum war die Seite in Betrieb, war Laura schon als Schlampe gebrandmarkt. Und genau so lief es damals mit dieser Venla! Das Internet gab es natürlich noch nicht, aber die Hotline für Hinweise hat wohl ordentlich gebrummt.«

Auf Tikkas Wange landeten drei weitere Speicheltropfen. Er biss die Zähne zusammen – allerdings hauptsächlich wegen Venla.

»Ist das nicht ziemlich gemein, ein Schulmädchen als Schlampe zu bezeichnen? Ein paar nennen sie sogar eine böse Hexe.«

»Ach, komm, das kann uns doch egal sein, Hauptsache, wir kriegen unsere Story! Ich seh den Artikel schon vor mir.« Tötterman schloss genüsslich die Augen. »Der Fluch von Palokaski.« Jetzt landete ein wahrer Speichelregen in Tikkas Gesicht. Dieses Phänomen wurde in der Redaktion »nasser Auftrag« genannt: Wer ihn abbekam, musste Töttermans schmutzige journalistische Phantasien in die Tat umsetzen. Tikkas Chef machte die Augen wieder auf und schrieb mit den Händen den Aufmacher in die Luft.

»Mysterium von Palokaski geht weiter! Vor zwanzig Jahren verschwand in der idyllischen Kleinstadt ein Schulmädchen im Teenageralter. Der Fall Laura hat erschreckend viele Parallelen. Damit stellt sich ein gruseliges Rätsel zum zweiten Mal.« Tötterman grinste zufrieden in sich hinein. »Phantastisch.«

»Also, ich finde das etwas fragwürdig, aber gut, du bist der Boss. Sag mir einfach, was du willst.«

Tötterman sah Tikka verblüfft an. »Na, ich will natürlich, dass du unser Mann in Palokaski wirst! Du kennst den Ort schließlich. Die Sache mit dem Schulessen lässt du schön liegen, das gebe ich an unseren Praktikanten weiter, der wird das schon hinkriegen. Du hast jetzt noch ein paar Stunden, um dir all die Sachen auf Facebook anzuschauen, dann fährst du morgen früh zur ersten Stunde in die Schule. Das wird unsere Story für die Wochenendausgabe!«

»Ich hab ab morgen aber frei.«

Wie immer ließ Tötterman sich von so etwas nicht beeindrucken. »Papperlapapp. Du bist jetzt unser Springer.«

Er klopfte Tikka jovial auf die Schulter und ging federnd weiter. Man konnte beinahe sehen, dass er innerlich Luftsprünge machte.

Pasi Tikka weckte seinen Computer aus dem Schlummer, mailte das Material zum miserablen Schulessen an Tötterman und hängte ihm die Bilder aus dem Schweinestall an. Dann ging er auf die Seite seiner Versicherung und schloss eine neue Fahrradversicherung ab. Als Nächstes las er die Online-Ausgaben der Konkurrenz, und schließlich, als ihm nichts mehr einfiel, räumte er noch seinen Schreibtisch auf. Hätte er einen Bleistift gehabt, er hätte ihn gründlich angespitzt.

04:30. Die erste Schulstunde begann aller Voraussicht nach um acht. Noch dreieinhalb Stunden. Widerwillig loggte Tikka sich bei Facebook ein und gab *Laura* und *verschwunden* in die Suchleiste ein. Eine Zehntelsekunde später sah er das Bild eines blonden Mädchens, das freundlich in die Kamera lächelte. Unschuldig. Aber auch geheimnisvoll, jedenfalls wenn man genauer hinschaute. Obwohl ihre Augen eisblau waren, leuchteten sie warm; ihre weißblonden, kindlichen Augenbrauen gaben ihren Zügen etwas Verspieltes und gleichzeitig Verletzliches. Laura sah durch und durch anständig aus – so kamen die beliebten und leistungsstarken Mädchen immer rüber. Hinter ihrer anständigen Fassade verbargen sie jedoch eine geballte Ladung Unkonventionalität, Unberechenbarkeit und Phantasie. Das zu zeigen hätte sie zu Sonderlingen gemacht, doch gut getarnt waren sie mit diesen Eigenschaften unbesiegbar.

Pasi Tikka kannte diesen Typ Mädchen. Er kannte ihn schmerzlich gut. Zu diesem Typ hatte auch Venla gezählt.

9 »Kannst du diese Seite löschen?« Die Direktorin zeigte auf ihren Computer und warf Miia einen besorgten Blick zu. »Kriegst du das hin?«

Miia starrte auf die Facebook-Seite und bekam keinen Ton heraus. Eigentlich hatte sie die Direktorin nach Johanna Malkamäki fragen wollen, doch ihre Chefin war ihr mit ihrem Anliegen zuvorgekommen.

Miia scrollte die Seite runter; es wimmelte nur so von Gerüchten und Theorien zu Lauras Verschwinden. Absurd. Die Seite existierte erst seit wenigen Stunden und quoll schon über vor Hinweisen.

Irgendwer hatte an jenem Abend am Strand einen lauten Schrei gehört. Jemand anderem war ein Mann aufgefallen, der Laura den ganzen Abend im Visier hatte. Auch auf dem Schulhof war ein unbekannter Mann gesichtet worden. Gleich mehrere wollten angeblich wissen, dass Laura bei der Strandparty gar nicht dabei gewesen war. Manche hatten sie auf einem Moped gesehen, allerdings an unterschiedlichen Orten, andere hatten beobachtet, wie sie in einen roten Lieferwagen beziehungsweise einen blauen Volvo stieg. Es gab Gerüchte, dass sie dealte, sowohl weiche als auch harte Drogen. Sie war in Rovaniemi, Stockholm und Berlin gesichtet worden. Weiter unten kamen Satansanbetung und Sadomaso-Partys ins Spiel. Viele wussten offenbar genau, mit welchen Männern Laura zu tun hatte, und lieferten gleich eine lange Liste von Namen, auf der in der Abteilung ›reifere Typen‹ auch Nikke auftauchte, sogar gleich als Erster.

»Die heutigen Medien sind einfach ...« Der Direktorin fehlten die Worte, sie wedelte nur hilflos mit den Händen. »Kannst du das löschen? Kann das überhaupt jemand löschen? Wir müssen jede unnötige Unruhe vermeiden.«

»Das kann nur derjenige, der die Seite angelegt hat.« Miia hörte ihre Stimme wie aus der Ferne, in Gedanken war sie schon einen Schritt weiter: Sie sah Lauras Eltern schockiert auf den Bildschirm starren, kurz vor einem Herzinfarkt.

»Hm. Aber auch wenn die Seite weg ist – das Problem selbst ist noch längst nicht aus der Welt«, murmelte die Direktorin. »Wie soll hier irgendjemand in Ruhe unterrichten können, geschweige denn lernen? Ich sehe schwarz. Die armen Eltern! Ich hoffe, die Polizei arbeitet auf Hochtouren!«

Miia hatte genug gesehen und gehört. Ihr wurde flau. Der starke Kaffee, den Antti ihr gekocht hatte, kam als Sodbrennen wieder hoch.

Kaum hatte Miia die Nachricht von Johanna erhalten, griff sie zum Telefon und rief Nikke an, obwohl es erst fünf Uhr morgens war. Der ging nach dem fünften Klingeln ran und dachte erst, dass sie wissen wollte, ob Suski gut nach Hause gekommen war.

»Hattest du eine Beziehung mit Laura?«, fragte Miia atemlos.

»Wie bitte?!«

»Hattest du oder hattest du nicht?!«

»Miia, jetzt mal langsam ...«

»Hast du sie gebumst? Herrgott nochmal, Nikke, antworte mir!« Miia weinte jetzt. »Das bist du Venla schuldig! Die kriege ich sowieso nicht mehr zurück, aber wenn du was mit Lauras Verschwinden zu tun hast, dann musst du es jetzt sofort sagen! Noch können wir ihr vielleicht helfen.«

Nikke wusste, dass seine Schwester normalerweise nicht weinte.

»Zwischen uns war nichts.«

Nikke schwieg, wartete offenbar Miias Reaktion ab. Als keine kam, redete er weiter: »Ich habe nur eine einzige Person, äh, gebumst, und die ist dir bestens bekannt. Eine ziemlich neurotische Person, die eine Hormonstörung oder einen Gendefekt oder so was hat. Ihr Eisprung dauert jetzt schon fast zwei Wochen – das hält doch keiner mehr aus.«

Miia glaubte ihrem Bruder sofort, obwohl ein ganzer Chor von Stimmen dagegen anbrüllte. Doch Nikke klang warm und vertraut wie immer, und über seinen Scherz musste Miia sofort lachen, fast hysterisch lachen.

Ihre Erleichterung ließ sie Antti zugutekommen, der während des Telefonats aufgewacht war. Der Sex war leicht und wunderschön. Antti, der vor Glück kaum wusste, wie ihm geschah, servierte Miia anschließend einen Kaffee ans Bett und schrieb seine Telefonnummer mit Lippenstift auf den Badezimmerspiegel.

»Ich setze mich sofort mit Korhonen in Verbindung und hake nach«, sagte Miia, schloss Facebook und sah der Direktorin so lange in die Augen, bis diese sich ein bisschen beruhigt zu haben schien.

Sie seufzte. »Ich will doch nur, dass unsere Schülerinnen und Schüler in Ruhe zur Schule gehen können, dass sie hier einen Schutzraum haben, in dem sie etwas lernen und sich entwickeln können. In dem sie Kinder sein dürfen – denn das sind sie schließlich, auch wenn die Welt ständig neue Anforderungen an sie stellt.«

»Ich melde mich, sobald ich weiß, was sich bei der Polizei tut«, versprach Miia. »Und wahrscheinlich wäre es gut, dann eine kurze Versammlung abzuhalten – zur Info für die ganze Schule. So ersticken wir dumme Gerüchte schon im Keim. Gerade wenn die Facebook-Seite noch lange existiert, wäre das wichtig.«

Die Direktorin nickte und schaute auf ihre Hände. Miia glaubte zu erkennen, dass sie auf die gleiche Weise litt wie Korhonen: Die Welt hatte sich zu sehr verändert, die Generation der Älteren beherrschte sie nicht mehr. Ihre Ideen, so gut gemeint sie waren, liefen oft ins Leere, und das machte sie hilflos.

»Nikke ist absolut unschuldig.«

Die Direktorin sah Miia erstaunt an.

»Aber natürlich«, erwiderte sie, leicht irritiert.

»Ich meine nur ... weil sein Name doch jetzt so oft im Internet auftaucht.«

»Nach meinem Ermessen hat Nikke stets hervorragende Arbeit geleistet, und das gilt auch im Fall Laura. Dass sein Name jetzt mit ihr in Verbindung gebracht wird, ist bedauerlich, aber ganz normal. Dieses Internet ist ein Ort für Verrückte.«

Miia hastete den Flur entlang. Sie hatte ihr Handy schon in der Hand, rief Korhonen aber erst an, als sie in ihrem Zimmer war.

»Schon mal von der Bibel gehört?«, fragte sie ihn. Früher war das ein Running Gag zwischen ihr und Venla gewesen, mit dem sie auf die Besuche der Zeugen Jehovas anspielten. In Miias Zeit bei der Polizei hatte sich der Spruch auch zwischen ihr und dem alten Kommissar etabliert: So kündigte man ein ernstes Gespräch an.

»Hab mal drin geblättert, aber momentan ist das nicht nötig.« Damit brachte Korhonen zum Ausdruck, dass die Lage seiner Ansicht nach gar nicht so ernst war.

»Korhonen, du brauchst mich.«

»Miia. Ich vermisse dich jeden Tag, aber *du* bist diejenige, die gegangen ist.«

»Verrate mir trotzdem, was es Neues gibt.«

»Na ja. Ich würde sagen, die Eltern haben die Büchse der Pandora geöffnet.«

»Hab ich auch schon mitgekriegt.«

»Ich habe ihnen streng davon abgeraten, so eine Seite aufzumachen. Hab ihnen alle Risiken aufgezählt – all das, was ich von dir gelernt habe.«

»Braver Junge.«

»Junge, ja, du bist gut. Auf einen alten Knacker wie mich hören die leider nicht. Und jetzt haben wir den Salat. Die Mutter ist so hysterisch, dass man kein vernünftiges Wort mit ihr reden kann, und mit dem Vater erst recht nicht, so wütend wie er ist. Das Schlimme dabei: Ich weiß nicht, ob er auf sich selbst wütend ist oder auf das Mädchen. Jedenfalls geht da demnächst eine Bombe hoch. Es kann sich nur noch um Stunden handeln, und die Presse stürzt sich auf diese Facebook-Seite.«

»Korhonen, ich komme nachher bei euch vorbei. Sobald ich hier weg kann.«

»Hast du irgendwelche neuen Informationen?«

»Leider nichts, was uns konkret voranbringt, aber ich dachte, wir machen zusammen ein Brainstorming, wie in der guten alten Zeit.«

»Miia, ich würde dir mein ganzes Monatsgehalt geben, um wie in der guten alten Zeit einen Brainstorm mit dir zu machen, aber ...«

»Was ›aber‹? Die Karte ›du bist jetzt an der Schule, nicht mehr bei der Polizei‹ hast du schon ausgespielt, also ist es jetzt Nikke, oder? Nikke hat mit der Sache absolut gar nichts zu tun.«

»Um deinen Bruder geht es gar nicht. Vermutlich ist die ganze Aufregung umsonst. Im Fall Laura geht es ganz offensichtlich nicht um ein Verbrechen.«

»Wie könnt ihr euch so sicher sein?«

»Das darf ich dir leider nicht sagen.«

»Also, ich bin der Ansicht, dass es gute Gründe gibt,

der Sache nachzugehen. Einige Hinweise auf der Facebook-Seite würde ich absolut ernst nehmen. Ich sehe gleich mehrere Spuren, die wir weiterverfolgen sollten.«

»Die vielen Gerüchte belegen für mich nur, dass das Mädchen an ihrer Schule eine starke Position und damit auch Neider hat, mehr nicht. Und jetzt sag ich's dir doch, aber das bleibt unter uns: Wir haben Hinweise, dass Laura sich putzmunter in Amsterdam rumtreibt. Interpol ist an der Sache dran. Wäre nicht das erste Mal, dass ein verlorenes Schäfchen in Holland auftaucht.«

Miia hörte, dass Korhonens Festnetztelefon klingelte. Sie seufzte entnervt. »Wie viele Telefone braucht ein Kommissar eigentlich?«

Miia hätte ihr Handy am liebsten an die Wand gepfeffert. Sie war sich absolut sicher: Korhonens Chef, der Grünschnabel Sundsberg, hielt die Personalressourcen für den Fall Laura knapp, fürchtete aber zugleich um den guten Ruf seiner Truppe - und griff nun dankbar nach dem Rettungsring Interpol: Die blonde junge Finnin im Kifferparadies Amsterdam. Wer weiß, wie lange dieser Rettungsring über Wasser blieb. Korhonen war mal wieder zu schwach, um sich gegen Sundsberg zu stellen. Miia hatte den Kampf früher immer wieder riskiert. Deshalb war Sundsberg nicht gerade traurig gewesen, als sie ihren Hut genommen hatte.

Sie überlegte, ob sie Korhonen noch einmal anrufen und von Johannas Nachricht erzählen sollte. Prompt fiel ihr ein, dass sie die Direktorin gar nicht mehr nach Johanna gefragt hatte. In dem Moment klopfte es an der Tür, und der erste Schüler trat ein. Er war auf ihre Einladung hin gekommen, nicht freiwillig. Auch alle weiteren Treffen heute hatte Miia initiiert.

Was Miia in den nächsten Stunden erlebte, übertraf alle Höhepunkte der Stummfilmgeschichte. Die Schüler hockten stur ihre Zeit ab und verschanzten sich hinter einer Mauer aus Schweigen. Als sie sich am Ende des Schultages bei Facebook auf den neuesten Stand brachte, begriff sie auch, warum: Auf der Seite zu Lauras Verschwinden war auch eine Anti-Miia-Kampagne im Gange. »Die ist ein Polizeispitzel! Erzählt ihr kein Wort, sonst kriegt ihr nur Ärger!«

Miia wollte sich schon in die Diskussion einschalten, konnte sich aber in letzter Sekunde bremsen. Damit würde sie die Jugendlichen erst recht gegen sich aufbringen. Jetzt täte ein Gespräch mit ihrem Bruder gut. Sie sah aus dem Fenster und dachte nach. Es regnete. Zum ersten Mal seit Wochen. Doch es war nicht der Regen, der Miias Aufmerksamkeit fesselte. Es war ein Mann, der mit den Händen in den Taschen am Rand des Schulhofs stand und die Schüler beobachtete.

Miia eilte hinaus.

Der Mann war schon weg.

Aber sie hatte sein Gesicht gesehen. Es kam ihr bekannt vor. Es erinnerte sie an die schlimme Geschichte mit Venla.

10 Miia ließ das heiße Duschwasser lange auf sich herunterprasseln. Sie wollte ihren bis ins Mark ausgekühlten Körper wieder auf 36,5 Grad bringen. Doch die Kälte kam nicht vom Regen, der sie auf dem Nachhauseweg durchnässt hatte. Sie kam von woanders her und hielt sich hartnäckig in ihren Knochen. Als es in den Wasserrohren im Badezimmer seltsam kollerte, drehte Miia die Dusche ab und schob den Vorhang zur Seite. Auf dem beschlagenen Spiegel leuchtete in grellem Lippenstiftrot Anttis Telefonnummer. Schon der Anblick der Zahlen erregte sie. Mit dem Handtuch um die Schultern tapste sie zu ihrer Handtasche, holte das Handy heraus und rief ihn an. Antti war genau das, was sie jetzt brauchte. Er würde die Kälte in ihr schmelzen. Nein, nicht er. Der Sex mit ihm. Bei Antti war besetzt. Miia gingen die Szenen der letzten Nacht durch den Kopf, sie wurde ungeduldig.

Beim fünften Versuch ertönte das Freizeichen. Nach fast endlosem Klingeln hörte sie ein Brummen, das nur mit gutem Willen als »Hallo« zu erkennen war. Egal, Anttis Einsatzgebiet war nicht stimmlicher Natur. Seine Stimme kannte Miia ohnehin kaum.

»Antti?«, fragte sie.

»Wer ist da?«

»Miia.«

»Miia? Was für eine Miia?«

»Äh, spreche ich wirklich mit Antti?«

»Antti kann grad nicht ans Telefon.«

»Aha. Und wer bist du?«

»Ruf besser nicht mehr an, sonst könntest du Ärger kriegen.« Damit war das Telefonat beendet.

Miia starrte irritiert auf ihr Handy. Hatte Antti ihr eine falsche Nummer aufgeschrieben? Aber der Mann, mit dem sie telefoniert hatte, kannte Antti ja. Da klingelte ihr Handy. Es war die Nummer, die sie gerade angerufen hatte.

»Hallo?« Ihre Stimme klang unsicher.

»Schon mal von der Bibel gehört?« Das war Anttis Stimme, jetzt erinnerte Miia sich. Bloß woher kannte er ihren Spruch?

»Was meinst du damit?«

»Ach, das sagt man doch so.«

»Kennst du zufällig einen Korhonen?«

»Korhonen? Nö. Einen Kosonen, den kenne ich.«

»Und woher kennst du den Spruch mit der Bibel?«

»Hab ich bei irgendeinem Bekannten gehört. Aber jetzt mal Schluss mit Sprücheklopfen, ich mein's ganz ernst: Soll ich bei dir vorbeikommen? Bin gerade in deiner Nähe. In fünfzehn Minuten könnte ich da sein.«

»Ja.«

»Okay.«

Ihre Lust war größer als ihre Angst. Trotzdem wurde Miia wieder kälter.

11

»Lass uns mal noch nach einem Termin für nächste Woche schauen. Bis dahin denkst du über das nach, was wir heute besprochen haben. Und machst wieder so eine Liste: drei Plus-Themen, drei Minus-Themen, die gehen wir dann beim nächsten Mal durch. Versuch, ein bisschen voranzukommen, schreib nicht wieder dieselben Punkte auf.« Nikke klappte den Ordner zu und stellte ihn zurück in den Aktenschrank.

»Aber ich hab doch noch gar nicht zu Ende erzählt!« Die kleine Jenna sah Nikke überrascht an.

»Tut mir leid, Jenna, aber ich muss unser Gespräch heute ein bisschen früher beenden. Du hast ja genug Stoff für die Woche, und wir sehen uns wieder am ...« Nikke sah auf seinen Tischkalender. »Mittwoch um drei?«

»Aber ich habe am Wochenende meinen Eisprung!«

»Jenna. Du machst jetzt ganz in Ruhe deine Hausaufgaben, denkst über die Plus- und Minus-Themen nach, und auf den Eisprung gehen wir dann im nächsten Monat wieder ein, abgemacht? Ich rate dir, dich jetzt vor allem mit deinen drei Minus-Themen zu beschäftigen. Okay?«

»Na gut. Versprochen.«

Nikke war beruhigt. Jenna würde keine Dummheiten machen. Sie war der Typ, der ewig redete, aber nicht zur Tat schritt; das Thema Eisprung bearbeiteten sie schon fast zwei Jahre.

Damals war an der Schule ein sonderbarer Schwangerschaftsboom ausgebrochen. Aus irgendeinem Grund wollten viele Mädchen plötzlich Kinder kriegen. Zum Glück nicht alle, aber ein Dutzend reichte ja schon. Nikke hatte nie kapiert, woher dieser Trend auf einmal kam, aber wahrscheinlich hatten die Mädchen die Idee mal wieder aus dem Internet. Vielleicht wollten sie sich auf einen Schlag ins Erwachsensein katapultieren, sich absetzen von den anderen Teenagern. Wollten mit der Mutterschaft in eine andere Liga aufsteigen.

Seit es diesen eigenartigen Trend gab, kamen die Mädchen mit ihrem Zykluskalender in seine Sprechstunde. Es war, als hätten sie in einer einzigen Nacht die Poster mit den Kindheitsidolen von ihren Zimmerwänden gerissen. Eins der Mädchen war tatsächlich schwanger geworden, bei den anderen hatte sich das Thema zum Glück irgendwann wieder gelegt. Ein paar wenige Verrückte wie Jenna gab es trotzdem noch, doch Nikke hatte den Eindruck, dass diese Mädchen vor allem Aufmerksamkeit wollten.

Er stand auf, um Jenna zu signalisieren, dass die Sitzung beendet war. Sie zog langsam ihre Jacke über und schlurfte zur Tür. Ihr Anblick weckte Nikkes Beschützerinstinkt. Jenna war klein, vielleicht knapp 1,60, und wog höchstens fünfundvierzig Kilo. Sie hatte sich bunte Extensions in ihre dünnen, mausfarbenen Haare machen lassen. Sie wirkte kraftlos; ein Kind wäre eine echte Überforderung – für beide, Mutter und Kind. Das Baby würde alle Kraft aus ihr saugen. Nikke klopfte der Schülerin aufmunternd auf die Schulter und wünschte ihr ein gutes Wochenende.

Schon den ganzen Tag hatte er sich rastlos gefühlt. Mitten in Jennas Monolog – an der Stelle, wo sie erklärte, dass doch selbst die freiheitsliebenden Katzen ihre Muterrolle annahmen – kam ihm die rettende Idee. Als Jenna die Tür hinter sich geschlossen hatte, räumte er notdürftig sein Zimmer auf, nahm ein sauberes Blatt aus dem Drucker und schrieb mit dickem Edding: *Alle Nachmittagstermine krankheitsbedingt auf kommende Woche verschoben.* Er klebte den Zettel an die Tür, schulterte seine Umhängetasche und verließ das Gebäude durch den Hausmeistereingang. Suski kam erst gegen fünf aus dem Büro nach Hause; er hatte also drei Stunden Zeit. Halbwegs erleichtert, trat Nikke in die Pedale seines Fahrrads.

Zu Hause angekommen, gab er, wie um die Spannung zu erhöhen, betont langsam den Code zur Deaktivierung der Alarmanlage ein. Wozu sie diese Sicherheitsmaßnahme brauchten, hatte er nie verstanden. Er zog die Schuhe aus, stellte sie in den Schuhschrank und marschierte in die Küche, wo er den Kühlschrank inspizierte: Tatsächlich, ganz oben warteten, ordentlich in Tupperdosen verwahrt, eine Ochsenschwanzsuppe, Blumenkohlpüree und marinierte Kalbsfilets, alle mit dem gestrigen Datum versehen. Seltsame Frau, dachte Nikke beim Anblick der akribisch beschrifteten Aufkleber. Geliebte, neurotische, seltsame Frau.

Nachts war ihm klargeworden, dass er in der Scheiße saß. Nach Miias Anruf konnte er nicht wieder einschlafen. Aus Angst, Suski zu wecken, blieb er starr liegen, lauschte ihrem leisen Schnarchen, das man um Himmels willen nicht Schnarchen nennen durfte, und begriff mit jeder Minute mehr, wie tief er in der Scheiße saß. Immer wieder dachte er an die Begegnungen mit Laura zurück und ging im Kopf durch, was sich ereignet hatte, aber das half auch nicht weiter. Am Mittwoch – als deutlich wurde, dass das Problem sich zuspitzte – hatte er ohne nachzudenken die zwei Laura-Ordner aus seinem Aktenschrank geholt und mit nach Hause genommen. Besser, er kam neugierigen Schnüfflern zuvor. Bei ihm zu Hause lagen die Ordner gut versteckt im Werkzeugschrank. Bis zu Miias nächtlichem Anruf hatte Nikke den Gedanken an ihre Existenz erfolgreich verdrängt.

Jetzt nahm er die Ordner widerwillig aus dem Schrank. Beim Durchblättern wurde ihm deutlich, dass es verdammt nochmal gute Gründe gab, dieses Material zu verstecken. Vermutlich kamen demnächst ernsthafte Schwierigkeiten auf ihn zu, und seine Aufzeichnungen würden jeden Verdacht nur erhärten. Nikke brachte die Ordner in sein Arbeitszimmer, holte Suskis Schredder und legte los.

12

Nikke ging in die Küche, nahm ein paar Plastiktüten, die Suski ordentlich zusammengefaltet in einer Schublade verwahrte, und stopfte sie mit den Schredderfetzen voll. Am Ende standen drei prall gefüllte große Tüten vor ihm. Hätte er mehr Zeit gehabt, er hätte nach den Vakuumsäcken gesucht, die Suski beim Kofferpacken benutzte, um das Gepäckvolumen zu minimieren. Unglaublich, wie viel das brachte.

Auf einmal polterte es an der Tür. Nikke sprang auf und begann hektisch, die Tüten in seinen Arbeitszimmerschrank zu stopfen, bis er kapierte, dass draußen nur jemand Werbung und Gratiszeitungen verteilte.

Aber Nikke hörte nicht auf zu zittern und musste sich eingestehen, dass er innerhalb weniger Tage ein nervliches Wrack geworden war. Er lehnte sich an den Schrank, ihm entwich ein ängstliches Kichern. Dann schrak er erneut zusammen. Durch die offene Tür schaute ihm von der Flurgarderobe sein eigenes Spiegelbild entgegen: ein Mann in sichtlich fortgeschrittenem Alter. Pseudojugendliches Band-T-Shirt, teure Jeans im *used look*. Zuckungen im Gesicht. Hektische rote Flecken auf der Stirn. Wirr abstehende Haare. Zu seinen Füßen noch ein paar weiße Papierfetzen.

Nikke sah seinem Spiegelbild in die Augen: »Was ist los mit dir? Was zum Teufel ist bloß los mit dir? Reiß dich zusammen!« Er atmete tief durch, strich sich die

Haare glatt und sammelte die restlichen Papierfetzen vom Boden auf. Wenn ihn jetzt jemand sähe, bräuchte es nicht einmal mehr die Ordner als Beleg – allein seine Erscheinung hätte genügt, um ihn zum Hauptverdächtigen zu machen ... verantwortlich für alle verschwundenen Schulmädchen in Finnland seit 1985, und obendrein auch noch für ein paar in Schweden.

Draußen war es kühl, zum ersten Mal seit Anfang Juli. Am Himmel trieben dunkle Wolkenhaufen Richtung Süden. Nikke trug einen winddichten Anorak, die drei knallgelben Plastiktüten hatte er mit Expandern auf seinen Gepäckträger geschnallt. Während er in die Pedale trat, pfiff er laut vor sich hin – das lenkte vom Denken ab. Dieses elende Gedankenkarussell: Was mache ich, wenn dieses passiert; und was, wenn jenes passiert, und was, wenn was ganz anderes passiert ...

Nach einem guten Kilometer Waldweg bog Nikke auf das Grundstück von Bengtson ein. Seit Jahren, fast Jahrzehnten, war der Alte am Bäumefällen, Roden, Umgraben – wo vorher dichter Wald stand, lagen nur noch Äste und Wurzeln, und wie eh und je brannte das große Lagerfeuer, in dem er seine Holzabfälle vernichtete.

Bengtson starrte in die Flammen. Er trug seine Arbeitskluft aus gelber Regenjacke und Mütze.

»Tachchen, wie steht's?«, brummte er, bohrte den Stock, mit dem er das Feuer schürte, in die Erde und reichte Nikke die Hand.

»Wie soll's schon stehen. Alles okay. Ich mach schon mal Herbstputz.« Nikke wies auf die drei Plastiktüten. »Wir hatten so viel Altpapier, dass es nicht mehr in unsere Tonne gepasst hat.«

»Das nenn ich gründlich. Wenn hinter so einer Aktion mal nicht die Dame des Hauses steht.«

»Tja, das kann man so sagen. Und wie läuft's hier?«

»Jeden Tag dasselbe, aber ich komme voran. Sieht doch ganz so aus, als könnte man hier bald eine kleine Feier machen, oder?« Bengtson lachte trocken auf, war aber sichtlich zufrieden mit seinem Chaos.

»Klar, ich warte schon länger auf deine Einladung. Der Garten ist ja so gut wie fertig.« Nikke schenkte Bengtson ein breites Grinsen, machte dann aber ein ernstes Gesicht. »Könnte ich vielleicht mein Altpapier bei dir entsorgen? Dann kann ich mir den Weg zur Abfallstelle sparen.«

Bengtson sah Nikke ausdruckslos an, als wäre sein Gehirn vollkommen leer.

»Warum nicht? Klar, schmeiß deinen Müll einfach ins Feuer. Willst du ein Bier?«

Nikke nickte erleichtert und befreite die prallen Tüten von den Expandern, die ihm hart entgegensausten. Bengtson reichte ihm eine Flasche aus seinem Bierkasten, und wenig später verfolgten sie stumm, wie der Inhalt der Tüten in Flammen aufging: Erst schmolz das Plastik, dann loderten die Papierfetzen auf. Nikke spürte, wie eine Last von seinen Schultern fiel, an seinem Körper hinunterglitt und in Bengtsons Grundstück sickerte. Von den Ordnern war nur noch ein schwacher Geruch von verbranntem Plastik übrig. Als Nikke das Bier fast ausgetrunken hatte, merkte er jedoch, dass noch immer ein Stein in seinem Magen lag. Ein Stein, der mit jeder Minute schwerer wurde.

»Danke, Bengtson. Ich muss wohl langsam wieder zurück zur Dame des Hauses.« Nikke nahm den letzten Schluck und stellte die leere Flasche in den Kasten.

»Gern geschehen.« Bengtson starrte weiter in den hellroten Glutkern des Feuers. »Und komm bald wieder. Können zusammen eine Renke räuchern.«

Nicke brummte etwas Zustimmendes und schwang sich wieder aufs Fahrrad. Noch eine Stunde, bis Suski nach Hause kam.

Auf dem breiten Sandweg kam ihm eine Gruppe Jungs entgegen, alle mit lose auf den Hüften hängenden Jeans. Instinktiv zog Nikke sich die Kapuze tiefer ins Gesicht.

»He, Psycho! Bist du nicht krank?«

Zu spät. Nikke verlor prompt die Kontrolle über sein Fahrrad und fuhr Zickzack. Es war Ripa, der nachmittags einen Termin bei ihm gehabt hätte. Anscheinend nutzte er die freie Zeit für einen kleinen Ausflug mit Freunden. Nikke umklammerte den Lenker und fand sein Gleichgewicht wieder.

»Mir bringt ja keiner Medizin ans Bett, so wie euch Muttersöhnchen!«, rief er betont munter und radelte schwungvoll an den Schülern vorbei. »Und denkt dran, immer schön die Hausaufgaben machen, dann bringt ihr's weit im Leben.« Er drehte sich um und zwinkerte den Schülern zu.

»Ha, ha. Na gut, Psycho, bis nächste Woche dann!«

Als Nikke an der Meerstraße ankam, fielen die ersten Regentropfen auf seine Jacke. Gleich würde es richtig losprasseln. Er legte einen Zahn zu und sah schon bald das dunstverhangene Wasser vor sich auftauchen.

Die Villa von Familie Ojantaus lag im Dunkeln; die Scheiben reflektierten das matte Grau des Meeres. Das Saunagebäude am felsigen Hang neben der Villa war jedoch erleuchtet. Die rauen Klänge einer Jamsession dröhnten bis auf die Straße. Nikke überlegte, wie er vorgehen sollte. Der breite Holzbohlenweg mit der Treppe führte über den Rasen direkt zum Saunahaus, wo die Band Trigger Happy ihre Proben abhielt, doch Nikke schien es klüger, sich diskreter zu nähern. Er versteckte sein Rad zwischen kleinwüchsigen Kiefern und nahm den umwucherten Trampelpfad. Die Musik war inzwischen verstummt, dafür hörte man die Jungs laut grölen.

Jetzt stand Nikke vor dem Saunahaus – falls man es überhaupt so nennen konnte. Das Gebäude war doppelstöckig und mindestens hundert Quadratmeter groß. Neben der Sauna beherbergte es einen Probenraum, einen Ruheraum und ein großes Kaminzimmer, alles im Stil von Tiina Ojantaus eingerichtet: mit viel Geld und wenig Geschmack. Nikke war schon oft hier gewesen und spähte immer erst durchs Fenster, um sich einen Überblick zu verschaffen, wer alles da war. Heute sah er sich dabei zum ersten Mal von außen: ein alternder Typ mit Kapuze über dem schütter werdenden Haar, eine vermeintliche Schulautorität – beim Ausspähen der Schüler. Nikke riss sich entnervt die Kapuze vom Kopf und trocknete sich die nassen Hände an seiner Jeans ab. Drinnen saßen fünf laut herumblödelnde Jungs, da wurde es nichts mit einem entspannten Gespräch unter vier oder sechs Augen. Doch umdrehen konnte er nicht mehr – wenn die Jungs ihn auf dem Weg zurück zum Fahrrad entdeckten, würden sie sein Verhalten zu Recht seltsam finden. Nikke beschloss, höflich anzuklopfen.

»Heeeey, das ist ja ... Psycho!«

Toni Ojantaus öffnete die Tür sichtlich beduselt. Nikke konnte nicht einschätzen, was der Junge konsumiert hatte, aber dass seine Augen nicht aus purer Lebenslust glänzten, stand fest.

»Tag allerseits. Darf ich eintreten?« Nikke überlegte, welchen Grund er für sein Kommen nennen konnte. Ihm fiel nichts ein. Sonst war er meist ohne konkreten Anlass hereingeschneit – allerdings vor Lauras Verschwinden. »Der Song eben klang gut. Ist der neu?« Während er die Jacke an der Garderobe aufhängte, beschloss er, nicht lange um den heißen Brei herumzureden. Außerdem konnte man die Gruppensituation auch positiv sehen: Zu fünft wären die Jungs entspannter als in Einzelgesprächen. »Eigentlich will ich mit euch über Laura reden.«

»Aha.« Tonis Gesichtsausdruck änderte sich schlagartig, als Gastgeber wurde er sogar unangenehm forsch: »Dann mal los, Psycho. Wo drückt denn das Schühchen?«

»Ich mache mir große Sorgen um Laura und möchte, dass ihr mir alles sagt, was ihr wisst. Ich bin nicht von der Polizei und unterliege zudem der Schweigepflicht. Ihr könnt mir voll und ganz vertrauen. Wir müssen so schnell wie möglich in Erfahrung bringen, was mit Laura passiert ist, damit die unerträgliche Situation ein Ende hat. Für ihre Eltern und für uns alle.« Nikkes Stimme klang – zu seinem eigenen Erstaunen – fest und souverän. Die Jungs blickten nun ernster.

Einen Moment lang schien Toni verunsichert und wirkte dabei jünger, als er war. Doch dann erwiderte er: »Wir haben schon alles erzählt. Wir wissen auch nicht mehr.«

Seine Freunde nickten eifrig.

»Ich sag's noch einmal, in aller Freundschaft: Ihr wisst, dass ihr euch auf mich verlassen könnt und dass ich auf eurer Seite bin. Es wäre klüger, *jetzt* mit mir zu sprechen, nicht erst, wenn es zu spät ist.«

Toni sah Nikke vollkommen ausdruckslos an.

»Hör mal, Psycho. Du befindest dich zufällig in meinem Zuhause, und hier kann ich sagen, was ich will. Und schweigen, worüber ich will. Und was Laura angeht, wäre ich vorsichtig. Die Bullen interessiert doch garantiert am meisten, was *du* für eine Beziehung zu Laura gehabt hast. So, unsere Probe geht weiter, wir brauchen keine Zuschauer.«

Nikke zog seine Jacke wieder an. Er hatte mehr erhofft, aber nicht mehr erwartet. Dumme Teenager. Selbstbezogene Bengel, die nicht kapierten, dass es im Leben auch um andere ging.

»Okay. Verstanden. Ihr könnt gern einen auf cool machen. Meine Tür wird offen bleiben. Wenn ihr etwas wisst, das bei der Suche nach Laura helfen könnte – kommt vorbei. Ich an eurer Stelle würde nochmal drüber nachdenken. Sonst sitzt ihr irgendwann bei der Polizei, aber nicht zusammen, sondern einzeln. Und ob ihr dann immer noch zusammenhaltet und alle dasselbe sagt, wage ich zu bezweifeln.«

Beim Rausgehen streifte Nikkes Blick den Computer auf dem Schreibtisch. Vom Bildschirm lächelte ihm Laura entgegen – offensichtlich ein angehaltener Film. Ihre Augen wirkten leer, ihre Schultern waren nackt. Am unteren Bildrand sah man, dass der Film noch zehn Minuten Laufzeit hatte.

13

21.8.

Der Fluch von Palokaski

Im friedlichen Palokaski wird seit einer Woche die fünfzehnjährige Laura Anderson vermisst. Der Fall erinnert an die Tragödie um Venla Pohjavirta, die sich vor zwanzig Jahren ereignete und bis heute unaufgeklärt ist. Die Polizei tappt im Dunkeln.

Im idyllischen Palokaski herrscht Gluthitze, wie überall in Finnland. Doch die Atmosphäre in der Kleinstadt ist frostig.

»Eine schreckliche Geschichte«, kommentiert Frau Oili Sipponen, 57. »Wer will hier noch seine Kinder großziehen?« Ihre Kinder haben längst das Haus verlassen und eigene Familien gegründet. »Bisher habe ich mich immer sicher gefühlt. Aber jetzt frage ich mich, ob die Sache vor zwanzig Jahren vielleicht doch kein Einzelfall war.«

Gemeint ist der Fall von 1988: In jenem Sommer verschwand unter ungeklärten Umständen die Schülerin Venla Pohjavirta. Bis heute fehlt von ihr jede Spur. Der Fall Laura Anderson könnte zum Déjà-vu werden.

Die fünfzehnjährige Schülerin wird seit vergangenem Samstag vermisst. Da hatte die traditionelle Strandparty zum Ferienende stattgefunden. Die Aussagen der Mitschüler zu Lauras Verbleib sind widersprüchlich:

»Wir haben wie immer Bier getrunken und waren ein paar Mal schwimmen. Aber Laura habe ich an dem Abend gar nicht gesehen«, sagt ein Klassenkamerad, der anonym bleiben möchte.

Andere haben Laura an jenem Abend sogar mehrmals gesehen. Sie soll eine enge weiße Jeans, eine rosa Karobluse und Turnschuhe getragen haben. Zum letzten Mal gesichtet wurde sie angeblich gegen zweiundzwanzig Uhr, als sie nach dem Baden aus dem Wasser kam. Nach Angaben der Eltern ist Laura, die immer sehr pünktlich ist, nicht wie sonst um Mitternacht zu Hause gewesen. Am Morgen riefen sie bei der Polizei an und meldeten ihre Tochter als vermisst. Die Polizei gibt in der Angelegenheit keine öffentliche Stellungnahme ab.

Auf der Facebook-Seite zu Lauras Verschwinden, die ihre Eltern angelegt haben, finden sich jedoch etliche Hinweise; so wurde Laura etwa in Rovaniemi, aber auch in Tokio gesehen. Bedauerlicherweise wird die Seite auch als Forum für Provokationen und Geschmacklosigkeiten genutzt.

Facebook hat bereits in vielen ähnlichen Fällen zur Aufklärung beitragen können, aufgrund der Gefahr der Rufschädigung jedoch meist zu einem hohen Preis.

Auch in diesem Fall dürften die Angehörigen wenig erfreut sein über die Kommentare zu Lauras angeblichem Lebensstil.

Problematisch ist, dass es nach nunmehr einer Woche noch immer keine ernst zu nehmende Spur gibt. Auch die Mädchengruppe, die die Schulpause am Kiosk verbringt, hat keine Idee, wo Laura sich aufhalten könnte:

»Ich glaube nicht, dass sie Kontakte außerhalb der Schule und der Familie hat. Das wäre doch bekannt. Palokaski ist ein kleiner Ort, da weiß man alles voneinander«, sagt eine Mitschülerin und fügt leise hinzu: »Lauras Eltern wünsche ich in dieser Situation alles Gute und viel Kraft.«

Überall in der Stadt herrscht bedrückte Stimmung – nicht zuletzt, weil Lauras Fall sehr an den von Venla erinnert. Auch äußerlich sind die Parallelen unübersehbar: Beide Mädchen sind blond, hübsch und schlank, beide waren beliebt und hatten gute Noten. Auch die Umstände des Verschwindens ähneln einander. Kann das noch Zufall sein?

Hoffentlich taucht Laura schnellstmöglich wieder bei ihren Eltern auf. Die Polizei nimmt sachdienliche Hinweise unter folgender Nummer entgegen:

071 – 583 4819.

14 Ja. Bei ihrem Verschwinden hatte Venla tatsächlich so ausgesehen: blond, hübsch, schlank. Wäre ihr Schicksal ein anderes gewesen, wenn sie sich in ihrem letzten Sommer nicht so stark verändert hätte? Miias Handy klingelte, sie löste ihren Blick von der Zeitung. Korhonen.

»Die Perle von Amsterdam ist doch nicht Laura gewesen«, eröffnete er, »sondern eine schwedische Artgenossin, die schon seit mehreren Wochen vermisst wurde und nun wieder bei ihren Eltern ist. Das ist unser Verdienst – auch wenn die Kollegen in Schweden jetzt das Lob einheimsen.«

»Aha. Und wie weiter?«

»Hast du heute schon Zeitung gelesen?«

Miia brummte eine Art Ja. »Bei euch glühen die Leitungen, hm?«

»Das kannst du laut sagen.«

»Und was macht ihr als Nächstes?«

Korhonen schwieg. Miia sah ihn vor sich: Ihr ehemaliger Kollege rieb sich die Stirn, kniff die Augen zusammen, hatte die Worte schon fast auf der Zunge und entschied im letzten Moment, sie doch nicht zu sagen. Miia wusste, was das bedeutete: Korhonen hatte nichts Gutes zu vermelden.

»Also, ich habe eine Liste gemacht von allen, die laut Facebook mit Laura in Verbindung standen«, sagte sie.

»Ich könnte rausfinden, wer hinter diesen Namen steckt und was die Leute tatsächlich mit Lauras Verschwinden zu tun haben. Nur inoffiziell natürlich.«

»Klingt gut, aber ...« Korhonen fiel wieder zurück in seine Schweigerolle.

»Außerdem stehe ich in Kontakt zu Lauras bester Freundin Johanna. Die scheint mehr zu wissen. Ich muss erst noch ihr Vertrauen gewinnen, aber sie wird mir garantiert was erzählen.«

»Am Montag verhören wir Nikke.«

Das war sie also, die schlechte Nachricht. Korhonen hatte sich für die ungeschönte Variante entschieden. Nun war Miia diejenige, die schwieg. Korhonen fuhr fort:

»Der Fall hat sich leider so entwickelt, dass wir von einem Verbrechen ausgehen müssen. Und bislang gibt es keinen anderen Verdächtigen als Nikke. Natürlich geht es hier nicht gleich um eine Anklage, aber es muss eben sein ...«

An Miias Tür klopfte es. Die Schülerin Tiia-Lotta Mikkelson hatte um zehn einen Termin. Es war fünf vor zehn.

»Meine nächste Klientin kommt gerade.«

»Klientin? Wo arbeitest du nochmal?«

Miia legte auf und bat Tiia-Lotta herein.

Beim Anblick des Mädchens zuckte sie unweigerlich zusammen: Tiia-Lotta erinnerte stark an Venla. Miia hatte große Mühe, sie ohne Stottern zu begrüßen. Sie beschloss, auf Smalltalk zu verzichten und sofort zur Sache zu kommen – Tiia-Lotta schwänzte regelmäßig den Unterricht. Doch das Mädchen war schneller.

»Kannst du mir bitte sagen, was das soll? Ich habe Wichtigeres zu tun, als hier rumzusitzen.«

Tat sie nur so naiv, oder hatte sie wirklich noch nichts von der allgemeinen Schulpflicht gehört?

Den Unterlagen zufolge versäumte Tiia-Lotta siebzig Prozent des Unterrichts. Miia versuchte es auf die ironische Art:

»Das geht nicht nur dir so. Ich wundere mich schon lange, weshalb Kinder und Jugendliche im kreativsten Alter so nutzlose Dinge wie Lesen, Schreiben und Rechnen lernen müssen. Playstation kann man schließlich auch ohne schriftliche Anleitung spielen.« Noch während Miia redete, spürte sie, dass sie die falsche Methode gewählt hatte. Tiia-Lotta verzog keine Miene, obwohl Miia auffordernd grinste.

»Ehrlich gesagt, ich kann das alles schon, und zwar ziemlich gut. In deinen Unterlagen steht garantiert auch, dass ich überall gute Noten habe.«

Mist. Rückwärtsgang, neuer Anlauf.

»Aber als intelligentes Mädchen müsstest du wissen, dass Anwesenheit und Unterrichtsbeteiligung fünfzig Prozent der Noten ausmachen.«

»Klar, das weiß ich. Aber ich nehme es in Kauf. Lieber schlechtere Noten, als sinnlos in der Schule rumzuhängen.«

Sogar die Stimme des Mädchens erinnerte an Venla. Die *alte* Venla.

Miia hatte den schnellen Stoffwechsel ihrer Mutter geerbt und konnte schon immer essen, was sie wollte. Venla dagegen war nach ihrem stattlichen Vater geraten und hatte gleich zu Beginn der Pubertät kräftig zugelegt. Auch wenn es nie ausgesprochen wurde: Miia schämte sich für ihre schwabbelige Schwester. Und Venla machte keinen Hehl daraus, dass sie ihre schlanke, beliebte Schwester hasste. Als sie die ewigen Hänseleien der Mitschüler satt war, hungerte sie sich ihre überflüssigen Kilos runter und war am Ende sogar dünner als Miia. Ihre Eltern und Lehrer sahen sie schon in eine Magersucht abgleiten, aber darum ging es nicht. Venla wollte einfach nur ein anderes Leben. Sie wurde selbstbewusster und suchte sich neue Freunde im nahe gelegenen Helsinki, die nicht wussten, wie sie noch vor kurzem ausgesehen hatte. Venlas neues Leben fand nicht mehr in Palokaski statt, und damit rückte Venla meilenweit weg von Miia.

Miia musterte Tiia-Lotta und versuchte, ihr Mitgefühl zu verbergen. Sollte sie einfach abwarten oder die Sache direkt ansprechen? Auch wenn in den Notizen zu Tiia-Lotta nichts Derartiges stand – das Mädchen wurde garantiert wegen seiner Leibesfülle gemobbt und wollte deshalb so wenig Zeit wie möglich in der Schule verbringen. Mobbing erfüllte die Opfer mit Scham, daher verheimlichten sie es. Auch Venla hatte sich damals keine Hilfe geholt.

»Ich werde nicht gemobbt, falls du das denkst. Da kann ich noch so fett sein.«

Im Gedankenlesen war diese Schülerin anscheinend auch ziemlich gut.

»Traut sich keiner. Mein Bruder gehört zu einer Motorradgang.«

Hoppla – das klang fast wie eine Drohung. Die auch Miia galt.

»Und warum schwänzt du dann die Schule? Wenn du bei siebzig Prozent Fehlstunden bleibst, kommst du nicht in die Oberstufe.«

»Ist mir egal, ich brauch kein Abi. Ich werde Pianistin. Deshalb habe ich auch keine Zeit für die Schule – ich muss üben.«

»Aha, verstehe. Pianistin, das ist ein schöner Traum. Aber du solltest dennoch dein Abitur machen.«

»Das ist kein ›Traum‹. Träume kann jeder haben, und meistens wird nichts draus. Pianistin zu werden ist mein absolutes Ziel.«

»Alles klar.« Miia musste schon wieder neu Anlauf nehmen. »Und wer ist dein Lehrer?«

»Olli Kilpinen.«

Olli Kilpinen? Woher kannte Miia diesen Namen? Richtig, von der Facebook-Seite! Er war einer von den reiferen Männern, die verdächtigt wurden.

»Ah ja! Hat nicht auch Laura bei ihm Unterricht?«

»Hatte.«

»Wieso ›hatte‹ – jetzt nicht mehr?«

»Sie hat ständig davon geredet, dass sie endlich mit dem Klavierspielen aufhören will. Keine Ahnung, was dran war. Jetzt spielt sie jedenfalls nicht mehr.« Tiia-Lotta lächelte geheimnisvoll. Was wollte sie damit zu verstehen geben? Es war nicht einfach, in einem so fülligen Gesicht zu lesen.

»Woher willst du das so genau wissen?«

»Drei Mal darfst du raten. Hast du etwa schon mal 'ne Tote Klavier spielen gehört?«

»Eine Tote?!«

»Ja. Wissen doch alle.«

»Okay ... Offiziell ist aber nichts dergleichen bestätigt. Wart ihr eigentlich befreundet?«

»Ich habe keine Zeit für Freunde. Ich muss üben. Na ja, ich bin ihr natürlich oft begegnet, wir sind bei denselben Konzerten aufgetreten und so weiter.«

»Laura hat wohl ziemlich gut gespielt«, sagte Miia und traf damit offensichtlich einen wunden Punkt. Tiia-Lottas Augen blitzten kurz auf.

»Sagen wir mal so: Sie war nicht übel. Aber ihr Spiel hatte was Mechanisches, wie Gymnastik mit den Fingern. Aber sie wollte ja eh aufhören. Allerdings hat sie bei der Strandparty erzählt, dass sie sich wünscht, alles wäre wieder so wie früher.«

»Du warst auch bei der Strandparty?«

»Nur kurz. Ich hab 'ne Runde mit meinem Bruder gedreht, und wir haben schnell vorbeigeschaut ...«

» ... und mit Laura geredet. Hat sie noch was anderes erzählt?«

»Nee, ansonsten nur Smalltalk. Wir sind auch nicht lange geblieben.«

»Du musstest wieder Klavier üben?«

»Jep. Außerdem benimmt mein Bruder sich in Lauras Nähe so nervig.«

»Weißt du, warum?«

Miia deutete die unbestimmte Bewegung, die von Tiia-Lottas Hals durch ihren massigen Oberkörper lief, als eine Art Schulterzucken.

»Fand dein Bruder Laura gut?«

»Ich schätze schon.«

Ein Motorradtyp, der auf Laura stand. Interessant. Jetzt musste sie mit Fingerspitzengefühl weiterfragen.

»Sind dein Bruder und Laura sich vielleicht öfter begegnet?«

»Eher nicht. Mein Bruder hat mich mal vom Klavierunterricht abgeholt, als Laura nach mir dran war. Die haben sich noch ein bisschen unterhalten. Ich stand daneben und hatte tierischen Hunger.«

»Und bei der Party am Strand? Hat dein Bruder dich nach dem Gespräch mit Laura gleich nach Hause gefahren?«

»Klar, ich wollte schließlich üben.«

»Und ist dein Bruder dann auch zu Hause geblieben?«

Miia wagte nicht, dem Mädchen in die Augen zu sehen. Die Situation war bedenklich: Sie verdächtigte den Bruder ihrer Klientin und nutzte deren Termin für ein Verhör, zu dem sie keinerlei Befugnis hatte. Aber sie musste den Verdacht von Nikke weglenken. Dummerweise las Tiia-Lotta schon wieder ihre Gedanken.

»Keine Sorge, mein Bruder hat mit Lauras Tod nichts zu tun. Er hatte an dem Tag Freigang und musste um ein Uhr nachts wieder in Helsinki sein. Im Gefängnis. Kannst gern dort nachfragen, ob er pünktlich war.«

Miia schämte sich. Ihre Klientin hatte auch ohne ihr Verhör genug Probleme, offenbar nicht bloß in der Schule, sondern auch in ihrer eigenen Familie. Und dann kam sie und stellte dumme Fragen. Schnell suchte sie nach einem Ausweg aus der Situation.

»Das mit dem Klavierunterricht – dein Ziel, Pianistin zu werden, ist wirklich beeindruckend. Woher nimmst du diese Sicherheit?«

»Wenn ich auf die Bühne gehe, dann sehen mich alle wegen der Musik an, nicht wegen meiner Figur. Solange ich spiele, ist es egal, dass ich fett bin.«

»Wieso willst du Johanna Malkamäki treffen? Sie hat keine schulischen Probleme, und auch sonst ist mir nichts von irgendwelchen Schwierigkeiten bekannt.« Die Direktorin wirkte gehetzt. Sie stopfte haufenweise Papier in ihre Schultertasche, mehr, als eigentlich hineinging. »Diese Unmengen von Unterlagen! Schon seit den 90ern redet die Stadt davon, dass alles digital und papierlos wird und wie revolutionär das ist, aber selbst das vermeldet sie auf Papier! In Interviews prahlt der Stadtdirektor mit seinem papierfreien Büro, doch ich möchte wetten, dass das Büro seiner Sekretärin vor Ausdrucken überquillt! O je, ich müsste längst beim

Schulausschuss sein. Außerordentliche Versammlung. Ich soll zum ›Fluch von Palokaski‹ sprechen, ein heikles Thema.«

»Ähm, könnte ich vielleicht in Johannas Klasse gehen und sie bitten, nach der Stunde in mein Büro zu kommen?«

»Aber sie hat doch keine Probleme, oder? Wieso denn?«

Miia wollte ihre Chefin nicht beunruhigen, aber lügen mochte sie auch nicht.

»Die ehrliche Version?«

»Ich bitte darum. Ich muss mir ständig das Gerede der Politiker und die Ausreden der Schüler anhören, da ist es eine Wohltat, wenn jemand die Wahrheit sagt.« Sie hängte sich die Tasche um und ging zur Tür.

»Ich möchte mit Johanna über Laura reden.«

»Hm. Eine Ausrede wäre mir doch lieber gewesen. Ist Johanna irgendwie in den Fall verwickelt? Ach nein, sag's mir lieber nicht. Ich will es gar nicht wissen. Ich vertraue dir.«

Miia sah, dass der Riemen der Schultertasche kurz vor dem Reißen war.

»Ich kann also in den Unterricht und sie holen?«

»Schick ihr lieber eine SMS, und wenn sie dir in der Pause nicht antwortet, dann schau auf dem Plan dort drüben nach, wo sie die nächste Stunde hat, und fang sie dort ab. Wir sollten jede unnötige Unruhe vermeiden, die Schüler sollen ungestört lernen können.«

Da versagte der Riemen, der Tascheninhalt fiel lautstark zu Boden.

»Sei's drum. Endlich papierlos!«, seufzte die Direktorin und verließ ohne Unterlagen das Büro.

15

In *Palokaskis Brennstoff*, einer beliebten Eckkneipe, war gerade Schichtwechsel. Die Angestellten, die tags hier arbeiteten, wurden vom Abendpersonal abgelöst.

Ein großer Mann sah interessiert zu Miia herüber. Garantiert ein Segler, dachte Miia. Die gleichmäßige, tiefe Bräune, die Krähenfüße um die Augen. Nicht übel. Allerdings etwas zu dünn für Miias Geschmack. Er hatte sich in eine der schicken Sitzecken gesetzt und trank einen Cocktail. Wahrscheinlich besaß er ein prächtiges Segelboot, nicht nur eine kleine Jolle. Miia widmete sich demonstrativ ihrem Handy und hoffte, er würde den Wink verstehen, doch er schien fieberhaft darüber nachzudenken, wie er sich ihr nähern konnte. Noch fünf Minuten, dann kämen ihre Freundinnen. Diesmal hatte Isabella das Treffen organisiert; sie wollte darauf anstoßen, dass sie auf der Ojantaus'schen Karriereleiter eine Sprosse höher geklettert war.

Noch bevor Isabella ihr ein Begrüßungsküsschen geben konnte, hatte Miia ihr starkes Parfüm in der Nase. Gleich würde die ganze Kneipe danach riechen.

»Super, du bist schon hier!«, freute Isabella sich.

Als Antwort musste Miia niesen.

»Keine Sorge, ich bin nicht erkältet.«

»Bist du sicher? Ich schätze ja, dass du irgendwas mit den Nebenhöhlen hast. Zumindest ist deine Nasenschleimhaut angegriffen. Wir hätten da ein phantastisches Produkt ...«

»Lass mal, ist schon okay. Glückwunsch zur Beförderung, oder wie auch immer das in deiner Branche heißt.«

»Bei Tiina sagen wir Move dazu. Kommt aus dem Englischen. Tiina ist doch so ein kosmopolitischer Typ, weißt du, und da –«

»Schon kapiert.«

Das kann ja ein zäher Abend werden, dachte Miia.

»Danke für die Glückwünsche. Ich hab mich echt reingehängt. Es ist genau, wie Tiina sagt: Wenn man Ahnung hat, freundlich ist und seine Sache gut macht, erntet man irgendwann die Früchte. An dieses Motto hab ich mich gehalten, und jetzt haben wir drei tolle neue Verkäuferinnen im Team. Und bald nimmt Tiina mich zum Shoppen nach Florida mit!«

»Nettes Reiseziel, dann verdienst du jetzt also ganz gut. Super!«

»Nein, das ist ihre Belohnung für den Move. Die Gehaltserhöhung kommt dann erst beim nächsten Move. Aber du, ich hol uns schnell mal was zu trinken!«

Eine Reise statt einer Gehaltserhöhung? War Isabella noch zu retten? Das hörte sich nach ziemlich dubiosen Arbeitsbedingungen an, dachte Miia.

Während Isabella an der Theke stand, schaute Miia unwillkürlich Richtung Segelbootbesitzer. Der grinste gönnerhaft und nickte amüsiert in Richtung Isabella, die zugegebenermaßen etwas aufgescheucht wirkte. Trotzdem, Kumpanei auf Kosten ihrer Freundin, das kam nicht in Frage. Miia warf dem Mann einen warnenden Blick zu.

Isabella kam mit einer billigen Flasche Sekt zurück.

»Suski kann übrigens nicht dabei sein«, sagte sie.

»Aha? Wieso denn?«

»Keine Ahnung. Sie hat nur eine SMS geschickt, dass sie's nicht packt. Die Arme, ihr scheint es von Tag zu Tag schlechter zu gehen. Ich hab von Anfang an gesagt, dass diese Hormonbehandlung der letzte Dreck ist.«

»Aber hat sie nicht erzählt, dass sie damit aufgehört hat? Ihr neues Ding sind doch alternative Methoden.«

»Das kann ja sein, aber die Hormone bleiben ein ganzes Jahr lang im Körper.«

Hm. Suskis Absage konnte zwei Gründe haben. Der eine: Sie ertrug es nicht, dass jemand anders die Organisation für ein Treffen in die Hand nahm. Der andere: Inzwischen wusste die ganze Stadt, dass Nikke im Fall Laura zu den Verdächtigten zählte. So eine Situation hätte auch ein harmonischeres Ehepaar, als Suski und Nikke es waren, in eine Krise gestürzt, vielleicht sogar eine Trennung herbeigeführt. Letzteres konnte Miia sich bei ihrem Bruder und ihrer Freundin jedoch absolut nicht vorstellen. Ansonsten hätte Suski ihr gestern am Telefon wirklich etwas vorgespielt. Von Laura hatte Suski bewusst nichts gesagt, aber von Nikke: dass die jungen Mädchen es nur auf ihn abgesehen hätten, weil sie Nikke nicht selbst haben konnten – aber Nikke gehörte nun mal ihr. Dass die Mädchen nur aus Frust solche Gemeinheiten über Nikke verbreiteten.

Isabella holte Miia zurück in die Gegenwart. »Aikku müsste aber jeden Moment kommen. Sie kann ihre Kinder bei dieser netten Oma in der Nachbarschaft abgeben.« Sie hob ihr Glas und stieß mit Miia an. »Auf mich!«

»Auf dich!«

Isabella schmeckte noch ein Weilchen nach. »Die hatten leider keine Bio-Sorte. Na ja, muss auch so gehen.«

»Würdest du einen ökologisch produzierten Sekt wirklich am Geschmack erkennen?«

»Na klar. Hat mir Tiina beigebracht. Aber erzähl doch mal von dir! Wie läuft's in deinem neuen Job?«

»Ganz gut.«

»Schlimm, diese Sache mit Laura. Tiina ist der Meinung«, Isabella senkte ihre Stimme, »dass ein reiferer Mann mit Geld dahintersteckt und Laura jetzt woanders lebt und gut versorgt ist. Ehrlich gesagt ist Tiina froh, dass Laura jetzt nicht mehr bei ihr ein und aus geht. Aber wie müssen sich bloß die Eltern fühlen. Ein einziger Alptraum, ganz egal, was man sich über Laura so erzählt.«

»Ich hoffe, dass du das auch Tiina so gesagt hast.«

»Dazu bin ich bisher nicht gekommen. Du weißt doch, Tiina springt dauernd von einem Thema zum nächsten.« Isabella goss sich Sekt nach und wühlte in ihrer Tasche. »Ich hab dir ein kleines Geschenk mitgebracht.« Sie reichte ihr eine Papiertüte mit dem Logo von Wellness & Spirit. »Shampoo und Pflegespülung, Reisegröße. Und eine Probe von unserem neuen Kamille-Basilikum-Weidenröschen-Preiselbeer-Serum. Ein super Anti-Aging-Produkt, hundert Prozent bio.«

»Danke.«

Isabella öffnete die Fläschchen und hielt sie Miia der Reihe nach unter die Nase. Miia gab sich alle Mühe, Isabellas Mitbringsel zu loben, kam sich dabei aber nicht sehr überzeugend vor. Dummerweise hatte sie auch noch Publikum; der Segelboottyp beobachtete sie amüsiert. Zum Glück kam endlich Aikku hereingeschneit und riss wie immer die Regie an sich.

»Jimbo geht in die Zwölfte. Der hat definitiv auch was mit Laura am Laufen gehabt. Singt in der Band von Toni Ojantaus. Wo auch diese anderen Jungs mitspielen, Tick, Trick und Track oder so«, legte Aikku los.

»Tick, Trick und Track?«

»Natürlich nicht. Aber alberne Namen halt, Vertti und Mortti, oder Pilli und Pulla. Die Band heißt Trigger Happy, spielt allerdings ziemlich mies, es gibt ein Amateurvideo auf YouTube. Na ja, und dann ist da noch Olli Kilpinen, der taucht auch in mehreren Foren auf. Lauras Klavierlehrer. Ein alter Konzertpianist, der vor zehn Jahren nach Palokaski gezogen ist. Komischer Vogel.«

»Inwiefern?«

»Keine Ahnung, aber das sagen alle. Irgendwie komisch halt.«

Aikku präsentierte Miia schon eine knappe Stunde lang die Ergebnisse ihrer Internetrecherche. Isabella hatte sich bereits verabschiedet – angeblich musste sie ihren Schönheitsschlaf kriegen und vorher noch ein Fußbad machen. Doch Miia hatte jetzt endlich eine Vorstellung davon, wer sich hinter den Namen verbarg, die im Zusammenhang mit Lauras Verschwinden auftauchten. Ein Hoch auf Aikku, die ihre Freizeit gern im Internet verbrachte.

»Übrigens ist auch sicher, dass die liebe Laura Drogen genommen hat.«

»›Sicher‹? Aikku, du solltest alt genug sein, um zu wissen, dass das Internet nicht nur Wahrheiten verbreitet. Ich würde mit solchen Gerüchten vorsichtig sein.«

»Klar hat die Drogen genommen. Ich gehe stark davon aus, dass es an der Schule einen Dealer gibt und Laura zu seinen Kunden gehört. Wer dieser Dealer ist, weiß ich noch nicht, aber glaub mir, das finde ich noch raus.«

»Du kannst der Polizei ruhig ein bisschen Arbeit überlassen.«

Insgeheim war Miia froh, dass Aikku so viel Zeit in Facebook und Google investierte, auch wenn sie selbst gründlicher und solider recherchiert hätte. Doch halt, wo stand eigentlich geschrieben, dass sie nur einmal täglich online gehen durfte? Das hier war eine Ausnahmesituation!

»Eigentlich darf man so was nicht laut sagen«, kicherte Aikku, »aber für eine gelangweilte Mama ist diese Sache mit Laura die geilste Unterhaltung, die man sich wünschen kann. Endlich mal was anderes als die ständigen Chats über Kindererziehung und Babybrei.«

»Aikku, stop. Das geht zu weit. Ich hoffe, du hast dir damals kein Popcorn gekauft, als Venla verschwunden ist.«

Aikku fasste nach Miias Arm. »Shit. Ich hab wirklich nicht dran gedacht. Bitte verzeih mir. Du kennst mich doch, ich mein's nicht so.«

Miia kannte ihre Freundin in der Tat: Sie hatte noch nie besonders viel Feingefühl gehabt. Trotzdem liebte sie ihre trampelige alte Aikku.

»Miia, echt. Bitte entschuldige. Das war so schrecklich damals mit Venla, ich –« Aikku brach ihren Satz ab, und für eine Weile saßen sie schweigend da.

»Sorry, meine Damen, aber ich habe den Eindruck, dass hier dringend ein bisschen Aufmunterung nötig ist.« Der Segler stellte schwungvoll eine Flasche vor ihnen ab. Keine Billigmarke, sondern echten Champagner.

»Eigentlich sind wir mitten in einem persönlichen Gespräch.«

Miia wollte ihn abwimmeln, doch Aikku machte dem Mann schöne Augen.

»Der will *dich*, eindeutig.«

»Du kannst ihn trotzdem haben.« Miia zog ihre Hose hoch und spülte.

In der Kabine neben ihr rauschte ebenfalls die Klospülung.

»Miia, so nötig hab ich's nun auch wieder nicht. Außerdem hat er dich schon den ganzen Abend angestarrt. Für mich hat der keinen Blick übrig, dabei hab ich ihn mehrmals angelächelt. Ich könnte mich auf seinen Schoß setzen, und es würde nichts passieren.«

Aikku hatte Recht. Der Segler hatte sie keine Sekunde aus den Augen gelassen, und Miia hatte sich – völlig gegen ihren Willen – dabei ertappt, dass sie sich den Mann in ihrem Bett vorstellte: nicht verschwitzt und selig nach einer leidenschaftlichen Begegnung, sondern beim Aufstehen mitten in der Nacht, um sich um ihr gemeinsames Baby zu kümmern. Damit Miia weiterschlafen konnte. Der Segler war der perfekte Familienvater. Seltsam, normalerweise machte Miia sich nichts aus diesem Typ Mann.

»Miia, den kannst du nicht einfach ziehen lassen. Weißt du nicht, wer das ist?«

»Er hat sich als Mikael vorgestellt.«

»Das ist nicht *irgendein* Mikael. Das ist *der* Mikael. Der ist Millionär!«

»Na und? Er kann meinetwegen Milliardär sein.«

»Vielleicht ist er das sogar. Der hat irgendeinen Chip für Computer entwickelt, und jetzt hat er einen Porsche und einen Mercedes und ein Boot oder sogar drei, und 'ne fette Villa mit verglaster Front am Strand. Dazu noch ein paar andere Häuser in der ganzen Welt verstreut.

Das ist Palokaskis absoluter Traummann! Alle wundern sich, wieso der nie mit einer Frau unterwegs ist. Jetzt wissen wir's: Er hat die ganze Zeit auf dich gewartet. Wenn das nicht romantisch ist!« Aikku streckte Miia beim Händewaschen neckisch die Zunge raus und legte dann noch eine Schicht Lipgloss auf. »Außerdem hast du doch bestimmt Lust, oder? Gib's zu.«

»Ich hab immer Lust, aber ...«

»Hach, könnte man sich seine Gelüste doch aussuchen. Sex ist so viel gesünder als Rauchen.«

»Vorsicht, Aikku. Ich bin nicht sexsüchtig! Aber ich weiß nicht genau. Die Sache ist die – kannst du dich an den Typen vom Strand erinnern? Diesen Antti, der mich aus dem Wasser geholt hat?«

»Einigermaßen.«

»Weißt du, wer das ist?«

»Jedenfalls keiner aus Palokaski.«

»Er hat gesagt, dass er von hier ist.«

»Stimmt aber nicht. Daran könnte ich mich erinnern. Ich hab den hier noch nie gesehen. Und auf mich kannst du dich verlassen, ich hab jahrelang die Männer auf Schädelform, Gesicht und Körper abgecheckt.«

Eigenartig. Antti hatte ihr erzählt, dass er direkt am Strand wohnte. Spielte er ein falsches Spiel? Oder irrte Aikku sich?

»Wieso fragst du? Hast du was mit dem?«

Miia brummte unwirsch.

»Dacht ich's mir doch. Na und?«

Klar, Aikku konnte es egal sein, was Miia trieb. Andererseits: Miia hatte Antti nichts versprochen. Vielleicht würde sie ihn gar nicht so schnell wiedersehen. Trotzdem konnte sie jetzt nicht einfach Mikael für eine heiße Nacht mit nach Hause nehmen. Auch wenn sie so manche Affäre hatte – sie ließ nie zwei parallel laufen.

Jetzt wurde Mikael aktiv und schlug ihr ein klassisches Date vor: ins Theater, danach ins Restaurant. Damit hatte Miia nicht gerechnet. Sie wusste nicht, wie sie reagieren sollte, und erbat sich Bedenkzeit. Mikael überreichte ihr seine Visitenkarte, verließ die Kneipe und stieg in ein Taxi. Kaum war er verschwunden, lästerte Aikku los.

»Ist der ein Mönch oder was? Der hätte auch schneller ans Ziel kommen können. Hat der keine Eier? Miia, den kannst du vergessen.«

Und Miia vergaß ihn auch, jedenfalls für eine Weile. Als sie ihre Wohnungstür aufschloss, wusste sie sofort, dass jemand bei ihr zu Hause gewesen war. Ob das an einem minimal veränderten Geruch lag oder an ihrem Halstuch, das anders auf dem Tisch zu liegen schien als vorher, konnte sie nicht sagen. Sie spürte es einfach. Sie war sich ganz sicher. Und leider war diese Situation für sie nicht neu:

Sie und Korhonen hatten gerade einen Internetdealer am Wickel, und als Miia eines Abends nach Hause kam, hatte sie sofort dieses spezielle Gefühl, dass jemand in ihrer Wohnung gewesen war. Und siehe da, auf ihrem Bett hatte ein Zettel mit einer Morddrohung gelegen.

Sofort kreiste in ihrem Körper eine ordentliche Dosis Adrenalin. Miia bewaffnete sich an der Garderobe mit einem Regenschirm und suchte die Wohnung ab. Nichts. Alles, wie es sein sollte. Keine offenen Fenster, keine Zettelbotschaften. Sicherheitshalber warf sie noch einen Blick in die Dusche – auch hier lauerte niemand mit der Axt. Sie trat ans Waschbecken und versuchte, sich zu beruhigen: Der Alkohol hatte ihre Phantasie angeregt. Und der Stresspegel war ohnehin schon hoch, wegen des neuen Jobs und wegen Laura. Obendrein hatte Mikael sie durcheinandergebracht, und Antti sowieso. Dazu die Sorge um Nikke. Endlich wurde ihr Atem ruhiger. Miia wusch sich das Gesicht. Auf dem Spiegel prangte noch immer Anttis Telefonnummer. War unter den letzten Ziffern von Anfang an ein kleines Herz gewesen? Miia starrte es an. Sie war sich nicht sicher.

16 Samstagmorgen, die Spätsommersonne schien Miia direkt ins Gesicht. Sie war viel zu früh wach. Hätte sie doch in *Palokaskis Brennstoff* mehr getrunken, dann könnte sie jetzt weiterdösen und den ganzen Tag mit einem ordentlichen Kater im Bett verbringen. Aber sie fühlte sich putzmunter. Miia hatte keine Pläne fürs Wochenende. Theoretisch würden ihr ein paar ruhige Stunden guttun, doch der Gedanke an zu viel Muße machte Miia plötzlich Angst. Sie drehte sich auf die andere Seite und versuchte, noch einmal einzuschlafen, ohne Erfolg. Irgendwann war es im Zimmer so warm, dass sie aufstehen und das Fenster öffnen musste.

Beim Kaffee las Miia noch einmal den Artikel *Der Fluch von Palokaski*. Darunter stand der Name des Journalisten. Pasi Tikka. Der Name kam ihr irgendwie bekannt vor. Kriminalreporter war er nicht, die kannte Miia alle. Das Schwarz-Weiß-Foto neben dem Namen war winzig und die Seite schon etwas zerknittert. Sie stand auf, ging an ihren Schreibtisch und nahm die Lupe aus der Krimskrams-Schublade – ein Geschenk von Korhonen, das er ihr bei einer Weihnachtsfeier im Kollegenkreis überreicht hatte. Er hatte Miia feierlich den Sherlock Holmes des Internets genannt, dem nur noch eine gute Lupe fehlte. Die Kollegen hatten sich amüsiert – das Geschenk bezog sich darauf, dass Miia als Internetspezialistin die altmodischen Ermittlungsmethoden der anderen immer etwas belächelte. Und jetzt brauchte sie zum ersten Mal selbst eine Lupe. Tatsächlich, sie kannte Pasi Tikka. Es war der Mann, den sie auf dem Schulhof gesehen hatte. Also doch kein Mädchenkidnapper, sondern ein bemitleidenswerter Klatschreporter. Na ja, wenigstens ein Verdächtiger weniger.

Miia beschloss, eine Liste anzulegen und ihre bisherigen Recherche-Ergebnisse zusammenzutragen.

Jimbo

– *Lauras Freund? Oder jedenfalls Flamme? Laura war oft im Probenraum dabei*
– *Sänger von Trigger Happy*
– *geht in die 12. Klasse*
– *war am Partyabend am Strand*
– *Einträge im Polizeiregister? Drogen?*

Toni Ojantaus

– *reich, Tiina Ojantaus' Sohn*
– *Gitarrist von Trigger Happy*
– *auch ein Flirt von Laura? Oder Freund? Laut Tiina war Laura in ihn verliebt*
– *Nimmt er Drogen? Dealt er?*

Pilli und Pulla

– *Schlagzeuger und Bassist bei Trigger Happy*
– *kiffen viel*
– *drehen angeblich Internetpornos*
– *schwänzen regelmäßig die Schule*

Olli Kilpinen

– *Lauras Klavierlehrer, komischer Vogel?*
– *einst vielversprechender Pianist, was ist passiert? Warum ist er nach Palokaski gezogen?*
– *war zweimal verheiratet, beide Frauen weit über zehn Jahre jünger*
– *heimliche Beziehung zu Laura?*

Johanna Malkamäki

– *Lauras beste Freundin*
– *weiß etwas, hat aber Angst, es zu sagen?*
– *wo steckt sie?*

Lauras Eltern

– *strenger Vater*
– *oft Streit*
– *Inzest?*

Lauri Ojantaus?

Tiina Ojantaus?

Nikke kam nicht mit auf die Liste. Zerstreut tippte Miia etliche Male ein x. Darunter schrieb sie Anttis Namen. Schockiert löschte sie ihn wieder, er hatte auf dieser Liste nichts zu suchen. Wieso musste sie bloß so viel an ihn denken? Beim morgendlichen Blick in den Spiegel war sie überzeugt davon, dass das Herz von Anfang an unter der Nummer gestanden hatte. Sie erinnerte sich an seine geschickten Hände und Lippen. An die Schweißtröpfchen in seinem Nacken und ihren salzigen Geschmack. An Mikael dachte sie erst wieder, als sie eine SMS von Aikku bekam: *Ruf Mikael trotzdem an! Auch wenn er von der langsamen Sorte ist – er ist und bleibt ein super Kandidat.* Miia antwortete mit einem kurzen *Vielleicht* und wandte sich anderen Dingen zu.

An diesem Tag hielt sie sich an ihre Regel und loggte sich nur ein einziges Mal in den sozialen Netzwerken ein – allerdings blieb sie bis zum Abend drin. Seit der Zeitungsartikel von Pasi Tikka erschienen war, ging es auf der Facebook-Seite zu Lauras Verschwinden richtig rund. Miia hoffte inständig, dass das Internet bei Lauras Eltern heute nicht funktionierte. Selbst sie, die von ihrem früheren Job harte Töne im Netz gewohnt war, empfand die anonym ausgespuckten Urteile, Prognosen, Anklagen, Mutmaßungen und Anmaßungen deprimierend. Als die Sonne unterging, zitterte sie am ganzen Körper, allerdings auch vor Erschöpfung und Hunger. Sie klappte den Laptop zu und rief die Pizzeria von neulich an.

Nachdem sie zwei große Pizzas verdrückt hatte, starrte Miia auf ihre Notizen. Sie konnte sich kaum vorstellen, dass die Jungs von Trigger Happy etwas mit Lauras Verschwinden zu tun hatten. Auch wenn bei Jungs in diesem Alter die Hormone verrücktspielten, waren sie doch relativ selten in ernsthafte Verbrechen verwickelt. Da konnten sie noch so bekifft sein. Der Klavierlehrer blieb vorerst ein Rätsel, laut Internet aber ein harmloses, außerdem hatte er, so Miias Recherche, keinerlei Vorstrafen. Was war mit den Eltern? Vor allem der Vater schien sich schwer damit zu tun, die eigene Tochter zur jungen Frau heranwachsen zu sehen. Aber das reichte als Motiv nicht aus. Blieben die sogenannten reiferen Männer, auf die etwa siebzig Prozent der Internetkommentare verwiesen.

Wäre sie Korhonen, würde sie Nikke ebenfalls verhören. Mit diesem deprimierenden Gedanken schlief sie irgendwann erschöpft ein und träumte seit langem wieder ihren alten Alptraum: Sie stand in Helsinki am Hauptbahnhof und sah ihre Schwester quicklebendig auf einen Zug warten. Wenige Sekunden später kam ein Polizist auf Miia zu und sagte, dass man Venlas Leiche gefunden hätte.

Sie hatte diesen Traum schon Jahre nicht mehr geträumt. Jetzt war er wieder da. Miia wusste, dass er sie eine Weile begleiten würde.

Der nächste Morgen begann genauso nervig wie der vorige: Obwohl sie schlecht geträumt hatte, war sie mit dem ersten Sonnenstrahl putzmunter und konnte nicht wieder einschlafen. Heute verspürte sie sogar einen starken Bewegungsdrang. Auch wenn sie keine leidenschaftliche Joggerin war, machte sie sich für eine Runde im Wald fertig – da rief Suski an.

»Morgen, Miia. Ich will in die Blaubeeren. Hast du Lust mitzukommen?«

»Klar! Der beste Vorschlag seit langem.«

»Wow. Ist bei dir alles okay? Normalerweise müsste man dich zu so einer Aktion erst überreden.«

»Ach, ich hab heute Nacht den alten Venla-Alptraum geträumt.«

»Du Arme. Das kommt jetzt alles wieder hoch, was?«

»Ja. Aber sag, was soll ich mitnehmen?«

»Ich hab schon alles eingepackt, Eimer und Pflückmaschinen. Proviant mach ich uns gleich auch noch.«

Ein warmer Augustsonntag im Wald mit Gourmet-Picknick von Suski. Miia konnte sich kein besseres Programm vorstellen.

Suskis Pflückmaschinen waren das Beste, was es auf dem Markt gab, obendrein hatte Suski selbst noch Hand angelegt, um sie zu perfektionieren. Doch Miia kam mit dem Gerät nicht klar, da half auch Suskis kleiner Einführungskurs nichts. Sie pflückte lieber altmodisch mit den Fingern, staunte jedoch nicht schlecht, wie schnell Suski ihren Eimer mit der Maschine vollbekam. Ganz ohne Blätter und Zweige. Sie besprühte die Beeren mit Wasser und würde sie zu Hause noch durch Kochen desinfizieren. Suski und ihr Hygienewahn.

Der Wald war genau so, wie er sein musste. Obwohl Miia die typisch finnische ›Unsere Kirche ist der Wald‹-Romantik etwas übertrieben fand – gegen die Ruhe, die sofort von ihr Besitz ergriff, konnte und wollte sie sich nicht wehren. Jegliche Eile fiel von ihr ab. Miia schaute zu Suski hinüber und lächelte in sich hinein. Dies war der geheime Blaubeerplatz ihrer besten Freundin. Und Suski hatte Miia auf der Fahrt dorthin nicht einmal die Augen verbunden!

»Du hast ja fast mehr Blätter als Beeren.« Suski fischte ein paar Blätter und Zweige aus Miias Eimer.

»Wie war das nochmal, hattest du nicht Proviant mitgenommen?«, konterte Miia.

Suski holte mehrere Tupperdosen aus ihrem Rucksack und deckte für ein üppiges Picknick.

»Das sind alles Reste von dieser Woche. Normalerweise lässt Nikke nichts von unserem Essen übrig, aber jetzt war noch der halbe Kühlschrank voll.«

»Wo steckt er eigentlich?«

»Nikke? Der ist vor seiner geliebten Playstation hängen geblieben.«

Ob Suski wusste, dass Nikke morgen früh beim Polizeiverhör schwitzen würde? Miia beschloss, die Stimmung nicht mit diesem Thema zu verderben.

»Hab ich dir schon erzählt, dass ich mit der Hormonbehandlung aufgehört habe?«

»Hast du. Und die hier ...«, Miia wühlte in ihrem Rucksack, »wollte ich dir schon seit ein paar Tagen geben. Endlich hab ich sie dabei!« Sie hielt Suski die Frauenzeitschrift mit dem Aufmacher zu alternativen Empfängnismethoden hin.

»Wurde auch Zeit.« Suski überflog den Artikel und reichte Miia die Zeitschrift enttäuscht zurück. »Alles längst ausprobiert.«

»Wirklich? Alles, was da drinsteht?«

»Ach, du weißt ja gar nicht, was es alles gibt. Das meiste hab ich längst getestet. Wusstest du, dass man Eizellen inzwischen sogar kaufen kann? Damit hat man ganz neue Chancen, wenn bei einem Paar Eizellen und Spermien nicht zusammenpassen.«

»Und wo, bitte schön, kauft man Eizellen?«

»Das läuft wie mit allen anderen Produkten auch. Beim Anbieter.«

»Denkst du ernsthaft darüber nach, dir irgendwo auf dem freien Markt Eizellen zu kaufen?«

»Miia, ich denke über absolut alle Möglichkeiten nach, und zwar Tag und Nacht. Nur Isabellas Ökozeugs, das interessiert mich nicht.«

»Ja, sie nervt mit ihren Wellness & Spirit-Produkten. Bist du deshalb Freitagabend nicht gekommen?«

»Quatsch. Ich hatte schon was anderes vor. Einen Kneipenabend muss man mindestens eine Woche vorher ankündigen, damit alle können.«

»Das mit den Eizellen ... das ist garantiert illegal. Und kriegst du sie auf dem medizinischen Weg nicht quasi umsonst?«

Suski seufzte, wie man seufzt, wenn man einem dummen Kind etwas erklärt.

»Erstens wartet man eine halbe Ewigkeit, und zweitens sind die Eizellen der Kliniken nicht die allertollsten. Denk mal scharf nach, wer seine Eizellen anbietet. Willst du von diesen Frauen wirklich Nachwuchs?«

»Wieso, was sind denn das für Frauen?«

»Für eine Eizellenspende gibt's nicht viel Geld. Also machen das Frauen, die auch auf kleinere Summen angewiesen sind. Und das sind nicht unbedingt die schlauen, schönen Akademikerinnen. Die haben so was nicht nötig.«

»Und wie funktioniert das auf dem freien Markt?«

»Da kriegt man richtig gute Eizellen, und die Spenderinnen werden super bezahlt. Das lohnt sich dann auch für eine Akademikerin. Schwupps, mit einem Schlag ist die neue Wohnung abbezahlt. Oder das Darlehen für irgendwas anderes. Die Amis zum Beispiel verschulden sich doch so gern.«

»In Amerika kann ich mir so was auch vorstellen, aber nicht hier in Finnland. Das ist doch garantiert streng verboten!«

»Aber wenn man auf diese Weise zu seinem Wunschkind kommt? Das einem möglichst ähnlich sieht, aber noch viel mehr drauf hat als man selbst? Man muss sich nur eine Spenderin suchen, die einem ähnlich sieht und obendrein sportlich, musisch und naturwissenschaftlich begabt ist.«

»Das hört sich ja noch gruseliger an als Aikkus Schädelform-Methode.«

»Ich würde sofort die Eizellen von einer attraktiven,

musisch veranlagten Akademikerin kaufen. Stell dir nur vor – wenn sich das mit Nikkes sportlichen, empathischen, humorvollen und kommunikativen Genen mischt ...«

Meinte Suski das ernst? Miia wusste es nicht. Sie kannten einander eine halbe Ewigkeit und lachten oft über dieselben Dinge. Manchmal aber gab es Situationen, in denen Suski seltsam stumm blieb, während Miia sich köstlich amüsierte. Sie beschloss, ihre Freundin zu testen.

»Oder du kombinierst Nikkes nordische Gene mit südländischem Feuer. Kauft euch doch Eizellen von einer Südeuropäerin, oder von einer Latina. Für einen Schuss Salsa und Samba!«

Suski stocherte in ihrem Essen und schluckte. Eine Träne lief ihr über die Wange. Testergebnis negativ, Suski nahm die Sache absolut ernst.

»Ich hab's nicht so gemeint, Suski. Ich wollte damit nur sagen, dass es ziemlich absurd ist, irgendwo Eizellen zu kaufen. Oder die eigenen Eizellen zu verkaufen.«

»Woher willst du wissen, was absurd ist? Ich finde es absurd, wenn zwei Menschen, die sich lieben und die wunderbare Eltern wären, kein Kind bekommen können.«

Sie schwiegen eine Weile.

Dann fuhr Suski leise fort: »Ich werde es sowieso nie machen. Nikke ist damit nicht einverstanden. Er ist genauso altmodisch wie du.« Sie lachte bitter.

Dabei beließen sie es und wandten sich wieder den Blaubeerbüschen zu.

Auf der Heimfahrt bekam Miia eine SMS von Antti: *Soll ich vorbeikommen?* Schon der Gedanke an Anttis Berührungen ließ Miia erröten. *Bin in einer halben Stunde zu Hause*, schrieb sie zurück.

17 Nikke suchte vergeblich nach einer bequemen Position auf seinem Sitzsack. Entweder schlief sein rechtes Bein ein, oder die Hose spannte. Doch heute hätte er wahrscheinlich auch auf einem Wasserbett keine angenehme Position gefunden.

»Hier. Lies.«

Korhonen reichte ihm einen Ausdruck aus dem Internet.

Nikke blickte widerwillig auf das Papier und begann zu lesen.

Supi »Schnapsbrenner« Timonen

Wieso knöpft sich keiner Nikke vor? Sind Autoritäten in Finnland unantastbar? Ist dieses Land schon so rechts geworden? Schuldige gehören hinter Gitter!

21. August, 23:21, 17 Likes

Sanni Lukkarinen

Wenn du was zu sagen hast, dann sag's direkt und versteck dich nicht hinter Andeutungen.

21. August, 23:22, 2 Likes

Supi »Schnapsbrenner« Timonen

Ich find's einfach seltsam, dass die Polizei den noch nicht geschnappt hat. Der hat den ganzen Sommer mit Laura abgehangen. Das muss man doch aufklären! Wir haben ein Recht darauf!

21. August, 23:27, 4 Likes

Antti Mäkinen

Absolut. Ich hab die ständig zusammen gesehen. Merkwürdig, dass ein Erwachsener seine Freizeit mit einem Teenager verbringt.

21. August, 23:41, 2 Likes

Supi »Schnapsbrenner« Timonen

Psycho ist echt komisch!

21. August, 23:48, 7 Likes

Hanski Jutunen

Jetzt hört mal auf! Nikke ist ein anständiger Typ und macht nur seine Arbeit. Außerdem hat der 'ne echte Perle zu Hause, der muss keinen kleinen Mädchen hinterherlaufen.

22. August, 00:14, 0 Likes

Anneli Riitta Raekenttä

Ich habe die beiden spätabends gesehen. Haben bei Grill-Meister gesessen und geredet. Mitten in der Nacht! Das ist doch keine normale Arbeitszeit. Irgendwas stimmt da nicht.

22. August, 00:36, 2 Likes

Onkel H.

In Nikkes Büro gibt's keinen einzigen Ordner zu Laura.

22. August, 03:16, 2 Likes

Supi »Schnapsbrenner« Timonen

Ach, und jetzt heißt es womöglich, sie ist gar nicht seine Klientin *gewesen??!!*

22. August, 10:06, 3 Likes

Ripa Isomies

HJK ist die geilste Fußballmannschaft der Welt!

22. August, 10:33, 19 Likes

Korhonen hatte Nikke beim Lesen genau beobachtet.

»Das ist nicht der ganz klassische Ermittlungsweg. Aber wo es diese Internetdiskussionen nun mal gibt, beziehen wir sie auch mit ein. Und ein paar Sätze springen uns schon ins Auge.«

Nikke hatte einen Frosch im Hals. Er versuchte, sich locker zu geben, und legte den Ausdruck neben sich auf den Sitzsack.

»Das sieht mir ganz nach den üblichen Internetgerüchten aus. Ist doch logisch, dass die Schüler über mich tratschen. Mein Job hat schließlich schon was Seltsames.«

»Da hast du Recht. Und ich sage auch nicht, dass

wir – wie hast du es genannt? – Internetgerüchte für bare Münze nehmen.«

»Wenn ihr die ernsthaft untersuchen wollt, müsst ihr eine professionelle Social-Media-Abteilung mit einbeziehen.«

»Schön, dass du da so gut Bescheid weißt. Das haben wir auch. Und wie schon gesagt, ein paar Sätze sind uns ziemlich ins Auge gestochen.«

»Und?«

»Was im Internet über dich und Laura gesagt wird, entspricht nicht ganz dem Bild, das du uns vermittelt hast. Du hast Laura also auch außerhalb deines Sprechzimmers getroffen?«

Nikke richtete sich auf und dachte nach. Es abzustreiten würde nicht helfen, auch Ausreden brächten ihn nicht weiter. Niemand würde nach mildernden Umständen fragen – ein Schulpsychologe durfte sich keine Fehler erlauben.

»Ja, ich habe Laura auch außerhalb der Schule getroffen.«

»Und nicht nur rein zufällig. Warum?«

Korhonen ließ allmählich durchblicken, dass hinter seiner bärigen Fassade ein gefährliches, erfahrenes Tier schlummerte.

»Um uns zu unterhalten. Über dieselben Dinge wie hier im Büro.«

»Warum? Gibt es für solch ein Fehlverhalten mildernde Umstände?«

»Äh, wie bitte?«

»Wie kannst du so dumm sein und dich in deiner Freizeit mit einem jungen Mädchen treffen, das deine Klientin ist?«

»Laura hat für mich was enorm Anziehendes.« Nikke bereute seine ehrlichen Worte sofort. »Ich spreche da natürlich nicht als Mann, sondern als Pädagoge und Mensch. Und weil nun mal Sommerferien waren, fand ich es angenehmer, sich weniger förmlich außerhalb meines Büros zu treffen. Und Laura brauchte nun mal meine Hilfe.«

»Du hast dabei an Venla gedacht, stimmt's? Wenn Laura ihr nicht so ähnlich sehen würde, säßest du jetzt nicht in der Klemme.«

Nikke bekam keinen Ton hervor. Sein Blick wanderte ziellos über die gemusterten Vorhänge.

»Miia und du, ihr seid mir zwei.« Korhonen seufzte. »Wieso könnt ihr nicht wenigstens eine Minute über die Folgen eurer Handlungen nachdenken? Selbst wenn ich dir jetzt glaube – was bitte sollen meine Kollegen denken? Der werte Herr Schulpsychologe führt die hübsche Klientin aus reiner Gutmütigkeit zum Spaziergang aus, und zwar mitten in der Nacht! Wie blöd kann man nur sein?«

Nikke schwieg noch immer. Korhonen hatte Recht.

Der Kommissar rieb sich resigniert die Augen.

»Kommen wir zum nächsten Punkt. Da hast du hoffentlich eine bessere Erklärung.«

»Ich werde mir Mühe geben.«

»Zu Laura gibt es also keine Ordner?«

»Wieso das? Nur, weil das irgendjemand im Internet behauptet?«

»Nein. Weil du jetzt feuerrot wirst. Könntest du mir deine Aufzeichnungen zu Laura bitte zeigen?«

Nikke wurde erst heiß, dann kalt. Am liebsten wäre er durchs geschlossene Fenster gesprungen.

Er hatte verhindern wollen, dass jemand seine Notizen las. Über ihre nächtlichen Gespräche, über die Parallelen zu Venla. Darüber, wie toll, intelligent und interessant er Laura fand. Man hätte sofort angenommen, dass er Gefühle für seine Klientin hegte. Und das tat er auch, allerdings rein brüderliche. Er wollte Laura beschützen, eine Schülerin, die sich elend und verloren fühlte. Er wollte sie vor dem Bösen bewahren, was auch immer es war. Wie hätte er der Außenwelt klarmachen sollen, dass er nie und nimmer erotische Absichten gehabt hatte? Laura war wie eine Verwandte, wie Venla. Unschuldig, hilfsbedürftig. Wie eine Schwester. Trotzdem war es unklug gewesen, die Ordner zu vernichten.

»Ich unterliege der Schweigepflicht. Die Gesprächsnotizen zu meinen Klienten sind nicht einsehbar.«

»Ich will ja auch nur den Ordner sehen, von außen, das genügt.«

Nikke quälte sich mühsam aus dem Sitzsack, öffnete seinen Aktenschrank und suchte die Regale ab.

»Ich kapier's nicht.«

»Wie bitte?«

»Die zwei Ordner sind tatsächlich verschwunden.«

Korhonen sah ihn scharf an und schwieg.

»Aber wenn irgendein Onkel H. in meinem Büro rumschnüffeln kann, dann kann er die Ordner auch ebenso gut klauen. Oder irgendwer anders. Mein Zimmer hat ja keine Alarmanlage. Nur ein normales Türschloss.«

»Da ist was dran.«

»Vielleicht sind noch andere Ordner verschwunden. Ich muss sofort nachsehen.«

Nikke spielte seine Rolle so überzeugend, dass er sie beinahe selber glaubte. Fast hätte er Korhonen gebeten, das Büro nach Einbruchspuren absuchen zu lassen, doch der kam ihm mit dieser Idee zuvor.

Als der Kommissar schließlich gegangen war, saß Nikke wie gelähmt da und überlegte. Am liebsten hätte er sich mit der Autofähre Richtung Schweden verabschiedet, bis der Fall aufgeklärt war. Doch sein Gefühl sagte ihm, dass sich das noch eine Weile hinziehen würde. Und er sich dem stellen musste. Auch wenn die Gefahr bestand, dass man ihn als Sündenbock opferte.

In der Pause schwang Nikke sich auf sein Fahrrad und fuhr wieder ans Meer.

Die Villa und das Saunagebäude von Familie Ojantaus lagen still da. Nikke schlich sich sicherheitshalber wieder über den Trampelpfad an.

Er hatte Fehler gemacht. Dinge, die man ihm übel

ankreiden konnte. Einer war, mit den Jugendlichen im Probenraum von Trigger Happy abzuhängen. Hier hatte er seine Schüler trinken, tanzen, knutschen und streiten sehen – was bei Partys eben so passierte. Bis eben hatte er angenommen, dass dies der perfekte Weg war, um einen guten Draht zu seinen Klienten herzustellen. Jetzt wurde ihm klar, dass man ihm das auch ganz anders auslegen konnte. Ein Gutes hatte sein Verhalten dennoch: Er kannte das Schlüsselversteck und den Code der Alarmanlage vom Saunahaus. Und er wusste, dass die Jungs mittags nie probten.

Nikke holte den Schlüssel aus dem Versteck und gab den Code der Alarmanlage ein. Es begann laut zu piepsen, offenbar hatte er die Anlage eben erst eingeschaltet. Mit schwitzigen Fingern gab er den Code ein zweites Mal ein. Er hasste diese Dinger. Wieso besaßen so viele Leute eine Alarmanlage? Das war doch nur ein Geschäft mit der Angst! In Finnland wurde kaum eingebrochen.

Nikke schloss auf, betrat den Probenraum und ging an den Computer. Erfreulicherweise war kein Passwort nötig. Er verstand sowieso nicht, wie die Leute sich all die Passwörter und Ziffernfolgen merken konnten: Türcodes, Pin-Codes, Codes für Mobiltelefone, Passwörter für den E-Mail-Account und Facebook, für das Online-Banking, für Ebay, für Internetforen – und da regten sich tatsächlich manche Leute auf, dass man frühzeitig dement wurde, weil man sich keine Telefonnummern mehr merken musste, weil alles im Handy gespeichert war.

Nikke suchte nach dem Video mit Laura. Ohne Erfolg. Auf dem Desktop lagen nur ein paar Schulprotokolle und ein längerer Aufsatz, fast wie um ihn zu verarschen. Jeder wusste, dass die Bandmitglieder in ihrem Probenraum alles andere machten als Hausaufgaben. Und jetzt sollte er ihnen abnehmen, dass sie sich für die Geschichte des Dudelsacks interessierten! Nikke las die ersten Absätze und wusste sofort, dass die Jungs den Aufsatz aus dem Internet kopiert hatten.

Das Video blieb unauffindbar. Nikke ahnte: Das Video hätte verraten, wo sich Laura befand.

18

»Kommt deine Mutter heute etwa nicht?«
Lauri Ojantaus sah aus, als hätte er seit Tagen nicht geschlafen.

»Keine Ahnung. Die ist schon seit einer Woche nicht zu Hause.«

Miia jubelte innerlich über den ersten vollständigen Satz, den der Junge in ihrem Büro von sich gab, und ging zugleich die Kriterien durch, die für Kindesvernachlässigung gegeben sein mussten.

»Ich schlage vor, wir fangen an. Deine Mutter wird schon kommen, wenn sie will.«

»Auf deine Verantwortung.«

»Okay. Wie läuft's momentan bei dir, Lauri?«

»Gut.«

»Ich habe gehört, dass du die letzten Tage immer erst zur dritten Stunde erschienen bist.«

»Toni hat mich nicht geweckt.«

»Dann ist Toni also der Chef, wenn eure Mutter weg ist?«

»Toni ist ein Arschloch.«

Von der Hassliebe der beiden Brüder wusste die ganze Schule, aber heute klang Lauri tief verletzt.

»Ihr kommt gerade nicht miteinander klar? Ist etwas Bestimmtes vorgefallen, oder stimmt die Chemie einfach nicht?«

Lauri presste die Lippen zusammen und starrte an

Miia vorbei aus dem Fenster. Es war nicht schwer zu erkennen, dass er seine Rede-Dosis für diesen Tag schon überschritten hatte.

»Wenn Toni nicht zuverlässig ist, kannst du dir den Handywecker stellen. Andere Sachen kriegst du doch auch geregelt. Du kannst nicht ständig zu spät zur Schule kommen.«

»Was macht denn Johanna da vor dem Fenster?! Spitzelt die, oder was?«

Miia drehte sich blitzschnell um und sah gerade noch Johannas Kopf verschwinden. Es war das Mädchen, dessen Facebook-Seite sie bestens kannte und die nicht auf ihre Nachrichten reagierte. Als Miia das Fenster aufmachte, war Johanna nirgends mehr zu sehen.

»Johanna findet auch, dass Toni ein Arschloch ist. Sie hat deshalb sogar Streit mit Laura gehabt«, sagte Lauri.

Ohne es zu merken, war Miia wieder in die Rolle der Ermittlerin geschlüpft:

»Was für einen Streit?«

Lauri hob seinen Rucksack vom Boden auf und stieß seinen Stuhl zurück.

»Meine Mutter hat mir verboten, mit dir zu reden, wenn sie nicht dabei ist. Hat sie gestern extra nochmal gesimst. Sorry, aber ich verschwinde besser. Tschüss.«

Schon saß Miia wieder allein in ihrem Büro.

Nachmittags sah sie mehrmals unruhig auf ihr Handy. Warum reagierte Johanna nicht auf ihre Kontaktversuche? Irgendwann war es nach vier, die Schule lag still und verlassen da. Niedergeschlagen packte Miia ihre Tasche. Noch auf dem Weg nach draußen loggte sie sich bei Facebook ein, und beinahe wäre sie in der Aula gegen eine Säule gerannt: Eine Nachricht von Johanna war eingetroffen!

Hör auf, mich zu kontaktieren.

Miia antwortete sofort und ignorierte den Inhalt von Johannas Botschaft.

Können wir uns treffen? Auf einen Kaffee?

Lass mich in Ruhe, oder es wird was passieren.

Was denn? Wir müssen reden.

Johanna loggte sich aus.

»Verdammte Scheiße«, murmelte Miia.

Olli Kilpinen spielte eine Eigenkomposition mit dem Titel ›Ergebnis‹. Er hatte Miia gebeten, am Fenster Platz zu nehmen und sich der Musik hinzugeben, und nun saß sie in einem weichen Sessel und lauschte Kilpinens Spiel. Angeblich war sie die Erste, die das Stück zu Ohren bekam. Das Szenario entsprach nicht ganz dem, was Miia im Sinn gehabt hatte.

Als sie bei McDonald's ihren zweiten Cheeseburger aß, war ihr der Gedanke gekommen, Olli Kilpinen zu besuchen. Wenn tatsächlich jemand Laura gekidnappt hatte, musste auch der Klavierlehrer unter die Lupe genommen werden. Im ganzen Ort hielt man ihn für verrückt; angeblich spazierte er ständig mit verschränkten Armen umher und führte laute Selbstgespräche. »Bei dem sollte man mal die Kühltruhe durchsuchen, vielleicht liegt Laura ja dort«, hieß es mittlerweile.

Im Handumdrehen hatte Miia seine Adresse recherchiert und machte sich zum Strand auf. Der Weg führte an Ojantaus' Grundstück vorbei. Die Fenster der Villa waren dunkel.

Miia wollte Kilpinen fragen, ob er ihr Klavierstunden geben könnte – das sei schon immer ihr Traum gewesen; in ihrer Kindheit hätten ihre Eltern leider nicht das Geld dafür gehabt. Als sie klingelte, verwarf sie ihren Plan. Zu albern. Aber was dann? Sie wollte gerade umdrehen und den Rückzug antreten, als die Tür aufging.

Vor ihr stand ein dünner Mann in weißem Hemd und dunkler Cordhose, seine Brille hatte auffällig dicke Gläser. Seine Haare waren so schütter, dass er sie besser kurz geschnitten hätte, als sich die mickrigen Strähnen über seine Halbglatze zu kämmen. Zu Miias Überraschung empfing er sie, als hätte er nur auf sie gewartet. Galant führte er sie zum Sessel am Fenster und begann zu spielen.

Er war wirklich gut. Die Musik drang bis in ihren Körper, entspannte ihre Muskeln und ließ sie tiefer in den bequemen Sessel sinken. Verflixt, wieso ging sie nicht öfter in Konzerte, das war ja großartig! Verzaubert starrte sie auf Kilpinens Hände, die über die weißen und schwarzen Tasten wanderten, nebeneinander und über Kreuz, flink und dann wieder langsam. Ab und zu hob sich die rechte Hand in die Luft und holte Schwung, wobei Kilpinens Kopf so locker mitschwang, als säße er nur lose auf dem Körper.

Als das Stück zu Ende war, setzte eine ganz besondere Stille ein: Die Musik wirkte nach, entwickelte sich stumm weiter, erweckte ein Gefühl von Sehnsucht und Hoffnung. Miia zwang sich zu einem ironischen Grinsen, wollte sich nicht wie ein Fan verhalten.

»Und?« Kilpinen schaute zu ihr herüber.

Da gestand sie es doch: »Ich musste fast weinen.«

Kilpinen applaudierte sich selbst. »So ist's recht, so ist's recht. Wie wäre es mit einem Tee?«

Miia nickte, und Kilpinen verschwand in der Küche. Sie sah sich im Wohnzimmer um und lauschte noch immer der Musik nach. Vielleicht sollte sie wirklich Klavierstunden nehmen – anscheinend tat Musik ihr sehr gut; das ganze Wohnzimmer schien zum Leben erweckt und strahlte eine einladende Wärme aus.

Die Wände waren schulterhoch mit dunklem Holz vertäfelt, darüber hingen bis fast zur Decke Dutzende von Fotos. Fotos von einem Klavierspieler. Manche wirkten wie gestellt, andere wie Schnappschüsse von Konzertsituationen. Fast alle Bilder zeigten Kilpinen als jungen Mann.

»Wer sind Sie eigentlich, wenn ich fragen darf? Kam mir nur so in den Sinn, als ich gerade den Tee für Sie gemacht habe. Rotbuschtee. Mögen Sie hoffentlich.«

»Ich bin Miia Pohjavirta.« Sie streckte ihm die Hand hin, doch er hielt in beiden Händen schon eine Teetasse. Sie mussten loslachen. Vielleicht war Kilpinen doch nicht so sonderbar, wie die Leute behaupteten.

»Irgendwie kommen Sie mir bekannt vor. Sind Sie nicht diese Internetpolizistin?«

»War ich mal. Inzwischen arbeite ich hier an der Schule, als Sonderpädagogin.«

Kilpinen maß sie mit Blicken.

»Ich kenne Ihre Brüste«, sagte er schließlich und kicherte wie ein kleiner Junge. »Aus dem Internet. Unschöne Sache, für Sie jedenfalls.«

Miia war so verdattert, dass sie beinahe ihre Tasse fallen ließ. Vielleicht war Kilpinen doch verrückt, und zwar verrückter, als die Leute annahmen. Hier hatte sie einen Aufguss ihrer alten Porno-Geschichte nun wirklich nicht erwartet.

»Das war nicht ich«, setzte sie an, doch Kilpinens zudringlicher Blick sagte ihr, dass das keine Rolle spielte.

»Nun gut«, murmelte er. »Wollen Sie Klavierstunden nehmen, oder was führt Sie zu mir?«

»Ich will mit Ihnen über Laura Anderson sprechen.«

»*O Laura, du fehlst mir, du fehlst mir so sehr ...*« Kilpinen sang leise vor sich hin, setzte sich und wies Miia mit pathetischer Geste an, sich ebenfalls zu setzen.

»Ich helfe der Polizei bei ihrer Suche nach Laura«, erklärte Miia. Lüge Nummer eins.

»Soso. Mögen Sie eigentlich Hector? Den Sänger?«

»Klar mag ich den.« Lüge Nummer zwei. Was war nur mit ihr los?

»Ich nicht. In der gesamten finnischen Musiklandschaft ist niemand so überbewertet wie er.«

Miia nickte und überlegte, was sie als Nächstes sagen sollte. Kilpinen kam ihr zuvor.

»Aber wir wollten ja über Laura reden, nicht wahr?«

»Richtig. Sie sind Ihr Klavierlehrer, wie allgemein bekannt ist.«

»Und Laura war meine beste Schülerin. Ein großes Talent. So was gibt es nur selten.«

»Soweit ich weiß, hat sie mit den Klavierstunden aufgehört.«

»Wahre Künstler müssen immer wieder existentielle Krisen durchmachen, in denen sie dem Klavier den Rücken kehren. Das gehört dazu. Aber dann kommen sie wieder, weil sie spüren, dass sie ohne die Musik nicht leben können, und spielen kühner als zuvor.«

»Warum haben Sie Ihre Karriere als Konzertpianist an den Nagel gehängt?«

Kilpinen lenkte ab: »Was ist mit Ihnen? Können Sie spielen?«

»Gitarre.« Lüge Nummer drei. Warum, verdammt? Wahrscheinlich wollte sie ihm gefallen, in der Hoffnung, so leichter an Informationen zu gelangen.

»Als Laura gesagt hat, dass sie aufhören will, hat sie mir geschworen, irgendwann wieder anzufangen. Angeblich musste sie sich erst um irgendeine wichtige Geschichte kümmern.«

»Um was für eine Geschichte?«

»Das habe ich sie nicht gefragt. Ich war viel zu geschockt, dass sie eine Pause einlegen wollte.«

»Ist vielleicht irgendetwas vorgefallen? Warum hat sie so eine Entscheidung getroffen?«

»Wollen Sie damit andeuten, dass ich Laura sexuell bedrängt haben könnte?«

»Um Himmels willen, nein!« Lüge Nummer vier. »Ich frage nur, weil Sie doch eine so vertrauensvolle Beziehung zu Laura haben. Laura könnte Ihnen doch was erzählt oder zumindest etwas angedeutet haben. Vielleicht über ihre Eltern? Oder Jungs? Wissen Sie von irgendwelchen Schwierigkeiten?«

»Also wirklich, ich komme nicht darüber hinweg ... Ich habe mich ein halbes Jahrhundert lang nicht zu outen gewagt, habe all meine erstickte Leidenschaft in die Musik gelegt, und jetzt, wo ich endlich das Licht und die Liebe gefunden habe, kommen Sie daher und stellen mich als alten geilen Bock hin, der seine Schülerinnen begrabbelt.«

»Das haben Sie völlig falsch verstanden, bitte entschuldigen Sie. Ich habe mich ungeschickt ausgedrückt.«

Kilpinen nickte gnädig und nahm die Entschuldigung an.

»Eine Sache gibt es tatsächlich. Die ist allerdings streng vertraulich. Laura hat sie mir nur erzählt, weil ich wissen wollte, ob sie aus finanziellen Gründen mit den Stunden aufhören wollte. Ein Talent wie Laura würde ich natürlich auch umsonst unterrichten. Aber das wird nicht nötig sein, denn sie erwartet anscheinend von irgendwoher eine größere Summe Geld. Eine Summe, die auch einen Erwachsenen überrascht. Sie hat mir allerdings nicht verraten, woher dieses Geld kommt. Ich nehme an, es handelt sich um eine Erbschaft, um Aktiengewinne ihrer Eltern oder etwas in dieser Art. Jedenfalls meinte sie, dass es ihr Leben komplett verändern wird.«

»Woher das Geld kommt, hat sie also nicht verraten. Haben Sie denn eine Vermutung, was sie mit dem Geld machen will?«

»Nein. Ich habe ihr natürlich empfohlen, nach dem Abitur ins Ausland zu gehen und an einer renommierten Musikhochschule zu studieren.«

»Natürlich, ja. Aber was könnte Lauras eigener Wunsch gewesen sein?«

»Woher soll ich das wissen? Sagen Sie, möchten Sie noch eine weitere Komposition von mir hören? ›Ergebnis II‹?«

Stunden später hatte Miia mindestens zehn verschiedene Versionen der ›Ergebnis‹-Komposition gehört und war kurz davor, Klaviermusik zu hassen. Jedenfalls die von Olli Kilpinen, denn der Mann ließ sie einfach nicht gehen. Es war beinahe Mitternacht, als sie endlich sein Haus verließ. In der Zwischenzeit musste es geregnet haben, das Licht der Straßenbeleuchtung schimmerte auf dem nassen Asphalt. In der Villa von Ojantaus war auch jetzt alles dunkel. Auch wenn Miia Tiina Ojantaus absolut nicht leiden konnte – sie hoffte, dass in ihrer Familie alles gut lief und Lauri morgen pünktlich von seiner Mutter geweckt werden würde.

Der Besuch bei Kilpinen hatte sie leider kaum schlauer gemacht. Als Verdächtiger kam der sonderbare Kauz auch weiterhin in Frage. Wer so unverfroren über die Brüste fremder Frauen redete, konnte sich locker an seinen Schülerinnen vergreifen. Das einzig Positive an dem langen Besuch war, dass sie ein neues Detail erfahren hatte, das sie Korhonen präsentieren konnte: die Sache mit dem Geld. Sie mussten herausfinden, von wem Laura dieses Geld erhielt. Und wofür.

19 »Tikka! Tikka!« Tötterman rannte mit fliegender Krawatte durchs Großraumbüro.

Pasi Tikka packte gerade seinen Rucksack und schaute auf. »Tag, Chef.«

»Tikka, das ist der absolute Wahnsinn! Ich hab gerade die Ergebnisse von der Medienbeobachtung bekommen, und ›Der Fluch von Palokaski‹ ist schon den zweiten Tag unser meistgeklickter Artikel!«

»Nicht übel«, sagte Tikka matt.

»Die Story hat einfach alles, was das finnische Herz im Sommer begehrt: ein bildschönes junges Mädchen, die heimelige Kleinstadt, die große mysteriöse Gefahr!« Töttermans Ton wurde immer theatralischer. »Das schlachten wir aus, solange die Story heiß ist. Die Werbekunden zahlen sich für einen Platz auf der Seite mit der nächsten Folge dumm und dämlich!«

»Hm. Ehrlich gesagt hab ich bei der Sache kein besonders gutes Gefühl.«

Tötterman hob die rechte Augenbraue und mimte den erbosten Boss. Lächerlich, der Grünschnabel war keine dreißig.

»Tikka. Du kannst ja gerne deine Überzeugungen pflegen, aber die Politik dieser Zeitung ist eine andere. Ich erinnere daran, dass hier nächsten Monat eine unbefristete Stelle frei wird. Wenn ich mich richtig entsinne, warst du an diesem Job interessiert. Bloß – was soll ich mit einem Angestellten, der sich zu fein ist für unsere Themen? Außerdem könntest du die zweite Folge doch so schreiben, wie du es willst! Das ist Journalismus! Du kannst dich auf die Suche nach der edlen Wahrheit machen und sie den Lesern unterbreiten. Vielleicht bist du sogar derjenige, der den Fall löst? Du erinnerst dich sicher an die Geschichte von ...«

»... 1996? Als Kollege Sihvonen in seiner Heimatstadt ein Verbrechen aufgeklärt hat? Klar, Chef, er kam, sah und siegte. Allerdings ist das ein ziemlich alter Hut. Und jetzt sag mir bitte, wie du die Story haben möchtest, denn ich schätze, dass das am Ende zählt.«

Tötterman grinste. »Schreib sie so, dass sie sich gut verkauft.«

Auch wenn Tikka nicht rauchte, ärgerte ihn das Rauchverbot in den Kneipen jedes Mal aufs Neue. Früher waren ihm schon an der Tür diese wabernden Schwaden entgegengeschlagen, die hier und da kleine Spiralen bildeten und eine lange wilde Nacht ankündigten. Zu Hause rochen die Klamotten dann nach Abenteuer. Heutzutage roch es in seinem Irish Pub nur nach abgestandenem Bier. Da halfen weder Raumdüfte noch die Frauenparfüms vom Nachbartisch. Die ganze dionysische Atmosphäre war dahin, es gab keinen Grund mehr, lange zu bleiben. Tikka ging trotzdem nicht seltener in Kneipen als früher, aber jedes Mal nagte an ihm eine nostalgische Sehnsucht.

Er bestellte wie immer ein kleines Guinness und einen Cognac und bezahlte mit Kreditkarte. Er setzte sich an seinen Stammtisch und holte das iPad aus dem Rucksack. Heute war er noch kein einziges Mal auf Facebook gewesen, das er seit Twitter ohnehin zu wenig im Auge behielt. Als er die neuesten Einladungen gelesen und ein paar Markierungen von fremden Fotos entfernt hatte, die ihn in allzu wildem Festivalgetümmel zeigten, bekam er eine Chat-Nachricht.

Onkel H.: Bist du der Tikka, der die Story über Laura Anderson geschrieben hat?

Tikka war solche Kontaktaufnahmen gewöhnt. Vor allem, wenn seine Artikel emotionale Themen aufgriffen, trudelten die Reaktionen nicht nur über seine dienstliche Mail-Adresse, sondern auch über Facebook ein. Manchmal antwortete er, manchmal nicht. Im Moment hatte er ohnehin nichts Besseres zu tun. Jarno von der Online-Redaktion winkte ihm vom Billardtisch aus auffordernd zu, doch Tikka schüttelte den Kopf. Wenn er sich richtig erinnerte, hatte Jarno sich heute krankgemeldet. Er hatte kein Interesse, sich die Geschichte von der Blitzgenesung anzuhören, die seinen Kollegen zum Wodkatrinken in der Kneipe animiert hatte. Tikka sah wieder auf sein iPad und schrieb los.

Pasi Tikka: Ja, ich bin's. Und wer bist du?

Er musste eine Weile warten, doch schließlich erhielt er eine Antwort.

Onkel H.: Ein Experte. Wohne schon immer in Palokaski. Was glaubst du denn, was passiert ist?

Pasi Tikka: Das weiß man noch nicht, wird ja gerade untersucht.

Er zögerte einen Augenblick, schrieb es dann hin.

Pasi Tikka: Was glaubst du denn, was passiert ist?

Onkel H.: Kennst du die Facebook-Seite?

Pasi Tikka: Klar.

Onkel H.: Dann weißt du ja auch, welcher Name da ziemlich oft auftaucht.

Pasi Tikka: Sind so einige Namen, die da oft auftauchen. Meinst du Schreiber oder Verdächtige?

Tikka wartete, doch es kam keine Antwort. Er gab *Onkel H.* in die Suchleiste ein und fand eine Fakeseite: Onkel H. hatte keine Freunde, keine Interessen und war 1927 geboren. Tikka trommelte nervös auf der Tischplatte und warf die Angel noch einmal aus.

Pasi Tikka: Hallo – bist du schon verschwunden?

Keine Antwort. Doch Tikkas Interesse war geweckt. Vielleicht wollte ihn hier ein gelangweilter Teenager verarschen, aber wissen konnte man das nicht. Tikka hatte Zeit. Er ging zur Theke, bestellte einen überbackenen Toast mit Thunfisch und Schinken, ohne Zwiebel, und ein zweites Guinness. Als er an seinen Tisch zurückkam, wartete eine neue Nachricht auf ihn.

Onkel H.: Ich meine Verdächtige. Wenn du den Richtigen rätst, liefere ich dir neues Material.

Tikkas Verdacht, es könnte sich um einen Teenager handeln, blieb – dennoch hatte er Lust auf dieses Spiel. Er ging schnell auf die Facebook-Seite, die er die letzten

Stunden ignoriert hatte; zu dumm und beliebig waren ihm die Kommentare erschienen. Er begriff nicht, wieso die Eltern die Seite noch nicht gelöscht hatten. Zur Aufklärung des Falls würde sie kaum beitragen.

Postings gab es inzwischen Hunderte, die wenigsten davon unter Klarnamen. Es überwogen besorgte Eltern-Stimmen, aber auch ein paar abgebrühte Dauersurfer hatten ihren Senf dazugegeben, und der ging meist unter die Gürtellinie. Besserwisserisch suchten sie die Schuld bei Laura selbst oder ihren Eltern und hielten sich mit schlauen pädagogischen Ratschlägen nicht zurück. Die Themen reichten von der Ausgehzeit bis zum Haarefärben. Das führte Tikka zu der Überlegung, wieso die Eltern eigentlich ein Foto veröffentlicht hatten, das Laura als zarten blonden Engel zeigte, wenn doch seine Schulhofrecherche offenbart hatte, dass Laura kiloweise Mascara benutzt, ihre Haare schwarz gefärbt und sie auf der einen Schädelhälfte kurz rasiert hatte. Wieso dieses alte Foto, warum kein aktuelles? Schämten sich die Eltern so sehr für ihre pubertierende Tochter? Anhand des Blondchen-Fotos würde selbst jemand, der ständig auf der Laura-Seite herumhing, die Gesuchte nicht erkennen, selbst wenn sie ihm in der Fußgängerzone entgegenspazierte. Oder dachten die Eltern womöglich schon an den schlimmsten Fall und wollten, dass ihre Tochter der Welt als braver Engel in Erinnerung blieb? Tikka hatte dieses Phänomen leider schon einmal erlebt und wusste auf diese Frage auch heute keine Antwort.

Überraschend viele Postings schienen von Außenstehenden zu kommen, von Leuten, die nichts mit Palokaski zu tun hatten. Tikka hatte im Laufe der Jahre schon viele solcher Seiten durchkämmt, und inzwischen meinte er, einige Dauerschreiber anhand ihres Stils und ihrer Argumentationsweise zu erkennen. Egal, ob sie sich über die Euro-Krise, das Zunehmen psychischer Krankheiten oder Hundescheiße auf den Gehwegen äußerten, sie verstopften mit ihren Ergüssen sämtliche Diskussionsforen und Kommentarspalten von Zeitungsartikeln und klangen immer gleich. Als aufmerksamer Leser erkannte man sie; da half es nichts, wenn sie den Namen, unter dem sie schrieben, regelmäßig wechselten.

Der Toast wurde serviert, obendrauf war reichlich zerlaufener Käse. Tikka biss genüsslich hinein und scrollte sich weiter durch die Kommentare. Dann konzentrierte er sich auf die letzten zwei Tage. Es wimmelte von Verdächtigungen. Praktisch jeder kam vor, der irgendwann mal in seinem Leben einen Blick auf den Schulhof riskiert hatte. Zwei Namen stachen dennoch hervor: Psycho und Nikke. Und sie gehörten zu ein- und derselben Person. Psycho-Nikke. Tikka spürte schon den Speichelregen Töttermans auf seiner Wange. Sein Chef würde vor Freude ausrasten, wenn er erfuhr, dass der Hauptverdächtige den Spitznamen Psycho trug.

Pasi Tikka: Psycho-Nikke.

Onkel H.: Interesse an ein paar Hintergrundinfos?

Pasi Tikka: Was hättest du denn anzubieten?

Onkel H.: Fotos. Was zahlst du dafür?

20

»Geld? Woher? Und wofür?« Korhonen kam mit jeder Frage ein Stückchen näher.

Leider hatte er Mundgeruch. Abgestanden, leicht faulig – der typische Geruch eines alten Mannes. Miia unterdrückte den Impuls zurückzuweichen und atmete durch den Mund weiter.

»Das weiß Kilpinen auch nicht.«

»Hm. Und was soll ich mit dieser Information machen?«

Dich bei mir bedanken, mich bitten, meinen neuen Job an den Nagel zu hängen, und mich wieder in deinem Team aufnehmen, dachte Miia. »Ich finde, diese Info ist immerhin schon mal ein Anfang«, sagte sie und lächelte selbstbewusst.

Korhonen machte zwei Schritte rückwärts; endlich konnte Miia wieder normal atmen.

»Geld ist doch ein ganz klassisches Motiv. Vielleicht hat Laura auf großem Fuß gelebt. Und hat irgendwann Schwierigkeiten gemacht. Und dann hat derjenige, von dem sie das Geld wollte, keinen anderen Weg mehr gesehen.« Miia wusste, dass ihre Theorie dürftig war, redete aber weiter. »Ich tippe stark auf Drogen. Laura hat illegales Zeug konsumiert. Und dann –«

»Verdammt, so spät ist es schon?« Korhonen unterbrach sie und starrte auf die Wanduhr.

Miia wunderte sich; es war gerade mal kurz nach acht und der Morgen noch jung.

»Habt ihr gleich eine Besprechung, oder was?«

Statt einer Antwort schaltete Korhonen den Fernseher ein, der in der Ecke des Büros stand. Es fiepte laut, der Bildschirm leuchtete grellblau. Vielleicht hatte jemand eine DVD geschaut und die Lautstärke hochgeregelt.

»Scheiße. Elende Technik!«, rief Korhonen über den Lärm hinweg und drückte auf drei verschiedenen Fernbedienungen herum. Irgendwann fand er den richtigen Knopf, und das Fiepen hörte auf.

»Du hast doch gestern gesagt, dass du heute Zeit hast«, sagte Miia enttäuscht.

Aber im Grunde hatte sie ihm gar keine Wahl gelassen und sich für acht Uhr morgens angemeldet.

»Ha, jetzt hab ich's. Gerade noch rechtzeitig«, brummte Korhonen.

Erst dachte Miia, auf dem Bildschirm den ehemaligen Ministerpräsidenten Jyrki Katainen zu sehen, der soeben die wichtigste Regel im Umgang mit Medien vergaß – nie direkt in die Kamera zu schauen. Tatsächlich war es Korhonens Chef Miro Sundsberg, der in die Kamera stierte, als fände dort ein WM-Endspiel im Eishockey statt, Finnland gegen Schweden.

Sundsberg war ein vierzigjähriger Karrieretyp, der neben seinem Job bei der Polizei noch Jura studiert hatte und schnell in die Führungsebene aufgestiegen war. Seine Ähnlichkeit mit dem ehemaligen Ministerpräsidenten beschränkte sich nicht nur auf die Frisur, das

Brillenmodell und den perfekt sitzenden Anzug, auch der Blick war der gleiche: Aus ihm sprach deutlich mehr Abenteuerlust als Erfahrung. Wenn's hart auf hart kam, musste Sundsberg sich auf jemand anderen verlassen. Miia wusste nicht, ob das auch auf Jyrki Katainen zugetroffen hatte, und wer dieser andere gewesen sein könnte. Bei Sundsberg war es Korhonen.

Sundsberg bemühte sich, in dem nüchternen Mobiliar des Studios eine entspannte Sitzhaltung einzunehmen. Er schlug lässig die Beine übereinander, aber seine Hände zitterten, und er schwitzte so stark, dass sein Fernseh-Make-up zu zerfließen begann.

»Der erste Fernsehauftritt für den Welpen. Der hatte schon gestern die Hosen gestrichen voll.«

Der Spitzname, den Korhonen seinem Chef verpasst hatte, war inzwischen in der ganzen Abteilung bekannt und wurde von Sundsberg erstaunlicherweise akzeptiert. Vielleicht, weil er den alten Korhonen wie ein kleiner Junge bewunderte.

»Du hast ihm hoffentlich Tipps gegeben?«

»Valium. Aber er wollte es nicht nehmen.«

»Los, wir müssen schnell den Ton reinkriegen«, sagte Miia ungeduldig. Die aggressiv gestikulierende Moderatorin schien sich für den Angriff warm zu machen, und Miia wollte keine Sekunde davon verpassen. Sie hatte die Frau vorher noch nie gesehen. Anfänger führten ihre Interviews meist besonders hart, da sie sich profilieren mussten. Miia riss Korhonen auf gut Glück eine der

Fernbedienungen aus der Hand, es war die richtige. Die Moderatorin teilte in kühlem Ton ihre Schläge aus:

»Tausende Hinweise und Kommentare sind von den Bürgern eingegangen, und es stellt sich die eine, dringliche Frage: Warum geschieht nichts? Wer stellt sich der Verantwortung? Was tut die Polizei?«

»Die Polizei tut alles, was sie kann, im Rahmen des Möglichen. Und wenn man bedenkt, dass –«

Die Moderatorin wollte keine Zeit an schwurbelige Ausreden verschwenden. »Glauben Sie, dass man Laura wirklich noch lebend finden wird?«

»Ich bitte Sie, noch ist doch alles offen.«

»Aha. Und deshalb strengt die Polizei sich auch so wenig an, sie zu finden?«

»Wie kommen Sie dazu, das zu behaupten? Ich sagte doch schon, die Polizei tut alles, was in ihrer Macht steht. Aber wir können natürlich nicht jeden Polizisten im Einzugsgebiet Palokaski-Helsinki von seinem Posten abziehen und auf diesen Fall ansetzen.«

Korhonen rutschte unruhig hin und her. »Der Idiot verliert die Nerven. Gleich gibt's Mord und Totschlag.«

Er lag richtig. Die Moderatorin saß jetzt auf der Kante ihres Stuhls und schien jeden Moment herunterzufallen.

»Könnten Sie das ›alles, was in ihrer Macht steht‹ konkretisieren? Was genau tun Sie? Das würde unsere Zuschauer brennend interessieren.«

Miia hoffte, dass Sundsberg nochmal die Kurve

kriegte. Jetzt bloß kein Gegenangriff! Mit ein bisschen Situationsgespür müsste Sundsberg kapieren, dass er jetzt nur zwei Möglichkeiten hatte, um kompetent und sympathisch zu wirken: freundlich und selbstironisch kontern. Oder emotionslos-sachlich bei den Fakten bleiben.

»Wir suchen!«, blökte Sundsberg.

Miia und Korhonen stöhnten gleichzeitig auf. Das Spiel war verloren. Sundsbergs Reaktion ließ jegliche Professionalität und Autorität vermissen. Das war ihm auch selber klar; er hüstelte und straffte die Schultern.

»Wir haben eine große Anzahl von Menschen interviewt, zu Wasser und zu Land gesucht und anhand der Ergebnisse unsere weitere Vorgehensweise festgelegt. Wir werden mehrere Strategien verfolgen.«

»Soso. Nach einer vielversprechenden Ermittlungsarbeit klingt das nicht gerade.« Der Ton der Moderatorin wurde immer bissiger.

»Ach, und Sie können das beurteilen?«

Wieder der Versuch einer Gegenattacke. Vergebens.

Miia sah zu Korhonen. Der hatte seinen Blick vom Fernseher abgewandt und ließ seinen Frust an einem unschuldigen Post-it-Block ab, indem er mehrere Reihen bunter, leerer Notizzettel auf seinen Schreibtisch klebte.

Sundsberg redete weiter. »Wir behandeln den Fall als klassische Vermisstenfahndung und folgen den entsprechenden polizeilichen Richtlinien.«

»Interessant. Die Polizei behandelt den Fall also als Vermisstenfahndung, dabei ist das Mädchen schon über eine Woche unauffindbar, und die Menschen fragen sich besorgt, ob hier nicht vielleicht Schlimmeres vorgefallen ist. Nun gut. Wann dürfen wir in dieser Angelegenheit denn mit einem Durchbruch rechnen?«

»Wir tun alles, was wir können, und …«

Sundsberg holte Luft und nahm neuen Anlauf, doch die Moderatorin würgte ihn ab und sprach in die Kamera.

»Na dann hoffen wir, dass es ausreichen wird. Und jetzt zu den Nachrichten.«

Sundsberg wollte protestieren, doch da ertönte bereits das Signal für die Morgennachrichten.

Korhonen lehnte sich in seinem Stuhl zurück, legte die Füße auf den Tisch, faltete die Hände und schloss die Augen.

»Betest du, dass keiner das gesehen hat?«

»Ich bete, dass die aufgedonnerte Zicke jetzt hier zur Tür reinmarschiert kommt.«

»Sah ja fast so aus, als hätte sie mit Sundsberg ein Hühnchen zu rupfen.«

»Das glaube ich nicht. Die will einfach einen guten Job machen. Reicht ja heute nicht mehr, sich anzupassen und es allen recht zu machen, man muss Biss zeigen. Drama und Katastrophen verkaufen sich am besten. Panikmache hält die Leute am Bildschirm. Es genügt nicht, wenn ein Penner, ein Drogenabhängiger, ein Migrant oder ein Alzheimer-Patient verschwinden. Spannend wird die Sache, wenn es die hübsche Tochter aus der Oberschicht trifft. In diesem Land werden gutsituierte Bürger normalerweise nicht behelligt, geschweige denn ermordet. Man muss schon in irgendwas verwickelt sein, um zum Mordopfer zu werden. Statistisch gesehen ist der Durchschnittsbürger hierzulande wirklich sehr sicher. Doch die Medien wollen uns einreden, dass hinter jedem Busch ein Pädophiler oder ein Serienmörder lauert. Auch im Fall Laura ist es so: Wir sollen denen sagen, hinter welchem Busch welcher Mörder hockt und wie er heißt, nur damit sie den Namen rausposaunen und Quote machen können. Egal ob wir schon Beweise haben oder nicht.«

»Ich hatte eher den Eindruck, dass die Frau 'ne Ex von Sundsberg ist und noch eine Rechnung mit ihm offen hatte.«

Korhonen zuckte die Schultern. »Komm, wir trinken einen Kaffee. Zeit, über die Bibel zu reden.«

Miia nickte. Jetzt wurde es ernst.

Da Miia schon bald in ihr Büro musste, tranken sie den Kaffee im Stehen. Aus Pappbechern, im Windfang gleich an der Tür. Sie überlegten angestrengt, wie sie jetzt vorgehen sollten. Das vermasselte Fernsehinterview hatte immerhin ein Gutes: Korhonen ignorierte, dass Miia nicht mehr zur Polizei gehörte, und Miia tat, als hätte sie nie an der Schule angefangen.

Korhonen würde seine V-Männer einschalten. Miia würde Olli Kilpinen übernehmen und an Johanna dranbleiben. Sie mussten herausfinden, ob Laura tatsächlich so viel Geld bekommen hatte, und wenn ja, woher. Vielleicht war sie in irgendein Business verwickelt? Gerade als Miia gehen wollte, kam ein feuerroter Sundsberg hereingestürmt. Unklar war, ob die Gesichtsfarbe von Wut oder Scham herrührte.

»Ach, Welpe. Mach dir nichts draus«, tröstete Korhonen. »Das kann jedem passieren. Der Schmerz vergeht. Außerdem, der Mensch denkt am Tag 50 000 Gedanken - morgen ist das Interview längst vergessen.«

Sundsberg starrte Korhonen an und zischte: »Der Fall Laura Anderson wird ab heute als Mord behandelt. Du stellst die Strategie entsprechend um. Jetzt sofort.«

Korhonen sah zu Miia, als würde er sich von ihr Hilfe erhoffen. Miia nickte ermutigend. Sundsberg hetzte zwar schon den Flur entlang, doch Korhonen und Miia holten ihn ein.

»Aber es gibt keine Leiche. Damit sind die Kriterien für eine Morduntersuchung nicht gegeben.«

Sundsberg betrat sein Büro, setzte sich an den Schreibtisch und tippte etwas in den Computer. Das Zehnfingersystem schien er perfekt zu beherrschen.

»Das ist mir scheißegal. Los, ran an den Fall, und zwar fix.«

»Nichts für ungut, aber wir können wegen eines versemmelten Interviews nicht einfach das Mädchen ›umlegen‹.«

»Wir können tun und lassen, was wir wollen.«

»Nein, können wir nicht. Natürlich laufen die Untersuchungen auf Hochtouren weiter, aber wir werden unsere Strategie nicht –«

Sundsberg hatte seine Notiz fertig getippt und stand auf. »Korhonen«, unterbrach er seinen Kollegen, »wir brauchen einen Schuldigen, und zwar schnell. Ich habe eben eine Pressekonferenz für morgen angesetzt, punkt vierzehn Uhr. Bis dahin brauche ich einen Namen. Jemanden, den wir mit gutem Grund festhalten können, gegen den eindeutig Verdacht besteht. Besser wäre natürlich, er ist tatsächlich schuldig und wir haben die entsprechenden Beweise.«

»Jetzt mach aber mal 'nen Punkt! So können wir doch nicht arbeiten.« Korhonen sprach zum ersten Mal in diesem Ton mit seinem Chef. Schnell schob er einen versöhnlichen Satz hinterher. »Ich versteh ja, dass die Fernsehsache unangenehm war, aber das ist noch lange kein Grund überzureagieren.«

Normalerweise befolgte Sundsberg die Tipps des erfahrenen Korhonen, doch heute drang nichts hinter seine Mauer aus Frust.

»Wenn ich richtig informiert bin, Korhonen, hast du alle Hände voll zu tun mit der neuen Strategie. An deiner Stelle würde ich mich lieber darauf konzentrieren, statt dich querzustellen. Du hast knapp dreißig Stunden Zeit. Am besten fängst du gleich mit Niklas Pohjavirta an.«

Sundsberg verließ das Büro, ohne Miia eines Blickes zu würdigen.

Miia wartete irritiert auf ein Wort von Korhonen. Der schwieg. Stehend, mit geschlossenen Augen, wippte er von den Hacken auf die Zehen und wieder zurück, wieder vor und zurück. Er versuchte, sich zu beruhigen, indem er an die kommenden Jahre als Pensionär dachte. Seine Tochter hatte soeben ihr zweites Kind gekriegt, und meist half die Vorstellung, sich in absehbarer Zeit ausschließlich den Großvaterfreuden widmen zu können. Heute jedoch wirkte dieser Trick nicht, Korhonen schaffte es nicht einmal, sich die Gesichter seiner Enkel vorzustellen.

»Miia, treib endlich diese Johanna auf«, befahl er und verschwand ebenso schnell wie der Welpe. Auch er würdigte Miia keines Blickes.

21

Miia traf zu spät in der Schule ein. Laut Stundenplan stand als Erstes die Hausaufgabenbetreuung für Kinder mit Förderbedarf an, und wie sie sich schon gedacht hatte, war der Klassenraum leer. Klar, die Lehrerin musste sich nur eine einzige Minute verspäten, schon nahmen die Schüler an, dass die Stunde ausfiel. Heute kam das Miia nicht ungelegen – so konnte sie in Ruhe nachdenken. Sie setzte sich in die hinterste Tischreihe und wollte sich gerade auf Facebook einloggen, als ihr Handy klingelte.

Korhonen meldete, dass morgen beim Konkurrenzsender ein neuer Interviewtermin anstand, den Miia übernehmen sollte, um die Fehler von Sundsberg wieder auszubügeln. Er würde ihr im Laufe des Tages nähere Infos dazu mailen. Vor Verblüffung bekam Miia keinen Ton heraus.

Nach dem Gespräch stellte sie fest, dass die Seite zu Lauras Verschwinden geschlossen war. Gestern war sie noch in Betrieb gewesen. Miia hoffte inständig, dass Lauras Eltern sich von den vielen gehässigen Kommentaren nicht unnötig hatten runterziehen lassen und ihre Tochter noch immer bedingungslos liebten. Als Nächstes wollte sie an Johanna Malkamäki eine Nachricht schicken, doch auch deren Facebook-Seite gab es nicht mehr. Miia zog die Augenbrauen hoch und tippte den Namen des Mädchens in die Suchleiste ein. Nichts. Facebook kannte keine Person namens Johanna Malkamäki.

»Johannas Mutter hat heute früh angerufen und ihre Tochter krankgemeldet«, sagte die Direktorin und blickte müde zu Miia.

»Umso besser. Sie ist also zu Hause und in Sicherheit! Sie *ist* doch zu Hause, oder?«

»Natürlich, sonst hätte ihre Mutter das doch nicht gesagt. Was willst du bloß von ihr?«

»Mit ihr sprechen.«

»Sag jetzt bitte nicht, über Laura.«

Miia überlegte, was sie erwidern sollte. Zu lange, die Direktorin redete bereits weiter.

»Worte reichen nicht, um auszudrücken, wie schrecklich das Verschwinden von Laura ist. Und ich verstehe, dass du bei der Aufklärung dieser Sache mithelfen willst. Die Erinnerung an Venla. Der Schmerz ...« Die Direktorin verstummte, senkte den Blick auf ihre abgewetzte Schreibtischplatte und holte hörbar Luft. Miia ahnte, was jetzt kam. Ihre Chefin hob den Blick, nahm sie fest ins Visier. Miia fühlte sich wie damals mit fünfzehn, als sie bei der Direktorin vorsprechen musste, weil sie eine Mitschülerin gemobbt hatte.

»Du bist hier Lehrerin, Miia. Und deine wichtigste Aufgabe ist, die Schüler darin zu bestärken, jetzt nicht die tägliche Routine zu unterbrechen. Sie sollen weiter zur Schule gehen, Hausaufgaben machen, sich sicher fühlen, im Leben stehen. Die Suche nach Laura ist Sache der Polizei, nicht deine. Verstehst du?«

Miia nickte.

Niedergeschlagen verließ sie das Zimmer und kämpfte mit derselben Scham wie damals als Kind. Wie immer fielen ihr passende Erwiderungen und gute Gegenargumente erst später ein. Sie ging zu Nikkes Büro und klopfte, sah dann den kleinen Post-it-Zettel mit dem Hinweis, dass Nikke heute an einer Fortbildung teilnahm.

Miia blickte auf die Uhr. In einer halben Stunde begann die nächste Hausaufgabenbetreuung. Sie beschloss, sich jetzt nur auf ihre Arbeit zu konzentrieren, schließlich wollte sie nicht, dass ihre Chefin sie für eine Fehlbesetzung hielt. Die nächsten fünfundzwanzig Minuten vertiefte sie sich so gründlich in die Akten der Schüler mit Förderbedarf, dass sie auf dem Weg in die nächste Stunde vor pädagogischem Eifer fast platzte. Sie wünschte sich sogar, der Direktorin zu begegnen, um mit ihren exakt auf die Kinder abgestimmten Förderideen punkten zu können. Ihr Eifer hielt genau bis vor die Klassentür, wo ihr Handy piepte – eine Nachricht von Korhonen. V-Leute wissen michts. Der Welke hat es auf deinen Brudr abgesehen. Hastdu Meugkeiten? Trotz der Tippfehler verstand Miia sofort. Wenn sich bis morgen niemand anders fand, würde Sundsberg ihren Bruder als Sündenbock vorführen. Ihr Herz begann zu pochen. Die Schüler, die an ihr vorbei in den Klassenraum drängten, sahen sie irritiert an. Am anderen Ende des Flurs befestigte die Direktorin einen Aushang am schwarzen Brett und schaute prüfend zu ihr herüber. Miia riss sich zusammen und ging in die Klasse. Ihre Gedanken waren meilenweit von den Schülern entfernt.

Olli Kilpinen öffnete die Tür in weit geöffnetem Bademantel und sah Miia an, als wäre er ihr noch nie begegnet.

»Ich kaufe nichts.«

»Und ich verkaufe nichts. Erinnern Sie sich nicht an mich?«

Kilpinen musterte Miia vom Scheitel bis zur Sohle, wie bei der letzten Begegnung flackerten seine Augen lüstern auf, doch in seinem Blick lag noch immer keine Spur des Erkennens.

»Ich bin Miia Pohjavirta. Ich war neulich den ganzen Abend bei Ihnen zu Besuch.«

Kilpinen kapierte immer noch nicht. Seine Augen irrten glasig umher, auf seinem Gesicht lag ein träges Lächeln. Miia versuchte, Blickkontakt herzustellen; vergebens. War der gute Mann besoffen?

»Ich kaufe nichts«, wiederholte er. »Ach, diese entsetzliche Migräne ...«

Er wollte die Tür wieder zumachen, aber Miia kam ihm zuvor.

»Könnte ich vielleicht kurz Ihre Toilette benutzen?« Eine erbärmliche Idee, doch eine bessere kam ihr auf die Schnelle nicht. Und das Glück war auf ihrer Seite; Kilpinen ließ Miia in seine Wohnung.

»Der Sanitärbereich befindet sich dort hinten zur Linken.« Kilpinen wedelte mit der Hand Richtung Flurende und verschwand im Wohnzimmer. Jetzt roch Miia den süßlich-schweren Duft. Kilpinen war nicht betrunken, er war bekifft.

Sie lugte ins Wohnzimmer. Er saß mit Kopfhörern im Lehnstuhl und schwang seinen Joint im Takt der Musik. Schnell fügten sich die Teile ineinander, wie bei einem Anfängerpuzzle:

Kilpinen dealte an der Schule von Palokaski. Laura kaufte ihren Bedarf bei ihm. Oder Laura dealte an Kilpinen. Oder sie verkaufte seinen Stoff für ihn an der Schule. Dann hatten sie Streit ums Geld bekommen, vielleicht auch um die Zahlungsmodalitäten – das wäre vor allem dann logisch, wenn Laura die Kundin war und Kilpinen Geld schuldete. Kilpinen akzeptierte, das verriet sein durchdringender Blick, garantiert auch physische Dienstleistungen als Zahlungsmittel, forderte sie womöglich sogar ein. Also hatte Laura ihren Klavierunterricht an den Nagel gehängt und gedroht, ihn wegen sexueller Nötigung oder Drogenverkauf auffliegen zu lassen, vielleicht wegen beidem. Darauf hatte Kilpinen beschlossen, Laura zum Schweigen zu bringen, und zwar endgültig.

Miia war geradezu verblüfft, wie naheliegend alles war, wie einfach! Sie verliebte sich fast in diese Erklärung, glaubte sie mit jeder Sekunde mehr. Sie war so einleuchtend, dass Miia sich wahrhaftig nicht vorwerfen musste, dass sie den Verdacht von Nikke weglenken wollte. Fehlten nur noch die Beweise.

»Gefunden?«, tönte es aus dem Wohnzimmer.

»Jaa!« Miia öffnete leise die erste Tür links. Kilpinens Schlafzimmer, vollgehängt mit Fotos des Künstlers in jungen Jahren, wie im Wohnzimmer. Miia wollte gerade die Tür zumachen, als ihr ein Bild über dem Nachttisch auffiel, das Laura zeigte. Sie lag bäuchlings auf einem Flügel, trug eine rosa Federboa und hatte den Zeigefinger an die leicht geöffneten Lippen gelegt. Die Pose erinnerte an Marilyn Monroe: naiv und verführerisch, im Flirt erstarrt. Miia holte schnell ihr Handy hervor und fotografierte das Bild.

Dann betrat sie die Toilette, betätigte ausgiebig die Klospülung und ging ins Wohnzimmer. Kilpinen war eingeschlafen, der Joint brannte zwischen seinen Fingern. Miia nahm ihm den Stummel sachte aus der Hand und drückte ihn im Aschenbecher aus.

Kaum hatte sie die Wohnung verlassen, rief sie Korhonen an, doch der antwortete nicht. Zwei Minuten später dasselbe, wieder nur der Anrufbeantworter. Miia hinterließ eine kurze Nachricht und bat Korhonen, sie unbedingt zurückzurufen, notfalls auch nachts.

Sie machte sich auf den Heimweg. Die Villa Ojantaus war prunkvoll erleuchtet, davor parkten ein knappes Dutzend Autos, darunter Isabellas alter grüner Golf. Anscheinend stieg bei Tiina Ojantaus eine Wellness & Spirit-Party. Miia bekam Lust, sich als Überraschungsgast dazuzugesellen – auch wenn sie die Oberpredigerin dieser Sekte verabscheute, wäre es spannend zu sehen, wie solche Zusammenkünfte abliefen. Das Klingeln des Handys riss sie aus ihren Gedanken, Miia redete sofort drauflos.

»Ich bin sicher, es ist Kilpinen! Der Klavierlehrer.«

»Soso, gut zu wissen.« Antti. Er lachte amüsiert.

»Ach, du bist es ...« Im ersten Moment war Miia tatsächlich enttäuscht.

»Sorry.«

»Nein, nein, schon okay, ich habe bloß jemand anders erwartet.«

»Dann ist es jetzt ungünstig?«

Miia warf einen letzten Blick auf die Villa und ging weiter.

»Absolut nicht. Du wolltest wahrscheinlich bei mir vorbeikommen, oder?«

Beim Orgasmus stöhnte Antti auf und sackte, wie schon die vorigen Male, ermattet auf Miia zusammen. Sie umschlang seinen verschwitzten Körper und drückte ihn an sich, streichelte über die Erhebungen seiner Wirbelsäule. Antti leckte an Miias Ohrläppchen, legte sich dann neben sie auf den Rücken.

»Du bist toll.«

»Danke, gleichfalls.« Miia kuschelte sich in Anttis Arm, strich über seinen Oberschenkel und berührte zärtlich den Penis.

Antti lachte leise auf. »Da kriege ich glatt Lust auf eine zweite Runde.«

Miia spürte, wie sein bestes Stück wieder anschwoll.

»Wer war eigentlich der Typ am Telefon? Als ich dich das erste Mal angerufen habe?« Die Frage kam ihr ganz spontan von den Lippen. Bislang hatte sie sie sich verkniffen.

»Welcher Typ?«

»Na, der Typ an deinem Handy. Er hat mir verboten, wieder anzurufen, und klang ziemlich ärgerlich.«

»Ach, das war nur ein Kumpel, der dich ein bisschen verarschen wollte.«

»Und woher kennst du den Spruch mit der Bibel? – Aua!«

Antti biss Miia in die linke Brustwarze.

»He, was machst du?«

»Was machst *du*? Verhörst mich einfach, dabei hatten wir doch was ganz anderes vor!«

Zur Bekräftigung seiner Worte drang Antti sanft in Miia ein. Sofort breitete sich eine Welle des Genusses bis in ihre Zehenspitzen aus, und sie vergaß die Dringlichkeit ihrer Fragen.

Danach schlief Antti ein, und Miia schlich sich leise in die Küche. Zum Glück lag noch ein Rest von der letzten Pizza im Kühlschrank. Durchs offenstehende Fenster wehte ein frischer Wind, der den Herbst ankündigte. Miia bekam eine Gänsehaut. Eigentlich liebte sie die kühlere Jahreszeit; ihr Gehirn arbeitete bei Hitze nicht so gut, und auch ihre Kondition machte sofort schlapp. Dieses Jahr ging ihr der Wechsel jedoch zu schnell – der heiße Sommer sollte bitte noch eine Weile bleiben.

Miia schloss das Fenster, fuhr ihren Laptop hoch und kontrollierte das Handy. Noch immer kein Rückruf von

Korhonen. Gut, dass ihr Antti dazwischengekommen war, sonst hätte sie ihren alten Kollegen vermutlich dermaßen mit Anrufen und SMS bombardiert, dass der sich schon allein aus Protest nicht gemeldet hätte.

Auf Facebook erwartete sie eine Freundschaftsanfrage von Mikael, dazu ein salopp formulierter Gruß mit der Frage, weshalb sie ihn noch nicht angerufen hätte. Auch wenn Mikael den leichten Tonfall draufhatte – er beharrte freundlich auf einem Treffen, und somit bestand kein Zweifel, dass er es ernst meinte. Miia spähte kurz Richtung Schlafzimmer, um sicherzugehen, dass Antti auch wirklich eingeschlafen war, und akzeptierte mit einem Klick die Freundschaftsanfrage. Beinahe musste sie kichern. Sie war Antti nun wirklich keine Rechenschaft schuldig.

Mit Facebook hatte das Kennenlernen neuer Menschen etwas extrem Unnatürliches bekommen. Trotzdem ging Miia ohne Zögern auf Mikaels Seite und verschaffte sich einen ersten Eindruck. Natürlich wusste sie nur zu gut, dass ein Internetprofil samt Fotos, Hobbys und Wohnort ein völlig falsches oder zumindest geschöntes Bild vermitteln konnte, doch für den ersten Überblick nutzte auch sie die sozialen Medien. Ziemlich armselig – sie hielt sich selbst nicht an das, was sie predigte.

Das Foto ganz oben auf der Seite protzte mit einem großen Segelboot. Treffer. Miia hatte schon in *Palokaskis Brennstoff* geahnt, dass Mikael segelte. Allerdings könnte auch sie selbst das Bild einer Yacht hochladen, obwohl sie weder eine besaß noch an Wassersport interessiert war. Gemeinsame Freunde hatten sie keine, erfrischend. Allerdings kannte sie einige von Mikaels Freunden dem Namen nach. Ein paar waren Sportler, andere kannte sie aus Reality-TV-Formaten – Sternchen mit künstlichen Nägeln und Haar-Extensions. Miia registrierte, dass sie sich ärgerte, dabei wusste sie, dass sie Mikael nicht aufgrund seiner Facebook-Freunde beurteilen durfte. Klar fühlten Tussis sich zu einem Mann wie Mikael hingezogen. Doch musste er sie deshalb als Facebook-Freunde akzeptieren? Und falls das seinen Frauengeschmack repräsentierte, wieso wollte er sich mit ihr treffen? Sogar schon übermorgen, erst ins Theater, dann in ein soeben eröffnetes Restaurant, das einem Freund von ihm gehörte. Facebook hin oder her, der Typ war hartnäckig.

Miia wusste nicht, was sie antworten sollte, und bekam noch etwas Aufschub, denn auf einmal trudelte eine Nachricht von Johanna ein:

Hallo.

Miia war verwirrt; Johannas Profil war ebenso schnell wieder aktiviert, wie es in der Weite des Internets verschwunden war. Jetzt musste sie behutsam vorgehen.

Hallo, Johanna.

Du hast schon wieder nach mir gesucht, dabei hatte ich dir das verboten.

Ich möchte doch nur mit dir sprechen.

Willst du etwa, dass mir was zustößt?

Was denn?

Ich hab dir doch gesagt, dass ich in Gefahr bin!

Beschreib die Gefahr doch mal.

Es folgte eine Pause von mehreren Minuten. Miia starrte auf das grüne Zeichen, das Johanna online meldete, und hoffte, es würde nicht erlöschen. Hatte sie sich zu weit vorgewagt und die Sache schon vermasselt?

Ich geh morgen wieder in die Schule. Aber du musst mich in Ruhe lassen. Du darfst mich nicht ausrufen lassen und nicht ins Klassenzimmer kommen. Keiner darf merken, dass wir uns kennen.

Miia seufzte vor Erleichterung, Johanna war doch noch da.

Okay. Vielleicht können wir uns woanders treffen? Wo uns keiner beobachtet?

Ich hab Angst.

Johanna, ich kann dir nur helfen, wenn du mir vertraust.

Johanna loggte sich aus. Miia fluchte. Sie beschloss, dem Mädchen eine Nachricht zu hinterlassen, und suchte gerade nach den passenden Worten, als Johanna wieder auftauchte.

Hi.

Wovor hast du denn solche Angst? Davor, dass dir dasselbe passiert wie Laura? Miia ging die Geduld aus. Sie wollte endlich Antworten. Leider legte Johanna erneut eine Pause ein. Immerhin blieb sie eingeloggt, und Miia wagte einen letzten Vorstoß.

Du hast neulich geschrieben, Laura sei tot. Wie kommst du darauf? Gibt es dafür Beweise?

Johanna antwortete nicht. Vielleicht chattete sie noch mit jemand anderem? Oder die Angst lähmte sie wirklich.

Johanna?

Keine Antwort. Miia entschied sich trotzdem, einen Gang höher zu schalten.

Wenn du es mir nicht sagst, musst du es demnächst der Polizei sagen – bei einem Verhör.

Drohen, Erpressen, Bestechen. Das funktionierte bei Kindern und Teenagern immer, obwohl es Hunderte von Ratgebern zum Überwinden dieser überholten Methoden gab. Und Miia hatte ihre Befugnisse wieder einmal überschritten. Korhonen würde sie lynchen, wenn er von diesem Chat erfuhr.

Doch die alten Methoden funktionierten nun mal:

Trigger Happy.

Das ist die Band von Toni und Lauri Ojantaus. Was genau ist mit denen?

Laura.

Trigger Happy hat was mit Lauras Verschwinden zu tun?

☺

Inwiefern?

Johanna loggte sich wieder aus. Miia sah auf die Uhr.

Halb drei. Sie wartete noch eine Viertelstunde, doch Johanna war offenbar ins Bett gegangen. Als Sonderpädagogin müsste sie erleichtert sein, wenn eine Schülerin nicht die ganze Nacht chattete. Aber Miia war in diesem Moment keine Sonderpädagogin. Sie war nicht einmal Polizistin. Sie war einzig und allein Nikkes Schwester.

Jetzt gab es neben Olli Kilpinen ein paar Verdächtige mehr: die Bandmitglieder von Trigger Happy.

Bevor Miia schlafen ging, schickte sie Mikael noch schnell eine Zusage.

22

Die Frau, die ihr gerade die Haare stylte, war tiefbraun und trug ein enges rosa Shirt und falsche Wimpern. Ihre Haare waren samt Extensions zu einem bewusst unordentlichen Dutt gesteckt. Mit ihrem Lipgloss hätte man den Studiofußboden wachsen können.

Das allein störte Miia noch nicht – sollten die Leute herumlaufen, wie sie wollten. Es war der endlose Redeschwall, der ihr auf die Nerven ging.

Guck mal, das perfekte Haaröl für deine Spitzen, und hier, die ideale Creme für deinen Hauttyp. Kennst du eigentlich schon den neuesten Kompaktpuder?

Wieso erteilten Maskenbildner nonstop Ratschläge, sobald eine Frau vor ihnen saß? Musste man als Frau automatisch an Kosmetik interessiert sein? In ihrer Zeit bei der Polizei hatte Miia regelmäßig Fernsehinterviews gegeben und war diesem Typ von Maskenbildnerin leider oft begegnet. Sie warf der Frau einen kühlen, durchdringenden Blick zu und schloss die Augen. Hoffentlich kapierte sie den Wink.

In Gedanken spulte Miia ein paar Stunden zurück. Sie war vom ersten Sonnenstrahl wach geworden und hatte instinktiv die Hand nach dem Männerknie neben ihr ausgestreckt. War mit den Fingerspitzen zärtlich den warmen, behaarten Oberschenkel hinaufgewandert und hatte das vertraute Pulsieren in ihrem Unterleib gespürt.

Dann führte sie ihre Hand bewusst an den intimen Stellen vorbei, wanderte zur Hüfte. Sie hielt inne und warf einen Blick auf die mahnend leuchtenden Digitalziffern ihres Weckers. Noch zwanzig Minuten bis zum Klingeln. Sie schlüpfte unter die Bettdecke und legte sich in Position. Geschickt nahm sie den Penis des schlafenden Mannes zwischen die Lippen und sog zärtlich, aber zielstrebig. Kaum hatte sich die gewünschte Reaktion eingestellt, setzte sie sich breitbeinig auf den Mann und begann, sich langsam und gleichmäßig zu bewegen. Miia sah und hörte nichts mehr, bis sie von ihrem eigenen Schrei in die Realität zurückgeholt wurde und befriedigt auf der Brust des Mannes lag.

»Hallo, du bist sicher Miia Pohjavirta?«

Miia kehrte aus ihren Tagträumen zurück ins Studio und machte die Augen auf. Vor ihr stand eine leicht nervös wirkende junge Frau.

»Ja, ich bin Miia.« Sie lächelte der Frau freundlich und beruhigend zu.

»Schön. Mein Name ist Raija. Ich bin Produktionsassistentin und werde mit dir kurz den Ablauf der Sendung durchgehen.«

Auch wenn Korhonen nach wie vor nicht offiziell mit Miia kooperierte – um Sundsbergs Patzer mit den Medien wettzumachen, kam sie ihm mehr als gelegen. Miia war sympathisch, sachlich und wortgewandt. Ihre pädagogischen Tipps im Umgang mit dem Internet hatten

Tausende finnischer Familien mit Kindern und Teenagern erreicht. Dass sie sich mit dem Interview nun als Expertin und Ratgeberin an die Seite der Ermittler und damit der Polizei stellte, würde den vielen Gerüchten an der Schule hoffentlich ein Ende bereiten, denn die Karten lägen dann offen auf dem Tisch. Und nicht zuletzt wollte sie der Polizei helfen – nicht wegen Sundbergs Unvermögen, sondern weil ihr der gute alte Korhonen leidtat.

Miias Magen knurrte. Sie hatte zu Hause nur kurz geduscht und sich fernsehtauglich angezogen, mehr Zeit war nicht gewesen. Zum Glück lag vor ihr ein Korb mit Croissants, belegten Broten und Hefewecken. Sie griff zu und kaute genüsslich, vermutlich nicht zur Freude der Maskenbildnerin. Die drehte Miias Haare kurzerhand noch auf Volumen-Lockenwickler auf, womöglich aus Rache.

Raija blätterte in ihrem Block. Erst kam ein Interview mit einer Autorin, die ihren ersten Roman veröffentlicht hatte, darauf folgten die Morgennachrichten. Direkt im Anschluss, um 08:07 Uhr, war Miia an der Reihe. Sie würde von einer Moderatorin interviewt werden, die sie schon von früheren Fernsehauftritten kannte, und sie sollte etwas zu den Ressourcen der Polizei sowie zur Rolle des Internets bei Ermittlungen sagen. Sie hätten maximal acht Minuten Zeit, eventuell würde die Moderatorin noch ein paar Zuschauerfragen aufgreifen. Das alles war Miia bestens vertraut, sie fühlte sich sicher und ruhig.

Alles Routine. Nur der Kaffee schmeckte anders als sonst, kräftiger geröstet, doch das passte ihr ausgezeichnet. Die frischen Hefewecken waren sogar noch warm, sie verputzte gleich zwei. Nach dem kleinen Intermezzo vor dem Aufstehen war sie entspannt und wach zugleich, fühlte sich sexy und schlagfertig.

»Achtung, sechs, fünf, vier ...« Die letzten drei Zahlen zeigte der Aufnahmeleiter nur mit den Fingern an und sah bei der Eins auffordernd zur Moderatorin. Die setzte ein professionelles Lächeln auf und sprach in eine der insgesamt drei Kameras:

»In den letzten Tagen hat der Fall der verschwundenen Laura Anderson die Zuschauer in Atem gehalten und die Frage aufgeworfen, ob die Polizei über ausreichend Ressourcen verfügt und ob das Internet zur Aufklärung eines solchen Falles beitragen kann. Ich begrüße heute als unseren Studiogast Miia Pohjavirta, die viele noch als Internetpolizistin kennen. Inzwischen ist Miia Pohjavirta Sonderpädagogin am Gymnasium von Palokaski, wo – bis zu ihrem Verschwinden – auch die Schülerin Laura Anderson zur Schule ging. Guten Morgen, Miia.«

»Guten Morgen.«

»Du sitzt, was diesen brisanten Fall angeht, in Palokaski quasi in der ersten Reihe und hast berufliche Erfahrung bei der Polizei und in der Schule. Wie schätzt du die Situation aus pädagogischer Sicht ein?«

»Die Lage ist natürlich sehr ernst, denn hier ist ein junger Mensch auf unerklärliche Weise verschwunden. Das ist eine quälende Situation für die Eltern und alle weiteren Angehörigen und Freunde, überhaupt für alle, die Laura kennen. Allerdings besteht weiterhin guter Grund zur Hoffnung, dass Laura wohlbehalten wieder auftaucht. In Finnland verschwinden jedes Jahr Tausende von Menschen, und die allermeisten kehren unbeschadet zurück. Und selbst wenn in den letzten Tagen wilde Gerüchte aufgekommen sind, so liegt in diesem Fall den bisherigen Anzeichen nach kein Verbrechen vor. Dennoch ist die Situation natürlich ernst.«

Die Moderatorin sah Miia mit einem routinierten Lächeln an; ihr empathischer Blick war sichtlich gespielt.

»Wilde Gerüchte hat es in der Tat reichlich gegeben, und dem Internet zufolge stehen mit Lauras Verschwinden ganz konkrete Personen in Verbindung. Wie beurteilst du als Expertin in so einem Fall den Nutzen des Internets?«

»Das Internet ist natürlich ein Fass ohne Boden. Wenn man bei Google ›Kopfschmerzen‹ eingibt, landet man bei Krebsarten, denen ein bestimmter Kopfschmerz vorausgeht. Genauso ist es mit den Chatforen – viel Übertreibung und Panikmache. Es ist leider sehr einfach, auf dieser Welle mitzureiten, da man ja statt des eigenen Klarnamens immer ein Pseudonym verwenden kann und für den Mist, den man verzapft, nicht zur Verantwortung gezogen wird. Man darf Dinge, die im Internet geschrieben werden, nicht für bare Münze nehmen.«

»Das Problem im Fall Laura scheint mir aber zu sein, dass das Internet hier ein paar sehr plausibel klingende Theorien anbietet, die die Polizei nicht aufgreift.«

Miia lächelte nun ihrerseits die Moderatorin an. »Auf welche Theorien spielst du an?«

»Nun, Hinweise sind in den letzten Tagen reichlich eingegangen, sowohl in Chatforen als auch über Facebook, und ein paar klingen durchaus vernünftig, doch die Polizei ist bisher keinem einzigen nachgegangen, jedenfalls ist davon nichts bekannt. Es heißt sogar schon, dass die Medien gerade den Job der Polizei machen.«

Jetzt kam Miia ins Schwitzen. Was sollte sie darauf erwidern? Sie war als Expertin hier, nicht als Polizistin, nicht als Ermittlerin. Sie überlegte und sah die Moderatorin fragend an. Die fuhr bereits fort:

»Nehmen wir zum Beispiel diesen Aufmacher von heute früh ...«

Verdammte Scheiße, dachte Miia, als die Moderatorin nach einer Zeitung griff. Ihr war ein unverzeihlicher Fehler unterlaufen, der eigentlich nur Anfängern passierte. Sie hatte heute Morgen die Zeitung nicht gelesen. Im Studio war sie dann sofort in die Maske gezerrt und mit Essen bombardiert worden. Der Redestrom der Maskenbildnerin und die Aktion mit den Lockenwicklern waren vielleicht sogar kalkuliert gewesen, ja, man hatte sie überrumpeln wollen, und aufgrund ihrer eigenen Dummheit war ihnen das auch geglückt. Ihr Handy hatte sie gleich am Studioeingang ausgeschaltet. Und sie hatte sich besonders gut vorbereitet und souverän gefühlt! Verfluchter, dämlicher Sex am Morgen. Miia hob den Blick und lächelte die Moderatorin so gelassen wie möglich an.

»Und?«

Die Moderatorin zeigte ihr die Titelseite:

**Schock im Fall Laura:
Heimliche Beziehung
mit dem Schulpsychologen**

Unter der fett gedruckten Überschrift prangte ein Foto von Nikke, der Laura im Dämmerlicht in sein Auto schob und sich dabei über die Schulter hinweg umsah.

»Ist Niklas Pohjavirta nicht zufällig dein Bruder?«

23 Sein Nacken schmerzte, der rechte Muskelstrang verhärtete sich. Wenn Nikke den Kopf nicht bald in die andere Richtung drehte, würde es mit einer Genickstarre enden. Auf dem Sitz neben ihm saß eine dicke Frau, die nach Knoblauch roch und erregt den Aufmacher der Zeitung las. Wenn sie jetzt nach links sähe, würde sie ihn sofort erkennen. Nikke versuchte, den Kopf noch einen Zentimeter Richtung Fenster zu drehen, ohne nennenswerten Erfolg – er hätte sich schon mit dem Rücken zu der Frau setzen müssen, doch das wäre zu auffällig gewesen. Die Frau las immer wieder laut vor sich hin und stöhnte mehrmals erschüttert auf; anscheinend hoffte sie, dass jemand von den Umsitzenden ein Gespräch mit ihr über die Schlechtigkeit der Welt begann. Mit jedem Stöhnen wurde Nikke flauer, er bekam kaum noch Luft.

Gerade als er dachte, er würde ihn Ohnmacht fallen, fuhr der Bus in den Tunnel vor der Haltestelle Kamppi im Zentrum Helsinkis. Da wusste Nikke, dass er es bis ans Ziel schaffen würde, notfalls auch ohne noch einmal Atem zu holen. In der Dunkelheit des Tunnels wurde er ruhiger, blickte aber nach wie vor eisern nach links. Aus der Fensterscheibe sah ihm sein Spiegelbild entgegen – hoffentlich kam die Frau neben ihm jetzt nicht auf die Idee, zur Tunnelwand zu schauen.

Erst als der Bus leer war, wagte er auszusteigen.

Rund ums Einkaufszentrum Kamppi herrschte der übliche Feierabendbetrieb, und die Leute hatten am Ende des Arbeitstages keine Kraft mehr, den Mitmenschen in die Augen zu blicken. Nikke war erleichtert, schob sich die Baseballmütze aber trotzdem tiefer ins Gesicht und stellte den Kragen seiner Jacke auf. Man konnte nie wissen. Am liebsten hätte er seine Ray-Ban-Sonnenbrille aufgesetzt, doch die hatte er nicht finden können. Suski, die völlig außer sich war vor Wut, hatte ihm bei der Suche nicht geholfen, geschweige denn ihre eigene Sonnenbrille rausgerückt. Das einzige Modell, das er auf die Schnelle hatte auftreiben können, war eine rote Spaßbrille, die er zur Maifeier an einer Tankstelle gekauft hatte. Er befühlte sie eine Weile in seiner Jackentasche und setzte sie schließlich auf.

Er schaffte es ohne Zwischenfall ins Café Lasipalatsi. Von überall blickte ihm aus den Zeitungen sein eigenes Konterfei entgegen. Miia war noch nicht zu sehen. Sie hatten beschlossen, sich in Helsinki zu treffen; in Palokaski wäre das unbemerkt nicht mehr möglich – da hätten sie sich auch gleich offen hinstellen und zu einem Shitstorm einladen können.

Jetzt kapierte Nikke, wie dumm die Idee mit Helsinki gewesen war. Sie hätten sich einfach in Miias Wohnung treffen sollen. Nikke setzte sich an den erstbesten freien Tisch und wartete. Er versuchte sich daran zu erinnern, wie es sich bis vor kurzem noch angefühlt hatte, in einem Café zu sitzen. Würde es jemals wieder so sein wie früher? Warum hatte er sein Leben nicht mehr genossen? Was hatte er alles versäumt zu tun, versäumt zu sagen? Könnte er die Dinge wiedergutmachen?

Wie zum Hohn holte der Mann am Tisch gegenüber eine Zeitung hervor. Nikke betrachtete das Foto von sich und Laura eine Sekunde lang, dann schloss er die Augen. Bloß nicht losheulen. Er versuchte, die Tränen mit beruhigenden Gedanken zurückzudrängen, doch seine Fähigkeit zu positivem Denken schien komplett blockiert. Er befand sich in einer Sackgasse, und hinter dieser Sackgasse, weit weg am Horizont, stand unerreichbar Suski.

Der Morgen war völlig anders verlaufen als gewöhnlich. Es gab keine Milch mehr für den Kaffee – zum allerersten Mal, seit Suski die Excel-Tabelle fürs Einkaufen führte. Nachdem Suski sich abgeregt hatte, musste sie zugeben, dass der Fehler sich nicht auf den Computer schieben ließ, sondern sie sich schlicht vertan hatte, indem sie versehentlich einen Saft in die Milchspalte eingetragen hatte. Nikke bot an, beim Kiosk um die Ecke Milch zu kaufen, doch die schuldbewusste Suski wollte die Sache selbst ausbügeln. Der Rest war Geschichte: Bei ihrer Rückkehr drosch Suski so heftig mit der Zeitung auf Nikke ein, bis diese in Fetzen auf dem Boden lag. Nikke versuchte, sie wieder zusammenzusetzen und sich einen Reim auf Suskis Wut zu machen, doch vergeblich, die Zeitung war jetzt unleserlich. Erst als sein Handy klingelte und Miia dran war, erfuhr er, was Sache war.

Nikke konnte die Tränen nicht länger zurückdrängen, und auch die alberne rote Sonnenbrille half wenig. Schon schauten mehrere Leute zu ihm, ein paar begannen zu tuscheln. Hektisch stand er auf und verließ das Café Richtung Mannerheimintie. Auf dem Bürgersteig stieß er fast mit einer Frau zusammen, rannte jedoch weiter, Richtung Parlamentsgebäude. Er scherte sich nicht um rote Ampeln und hupende Autos und hielt erst an, als er wortwörtlich keinen Boden mehr unter den Füßen spürte: Nikke war am Finlandia-Haus vorbeigelaufen und hatte benommen die Treppe hinunter zum Töölönlahti-Ufer angesteuert, wo er stolperte und sämtliche Stufen hinunterstürzte. Als er unten auf dem Sandweg lag, tat ihm jede Faser weh, doch er genoss das geradezu. So ließe es sich wegdämmern ... vielleicht wachte er ja in einer anderen Welt oder einer anderen Zeit auf. Nikke ließ sich immer tiefer in eine wohltuende Bewusstlosigkeit sinken.

»Nikke! Meine Güte, Nikke! Steh auf!« Miias atemlose Stimme riss ihn wieder zurück.

Er spürte, wie seine Schwester an ihm rüttelte und seinen Oberkörper aufrichtete, vernahm einen leichten Schlag auf der Wange. Noch tat es nicht weh, aber er ahnte, dass Miia mit dem zweiten oder dritten Schlag weniger vorsichtig wäre und ihn so lange prügeln würde, bis er wieder sein ganzes Gewicht spürte, seine böse, hässliche Existenz. Widerwillig öffnete er die Augen. Miia schaute ihn besorgt an. Die Haare hingen ihr ins

Gesicht, ihre Hand war bereits zum nächsten Schlag erhoben.

»Nicht mehr hauen, bitte. Ich bin wach.«

»Ist alles in Ordnung? Tut dir was weh?« Miia betastete seine Arme und Beine. »Du hast dir hoffentlich nichts gebrochen? Und dein Kopf? Der Sturz sah übel aus!«

Nikke tat alles weh, und doch reichte der Schmerz nicht aus, um diesen Moment für ihn auszuschalten. Er rappelte sich auf.

»Es ist alles in Ordnung.« Noch während er dies aussprach, wusste Nikke, dass es die größte Lüge seines Lebens war.

Morgens hatte noch die Sonne geschienen, jetzt waren die beiden von einem schützenden Nebel umhüllt. Wortlos gingen sie am Ufer entlang bis zum Café Blaue Villa, wo glücklicherweise niemand saß. Miias Taschentücher reichten nicht aus, um die Blutung an Nikkes Kopf zu stillen; die Kellnerin half ihnen mit Verbandszeug und servierte extragroße Gläser mit heißem Blaubeersaft. Stumm saßen sie da, nippten am Saft und schauten aufs Wasser. Der Nebel wurde dichter, bald sahen sie die Welt nur noch wie durch Zuckerwatte. Von außen mussten sie wie ein beneidenswertes Paar wirken: ruhig, einträchtig, ohne Hast.

Nikke warf einen zögernden Blick auf Miia und wusste, dass sie auf Erklärungen wartete. Er wusste, dass sie innerlich kochte und ihn beschimpfte, vielleicht drosch sie in ihrer Phantasie sogar auf ihn ein, so wie Suski am Morgen. Ja, wahrscheinlich würde Miia ihn am liebsten ohrfeigen, und nur die Angst, dass er dann für immer aus ihrem Leben verschwände, hielt sie davon ab. Wie gern hätte er seiner Schwester gesagt, dass er sie nie im Leben verlassen würde. Sie brauchten einander. Sie teilten das Schicksal, ihre Schwester Venla verloren zu haben, das band sie noch fester aneinander als ihre Blutsverwandtschaft.

»Also, das mit dem Zeitungsartikel ... Klar hab ich auch außerhalb meiner Sprechstunden Zeit mit Laura verbracht. Ich wollte ihr helfen. Ich wollte unbedingt verhindern, dass sie verschwindet. Dass es zu einer Situation wie der jetzigen kommt.« Nikke fing wieder an zu weinen. Er hätte nie gedacht, dass so viele Tränen in ihm waren. »Aber es ist mir nicht gelungen.«

»Woher wusstest du, dass Laura in Gefahr ist? Hat sie dir irgendwas in dieser Richtung erzählt?«

Miias Stimme klang sachlich, fast hart, und das war genau das, was Nikke jetzt brauchte. Die Unerschütterlichkeit seiner Schwester richtete ihn auf. Er räusperte sich die Kehle frei.

»Nochmal langsam. Was hast du gefragt?«

»Was hat Laura dir erzählt? Was war so besorgniserregend, dass du sie auch außerhalb deiner Sprechstunden getroffen hast?«

Unbemerkt war Miia in eine andere Rolle geschlüpft;

Nikke erlebte seine Schwester zum ersten Mal als Polizistin.

»Glaubst du mir eigentlich, dass ich ihr nichts angetan habe?«

»Wenn du das sagst – klar glaube ich dir.«

»Ich habe ihr wirklich nichts angetan.«

»Sehr gut. Dann lass uns bei dem Foto in der Zeitung anfangen. Was ist da passiert?«

»Ach Miia, die ganze Welt glaubt, dass ich an Lauras Verschwinden schuld bin. Kann man mich aufgrund des Zeitungsartikels eigentlich festnehmen?«

»Bitte konzentriere dich jetzt einfach auf meine Fragen. Was war los, als das Foto von dir und Laura gemacht wurde?«

Nikke sah, dass seine Schwester ungeduldig wurde. Was sollte er ihr sagen? Auf die Schweigepflicht konnte er sich jetzt wohl nicht mehr berufen.

»Okay, Miia.« Er rang sich eine theatralische Geste ab und legte die Hand aufs Herz.

»Lass den Quatsch.«

»Gut. Also, ich habe sie von einer Party abgeholt.«

»Von was für einer Party?«

»Einer ganz normalen Party bei Ojantaus im Saunahaus.«

»Warum hast du sie da abgeholt?«

»Weil sie mich angerufen und darum gebeten hat.«

»Und das hast du einfach so gemacht?«

»Ja.«

»Hast du sie öfter rumkutschiert?«

»Nein, das war das einzige Mal.«

»Warum hat sie dich angerufen? Sie hätte doch auch zu Fuß gehen können. War sie in Gefahr? Woher wusstest du, dass sie es ernst meint und dich nicht einfach nur rumkommandiert?«

»Weil ich eine halbe Stunde vorher selbst noch auf der Party war.«

»Und wieso?«

»Ich habe mitgefeiert. Insofern wusste ich, wie es da zuging, und ich habe Laura sofort geglaubt, als sie mich panisch angerufen hat.«

»Wie ging es denn da zu?«

Falls Miia sich ärgerte über das, was sie hörte, verbarg sie es perfekt. Nikke hatte mit Vorwürfen gerechnet, aber seine Schwester schien sich nicht zu wundern, dass er mit den Jugendlichen feierte.

»Wie es halt zugeht zu vorgerückter Stunde.«

»Erklär's mir. Ich geh nicht auf solche Partys.«

»Alle waren dicht. Und die Jungs waren ziemlich aufgepeitscht.«

»Und du?«

Ein weiterer Moment der Wahrheit. »Ich hatte ein bisschen Gras geraucht.«

Miia verzog keine Miene. »Und Laura?«

»Die war total durch den Wind. Die hatte noch ein bisschen mehr intus als nur Gras.«

»Immerhin war sie klar genug, dich anzurufen.«

»Sie wollte unbedingt weg. Sie war völlig im Eimer, und die anderen erst recht. Also habe ich sie nach Hause gefahren; so wusste ich wenigstens, dass sie sicher ankommt. Verstehst du das nicht?«

»Doch.« Miia nickte.

»Soll ich vielleicht beim Konkurrenzblatt anrufen und denen die wahre Geschichte verkaufen?«, fragte Nikke zögernd.

Miia ignorierte den Vorschlag. »Weißt du vielleicht was von einer größeren Summe Geld, die Laura angeblich in Aussicht hat?«

Nikke runzelte die Stirn. »Laura etwa auch?«

Jetzt runzelte Miia die Stirn. »Wieso ›auch‹? Wer denn noch?«

»Ach, im Frühjahr haben mehrere Schülerinnen damit geprahlt, dass sie bald superreich sind.«

»Und woher soll das Geld kommen?«

»Das haben sie nicht erzählt, und ich hab mich auch nicht eingemischt. Ehrlich gesagt habe ich denen nicht ganz geglaubt. Aber wenn wirklich jemand was in Aussicht hatte, dann wohl von einem reichen Opa, der im Sterben liegt. Oder irgendeinem Sparvertrag, der zum sechzehnten Geburtstag ausgezahlt wird. So was machen manche Eltern ja. Vielleicht hat es sogar bei ein, zwei Mädchen gestimmt, aber die anderen haben das garantiert nur nachgeplappert.«

»Wie viele Mädchen waren es denn, die so was behauptet haben?«

»Ich weiß nicht mehr genau. Zehn vielleicht, oder ein paar mehr. Mit Geld angeben war plötzlich so ’ne Art Boom. Genau wie dieser Schwangerschaftswahn.«

»Theoretisch wäre es ja möglich, dass die Mädchen alle dieselbe Geldquelle haben.«

»Aber was für eine Geldquelle soll das sein?«

»Gute Frage. Davon haben sie dir wirklich nichts gesagt? Vielleicht indirekt, in einem Nebensatz?«

Nikke schüttelte den Kopf. Miia fragte nicht weiter, und das war ihm nur recht. Zwar regte sich sein Gewissen, aber er wusste beim besten Willen nicht, wie er ihr die Sache erklären sollte. Der richtige Zeitpunkt dafür käme sicher noch.

Sie hielten ein Taxi an und ließen sich nach Palokaski bringen. Sie schwiegen während der ganzen Fahrt. Nikke hätte Miia gern erzählt, wieso er manchmal mit den Schülern feierte und gelegentlich Gras rauchte, doch der Fahrer beobachtete ihn die ganze Zeit durch den Rückspiegel. Wenn er nicht wollte, dass seine Bekenntnisse morgen in der Zeitung oder im Internet auftauchten, musste er die Klappe halten. Er zog die Schirmmütze tiefer in die Stirn und registrierte, dass er die Sonnenbrille verloren hatte – wahrscheinlich beim Sturz auf der Treppe.

Miia schaute auf ihr Handy.

»Erwartest du einen Anruf?«

»Nee, ich will wissen, wie spät es ist.«

Nikke sah auf die Uhr an der Armatur. »Zum Glück hatte ich heute Vormittag keine Klienten.« Gleich zwölf Uhr mittags. »Eigentlich wollte ich ja aufs Amt, aber das hab ich jetzt doch nicht geschafft«, flunkerte er, wobei er Richtung Fahrer sprach. Dann wandte er sich an Miia. »Hast du es eilig?«

»Um zwei ist ein wichtiger Termin. Bis dahin muss ich ...« Miia verstummte.

Nikke hob den Kopf und suchte Blickkontakt zu seiner Schwester. Er sah sie fragend an.

» ... muss ich einen Schuldigen gefunden haben. Sonst bist du dran«, flüsterte sie so leise, dass man es vorn im Auto nicht hören konnte. »Hat Laura dir mal von ihrem Klavierlehrer Kilpinen erzählt? Hattest du was mit ihm zu tun? Irgendein ... Business vielleicht?«

Nikke schüttelte den Kopf.

Das Taxi bog auf den Schulhof ein.

Miia stieß einen überraschten Laut aus. Nikke hob den Blick und wusste: Das Spiel war vorbei. Vor der Schule warteten zwei Polizeiautos, ein Mannschaftswagen und eine Zivilstreife. Obendrein hatten sich mehrere Dutzend Schaulustige auf der Straße eingefunden, um den nächsten Akt des Dramas zu verfolgen. Schüler waren nirgends zu sehen, doch die stritten sich wahrscheinlich drinnen um die Fensterplätze. Miia fiel ein Spruch ihrer früheren Kollegen ein: Kaum kommt die Polizei, sind gleich Zuschauer dabei.

»Lass uns weiterfahren«, bat Nikke.

»Nein.« Miia holte ihr Portemonnaie hervor und reichte dem Fahrer ihre Kreditkarte.

»Miia, die sind wegen mir hier!«

»Das wird sich erst noch zeigen«, wiegelte sie ab, glaubte aber selbst nicht daran. »Komm. Du hast keinen Grund zur Sorge.«

Nikke griff nach ihrer Hand. »Kannst du mir das versprechen?«

»Ja.«

Kaum war Nikke ausgestiegen, löste sich ein großer Mann aus der Reihe der Schaulustigen, rannte auf ihn zu und schlug ihm mit der Faust mitten ins Gesicht. Darauf war Nikke nicht gefasst gewesen. Taumelnd ging er zu Boden; über ihm kreisten, wie im Comic, blinkende Sterne. Er holte tief Luft, doch schon gingen neue Fausthiebe auf ihn nieder. In wenigen Sekunden war sein Gesicht blutüberströmt. Dennoch erkannte er, dass es Lauras Vater war, der über ihm kniete. Nikke wagte nicht, sich zu verteidigen, auch wenn seine Reflexe ihm befahlen, zurückzuschlagen. Irgendwann kamen vier Polizisten und zerrten Lauras Vater von ihm runter.

Miia saß starr im Taxi, sie hatte die Pin-Nummer ihrer Kreditkarte vergessen. Die Szene draußen sah sie wie in Zeitlupe. Irgendwann tauchte Korhonen auf, warf einen Blick aufs Taxameter und beglich für sie die Rechnung. Als der Fahrer murmelte, dass die Schläge das Mindeste an Strafe seien, was diese Sau verdient hätte, musste Korhonen Miia festhalten, sonst wäre eine zweite Prügelei ausgebrochen.

Lauras Vater hörte nicht auf um sich zu schlagen und wurde in einen Polizeiwagen verfrachtet. Nikke blieb wie tot am Boden liegen; alles tat ihm weh, das warme Blut klebte in seinen Augen und Nasenlöchern. Er wünschte, Lauras Vater hätte ewig weitergemacht, zumindest so lange, bis er seine Schuld abgebüßt hatte. Auch die Schuld sich selbst gegenüber. Vielleicht hätte ihn das befreit.

Nikke sah, dass Miia sich zu ihm durchkämpfen wollte, doch die Polizisten hielten sie fest. Sie rief ihm etwas zu, das er nicht hörte. Auf einmal wurde ihm klar, dass er auch nichts anderes hörte. Hatten die Schläge von Lauras Vater ihn taub gemacht? Nikke bewegte vorsichtig den Kopf. Nein, er hörte absolut nichts. Er starrte in den Himmel. Der war unschuldig und schön. Die Stille trennte ihn von der Welt der anderen, ließ ihn träge in das weite Blau driften. Gerade dachte Nikke, dass er viel zu selten in den Himmel schaute, da wurde er auf den Bauch gedreht. Klack, schon trug er Handschellen.

Er sah, dass Miia auf der anderen Seite des Schulhofs auf Korhonen einredete; verzweifelt rief er ihren Namen. Sie hörte ihn nicht, und die Polizei schleifte ihn zum Mannschaftswagen. Über ihm gingen ein paar Fenster auf, die Schüler johlten und pfiffen. Nikke rief mit allerletzter Kraft nach Miia.

24 Durch das Pfeifkonzert hindurch hörte Miia ihren Namen. Sie drehte sich um und sah einen blutüberströmten Nikke in Handschellen, der von vier Polizisten abtransportiert wurde – wie in Zeitlupe, wie durch Nebel.

»Verdammte Scheiße, was läuft hier eigentlich? Wozu die Handschellen?«, rief sie und wollte losrennen.

Korhonen hielt sie fest und schaute sie mitleidsvoll an. »Nikke ist vorerst festgenommen. Du wusstest doch, dass es darauf hinausläuft.«

»Nikke! Nikke! Lasst ihn los! Das könnt ihr meinem Bruder nicht antun!«

»Komm zur Vernunft, Miia. Bitte.«

Sie riss sich los und rannte zu Nikke, der gerade in den Mannschaftswagen gestoßen wurde. Ohne nachzudenken, hechtete sie hinterher und klammerte sich an ihrem Bruder fest.

»Miia, zum Teufel nochmal!«, fluchte Korhonen. »Komm sofort wieder raus!«

Miia hielt Nikkes Kopf und flüsterte ihm immer wieder ins Ohr, dass sie alles regeln und alles wieder gut würde.

Nikke riss sich los. »Beruhig dich«, sagte er laut, »ich kann dich sowieso nicht hören. Aber hör du mir bitte zu.«

Miia nahm sich zusammen. Plötzlich schämte sie sich fast für ihr emotionales Verhalten.

»Im Probenraum der Band gibt es ein Video. Von Laura. Das musst du finden. Das erklärt alles.«

»Raus mit dir, aber sofort!«, brüllte Korhonen an der Autotür, und ein junger Kollege schien schon zu überlegen, wie er Miia möglichst sanft aus dem Wagen holen konnte. Doch sie stieg freiwillig aus.

Als Korhonens Kollegen mit Nikke vom Schulhof fuhren, sah Miia die Handykameras an den Fenstern. Natürlich, die Schüler hatten die Szene mitgefilmt. In wenigen Minuten würde das Ganze im Internet landen. Miia mochte sich die Folgen gar nicht ausmalen.

»Los, weg hier«, schnauzte sie Korhonen an und setzte sich trotzig auf den Beifahrersitz seines Volkswagens, von dem sie erst ein paar alte Kaffeepappbecher fegen musste. Korhonen ließ sich neben sie plumpsen.

»Jetzt hast du deinen Schuldigen endlich.« Miia sah auf ihr Handy, es war halb eins. »Gratuliere. Rechtzeitig zur Sendung. Da kannst du dann mit Sundsberg den Sündenbock präsentieren.«

»Wir hätten Nikke viel früher festnehmen müssen. Bei all den Hinweisen.« Korhonen startete den Motor und fuhr vom Schulhof.

»Nikke ist unschuldig. Du wirst dich ordentlich blamieren.«

»Blamiert habe ich mich sowieso schon. Indem ich Nikke aus rein persönlichen Gründen viel zu lange aus dem Kreis der Verdächtigen ausgeschlossen habe.«

»Was für Beweise habt ihr überhaupt? Ihr könnt ihn doch nicht einfach so festnehmen!«

Korhonen seufzte. »Wo soll ich dich hinfahren?«

»Nach Hause«, antwortete Miia heiser.

Sie würde Korhonen kein Sterbenswörtchen von dem Video erzählen. Ab jetzt machte sie im Alleingang weiter. Korhonen hatte sich als Vertrauter disqualifiziert.

25

Tötterman knallte die Konkurrenzzeitung mit solcher Wucht auf den Tisch, dass Pasi Tikkas sorgfältig geordneter Papierstapel zum Thema »Schwindender Berufsschutz in der Theaterbranche« in alle Richtungen auseinanderflog.

»Was zum Teufel ist das? Verfluchte Scheiße, was zum Teufel ist das?!« Töttermans Speicheltropfen landeten nicht nur in Tikkas Gesicht, sondern besprenkelten auch die Titelseite der Zeitung.

»Das ist die Zeitung aus dem Nachbarhaus«, sagte Tikka in bewusst ruhigem Ton und sah seinem Chef in die Augen.

»Komm mir nicht blöd, das weiß ich auch. Was ich nicht weiß: Wieso ist der Konkurrenz klar, dass dieser Schulpsychologe der Bruder von dem Mädchen ist, das vor zwanzig Jahren verschwunden ist?! Das musst du doch auch gewusst haben! Bist du etwa selbst in diese Geschichte verwickelt?«

Tikka zog die Zeitung näher und las die Überschrift laut vor. Er war unendlich zufrieden, dass jemand anders ihm diese Enthüllung abgenommen hatte. Dennoch schockierte ihn die Dreistigkeit: »Tief ins Unheil verstrickt: Schulpsychologe hat schon zwei Schulmädchen auf dem Gewissen!« Tikka schlug lustlos die erste Seite auf.

»Chef. Für mein Verhalten könnte es Gründe geben.

Vielleicht wollte ich diesen Artikel einfach nicht schreiben. Kann ja sein, dass der Fall mir damals nahegegangen ist und ich die Familie kenne. Eine Alternative wäre, dass ich schlicht nicht wusste, dass dieser Schulpsychologe der Bruder von Venla ist. Und die dritte Möglichkeit ist, dass *ich* hinter beiden Fällen stecke und der Hannibal Lecter Finnlands bin. Jetzt kannst du dir frei aussuchen, warum ich diese Story nicht geschrieben habe.«

»Du kannst mich mal mit deinen Alternativen! Damit du nicht heute noch gefeuert wirst, entscheide ich mich für Möglichkeit zwei. Es ist allerdings das letzte Mal, dass sich dieses Scheißblatt von der Konkurrenz besser verkauft, nur weil hier einer zu sensibel ist, die Sache in die Hand zu nehmen oder wenigstens seinen Kollegen einen Wink zu geben. Ich werde die Sache weitermelden müssen. Die Online-Redaktion wird sich bedanken, dass sie als Quelle für die nächste Web-Story das Klopapier aus dem Nachbarhaus angeben muss! Und falls von denen jemand fliegt, dann werde ich ihm persönlich empfehlen, sich bei dir zu beschweren. Meine Güte, Tikka!«

Tötterman riss im Abgang noch einen Papierstapel vom Schreibtisch – Tikkas sorgfältig recherchiertes Material zum betrügerischen Kosmetik- und Nahrungsergänzungsmittelverkauf per Schneeballsystem. Gründliche Arbeit für die nächste Enthüllungsgeschichte. Tikka sah seinem Chef hinterher, der bei den Kollegen der Online-Redaktion einen Zwischenstopp einlegte.

»Schönen Gruß von Pasi Tikka an Jarno, hoffentlich behältst du deinen Job! Und deine Kollegen auch!«

Als Tötterman abgerauscht war, sah Jarno fragend herüber. Tikka zuckte nur die Schultern und beugte sich dann über die Zeitung der Konkurrenz. Nikke sollte also zwei verschwundene Mädchen auf dem Gewissen haben? Die Überschrift klang so dramatisch, dass der Zeitungsverkauf um etliche Tausend ansteigen würde.

Der Artikel selbst war eine dürftig zusammengeschusterte Reportage, die sich um die Jugend von Nikke und die Parallelen zwischen dem Verschwinden der beiden Mädchen drehte. Die schöne Venla, die verschwundene Schwester. Von einem Tag auf den anderen weg, nie wieder ein Lebenszeichen. Daneben ein Bild von ihr, darunter noch ein Klassenfoto, auf dem sie das Schild mit dem Namen der Schule halten durfte. Tikka kamen die Tränen. Auf dem Einzelfoto lächelte Venla mit blitzend weißen Zähnen in die Kamera. Sie trug einen hellblauen Mohairpulli und hatte einen Hauch Lidschatten im selben Blauton aufgelegt. Um ihren Hals baumelte eine zarte Kette, deren Anhänger man auf dem Bild nicht erkennen konnte. Tikka jedoch wusste, dass es ein kleiner Engel war; Venla hatte ihn jeden Tag getragen.

Auf dem Foto daneben lächelte Laura, wie eine wiedergekehrte Venla. Die drastische Überschrift und das geschickte Layout legten nahe, dass Nikke ein Serienmörder war, der nur bei einem ganz bestimmten Mädchentyp zuschlug. Nicht lange, und man würde die Fotos von allen hübschen Blondinen, die in den letzten Jahren verschwunden waren, ausgraben, in eine Reihe montieren und Nikke als Täter hinstellen. Dass er beim Verschwinden seiner Schwester Venla erst ein zehnjähriger Junge war, wurde einfach unterschlagen, ebenso, dass er schon viele Jahre gute Arbeit als Schulpsychologe leistete. Den Beruf des Schulpsychologen stellte man sogar als besonders belastend und zwiespältig dar. Klarer Fall – bis es handfeste Gegenbeweise gab, würde man Nikke für den Schuldigen halten.

Tikka erinnerte sich nur zu gut, wie er sich nach Venlas Verschwinden gefühlt hatte. Die süße, von allen geliebte, phantastische Venla. Jeder hatte sie bewundert. Für die Lehrer war sie die perfekte Schülerin, für die Jungs der unerreichbare Traum, für die Mädchen die bestmögliche Freundin.

Und er, Pasi Tikka, hatte Venla gekriegt. Er hatte ihre weichen Lippen küssen dürfen, hatte ihre Hand halten dürfen, seine Hand sogar unter ihr T-Shirt schieben dürfen. Tikka wusste schon damals, dass sie ein vollkommen ungleiches Paar waren. Wie Schneewittchen und einer der sieben Zwerge. Die fünfzehnjährige Venla hätte locker mit einem zwanzigjährigen Sportler, Schauspieler oder Musiker zusammensein können. Würde sie heute noch leben, sie hätte garantiert eine Symphonie komponiert oder ein Mittel gegen Krebs gefunden und würde jetzt mit einem tollen Mann und sieben Kindern auf einem Anwesen in Frankreich leben. Und wenn sie ihn zufällig auf irgendeinem Flughafen träfe, würde sie auf die allerfreundlichste Art nach seinem Befinden fragen – so, als wäre es ihr wirklich wichtig.

Venla hatte tatsächlich ihm gehört, wenn auch nur ein paar Monate lang. In diesem Moment kam ihm das wie die größte Errungenschaft seines Lebens vor.

Und dann war sie eines Tages plötzlich nicht mehr da.

Ihr Verschwinden hatte in Palokaski ein mittelschweres Erdbeben ausgelöst. Niemand hatte eine Ahnung, was ihr zugestoßen sein konnte. Eine Leiche wurde nie gefunden, es gab keine einzige Spur. Das Mädchen war einfach weg. In den 80ern gab es noch kein Internet, auch die Zeitungen arbeiteten ganz anders, waren weniger auf Sensationen aus. Es gab keine Handys, anhand derer man orten konnte, wo jemand sich aufhielt. Es gab nur dieses Mädchen mit der starken Ausstrahlung, das urplötzlich verschwunden war. Pasi hatte sich damals unendlich hilflos gefühlt, und er hatte nie seinen Frieden mit dieser Geschichte gefunden. Er konnte sich nur zu gut vorstellen, wie schwer der Verlust von Venla Nikke, Miia und ihre Mutter bis heute belastete. Mit diesem Thema sollte er für seinen Chef Auflage machen, sollte öffentlich völlig hanebüchene Schmutzwäsche waschen? Sollte Tötterman sich die ersehnten Käufe und Klicks tief in den Arsch stecken!

Miia ging nach dem dritten Klingeln ran. Tikka hatte sich einen guten ersten Satz zurechtgelegt, doch als er Miias Stimme hörte, war sein Kopf absolut leer. Er war nicht darauf vorbereitet, dass sie sich anhörte wie die von Venla. Mit einem Schlag fühlte er sich wie der Junge von damals.

»Miia hier, wer ist denn da?«

»Äh ... ich weiß gar nicht, wie ich anfangen soll. Hier ist Pasi Tikka.«

»Ja?«

»Ich bin Journalist und –«

»Ich gebe keine Interviews.«

»Miia, ich bin's, Pasi Tikka! Ich war früher mit Venla zusammen!«

»Ach du! Hast du nicht den Artikel ›Der Fluch von Palokaski‹ geschrieben? Und jetzt brauchst du neuen Stoff und rufst mich deshalb an? Schäm dich!«

Miia klang so wütend, dass Pasi nur noch eine Chance hatte. Er musste die Karten sofort auf den Tisch legen.

»Ich schreibe nichts mehr zu dem Fall. Ich habe das Foto von Nikke und Laura auch bekommen, es aber nicht genutzt. Ich muss dir dringend was erzählen.«

26

Miia konnte nicht schlafen. Ihr Herz wummerte dumpf in die Matratze. Sie versuchte, sich auf ihre Atemzüge zu konzentrieren, aber ihre Gedanken surrten laut wie Wespen durcheinander, stachen immer wieder schmerzhaft zu und machten jeden Konzentrationsversuch aussichtslos. An Schlaf war nicht zu denken. Sie müsste aufstehen, Licht anmachen und sich mit etwas Sinnvollem ablenken, mit Abwaschen oder Staubsaugen, aber ihre Glieder gehorchten nicht, lagen zentnerschwer im Bett.

Bevor Miia ins Bett gegangen war, hatte sie erst mit Suski, dann mit ihrer Mutter telefoniert.

Suski war einsilbig und wollte Miia nicht sagen, was sie über die Festnahme dachte. Sie fragte auch nicht nach, wie es Miia ging. Trotzdem hatte Miia sie mehrmals eingeladen, bei sich zu übernachten – Fehlanzeige. Vor Suskis Haus wartete eine Horde Reporter, weshalb Suski vorerst drinnen bleiben wollte. Miia hatte versucht, das Telefonat in die Länge zu ziehen, in solch einer Situation sollte man schließlich nicht alleine sein, doch irgendwann hatte Suski aufgelegt. Miia wollte sich schon spontan zu ihrer Freundin aufmachen, doch auch sie schreckte die Vorstellung von einem Haufen aggressiver Journalisten ab.

Irgendwann wurde es endlich Morgen; Miia hatte schon befürchtet, es würde nie hell werden. Sanftes

Dämmerlicht fiel durch die Jalousien und malte zarte Streifen auf die gegenüberliegende Wand. Zeit, aufzustehen und sich für die Arbeit bereit zu machen.

Ihre Mutter hatte ihr abgeraten, gleich wieder zur Schule zu gehen, die Kollegen würden sie dort nur ausgrenzen. Für die war sie die böse Schwester des Perversen, der die heiß geliebte Musterschülerin gekidnappt hatte. Miia sollte sich lieber krankmelden. Doch Miia war egal, was man von ihr dachte. Sich krankzumelden wäre nur eine Bestätigung gewesen, ein stillschweigendes Eingeständnis, dass Nikke schuldig war. Und wie sollte sie herausfinden, was wirklich los war, wenn sie den Kopf in den Sand steckte? Nein, sie würde die Ärmel hochkrempeln und weitermachen. Abends hatte sie schon eine Verabredung mit Pasi Tikka.

Miia trank eine ganze Kanne Kaffee und nahm sich noch einen Espresso to go vom Kiosk mit. Ihr Gehirn arbeitete auf Hochtouren, spuckte innerhalb weniger Sekunden eine aktualisierte To-do-Liste aus:

– *Was hat Pasi Tikka für Material? Vielleicht das Video, von dem auch Nikke gesprochen hat? Was ist auf dem Video drauf?*
– *Nach der Arbeit in Trigger Happys Proberaum!*
– *Johanna!!!*
– *Was ist mit Kilpinen? Ernsthaft gefährlich oder nur ein harmloser Spinner?*
– *Nach außen hin auf meinen Job an der Schule konzentrieren, Direktorin darf nichts merken!*

– Ermittlerrolle immer erst nach der Schule einnehmen!

»Alles wird gut, Nikke ist unschuldig, Nikke kommt wieder frei«, murmelte sie mantra-artig vor sich hin. Die Kombination aus Müdigkeit und zu viel Kaffee ließ sie geradezu abheben, fast schwebte Miia zur Schule.

Auf einmal sah sie Johanna an einer Bushaltestelle sitzen.

»Johanna!«

Das Mädchen reagierte nicht. Miia bemerkte die Kopfhörer unter ihrer blonden Mähne.

Johanna starrte gedankenverloren auf ihre Füße und bemerkte Miia erst, als die sich neben sie setzte. Sie zuckte zusammen.

»Hallo«, sagte Miia verhalten.

»Hallo. Ich schwänze übrigens nicht. Ich hab erst zur zweiten Stunde.«

»Darum geht's nicht.«

»Aha. Worum geht's dann?« Johanna nahm ihren Rucksack und stand auf.

»Bitte hau nicht ab. Ich muss unbedingt mit dir reden ...«

Johanna nahm betont langsam eine Schachtel Zigaretten aus ihrem Rucksack und legte ihn wieder vor sich auf den Boden.

»Meine Güte, komm runter.«

Miia atmete tief durch. Komm runter.

»Ich hab nach dir gesucht.«

»Ach ja?« Johanna tat so, als wäre ihr das völlig neu.

»Sollen wir uns vielleicht in ein Café setzen?«

»Warum?«

»Weil ich in Ruhe mit dir sprechen möchte.«

»Und worüber möchtest du ›mit mir sprechen‹?« Johanna verdrehte die Augen, und Miia fühlte sich entsetzlich dumm. Wieso gelang es Jugendlichen durch alle Generationen hindurch, Erwachsene so nachzuäffen, dass ihre Vorschläge absolut sinnlos klangen? War das eine Art Gen, das mit dem Älterwerden verkümmerte?

»Ich möchte mir dir über Laura sprechen.«

Mehr sagte Miia nicht, obwohl jede Menge Fragen in ihr brodelten. Sie musste langsam vorgehen, um Johannas Vertrauen zu gewinnen. Notfalls kam sie eben zu spät zur Arbeit. Sie hatte Johanna endlich gefunden, alles andere war zweitrangig.

Das Mädchen angelte routiniert eine Zigarette aus der Schachtel. Rote Marlboro. Miia presste die Lippen zusammen; jetzt bloß keine Gesundheitsbelehrungen. Hoffentlich bot Johanna ihr keine an. Als vertrauensbildende Maßnahme müsste sie mitrauchen.

»Alle denken, dass wir immer beste Freundinnen waren. Best friends forever. Aber das stimmt nicht. Ich hab Laura von der dritten bis zur sechsten gemobbt.«

Johanna warf ihre Zigarette in eine Pfütze und kramte die Zigarettenschachtel schon wieder hervor.

»Richtig fieses Mobbing war es nicht, ich hab ihren

Kopf nie in die Kloschüssel gedrückt oder so. Wir haben sie halt immer ausgelacht und nicht in unsere Gruppe aufgenommen.« Johanna blies kleine Rauchkringel in die Luft. »Total bescheuert. Ich weiß nicht mal, wieso wir sie geärgert haben. Es gab keinen vernünftigen Grund. Na ja, vielleicht, dass sie Klavier gespielt hat. Damals war das schon ein Grund, wir anderen sind ja alle zur Tanzstunde gegangen. Und sie hat jeden Tag wie verrückt geübt. So wie Tiia-Lotta aus meiner Klasse. Aber die mobbt keiner. Zum Glück.«

Miia beobachtete Johanna und dachte, dass die dicke Schicht Make-up, die vielen Zigaretten und die schuldbewusste Analyse der vergangenen Schuljahre, die jedem Erwachsenen gefallen musste, klar bewiesen, dass Johanna noch ein Kind war.

»In den Sommerferien vor der Achten ist Lauras Familie ins Nachbarhaus gezogen. Meine beste Freundin hatte mir gerade den Freund ausgespannt, ich hatte also weder eine beste Freundin noch einen Freund. Alle anderen waren in ihren Sommerhäusern oder verreist, und meine Eltern haben die ganze Zeit gearbeitet. Mir war total langweilig, und mies ging's mir sowieso. Also hab ich mich mit Laura angefreundet.« Johanna warf die Zigarette zur vorigen in die Pfütze.

»Ab der Achten waren wir supergute Freundinnen. Und Laura war echt nett, überhaupt nicht komisch oder so. Aber irgendwann hat das mit dem Klavierspielen nicht mehr hingehauen, und sie hat aufgehört. Ab da ist sie ziemlich durchgedreht.« Johanna schluckte laut hörbar und warf Miia einen scheuen Blick zu. Der erste, seit sie nebeneinandersaßen. Nun war Miia dran, etwas zu sagen.

»Hm. Inwiefern durchgedreht?«

»Sie hat ihre tollen Haare abgeschnitten und sah echt hässlich aus. Und sie wollte, dass auch ich mir die Haare abschneide oder zumindest an den Seiten kurzrasiere.« Johanna griff sich in ihre dicken, blonden Locken. »Aber das mache ich auf keinen Fall, auch wenn das angeblich noch so cool ist. Im betrunkenen Zustand hat sie sogar zugegeben, wie Scheiße sie aussieht, aber ihr war wichtiger, ihren Vater zu schocken, und dem gefiel die neue Frisur überhaupt nicht.« Johanna lachte und steckte sich die nächste Zigarette an.

»Sie hat ständig über Sex geredet. Und war ständig bekifft.« Johanna warf Miia einen ängstlichen Blick zu.

Miia nickte beruhigend. »Keine Sorge, ich erzähl's nicht weiter.«

»Ich fand das schrecklich, dass sie dauernd Jungs angemacht und sofort losgeflennt hat, wenn sie mal abgeblitzt ist.« Johanna verstummte.

Die Mädchen hatten in letzter Zeit nicht nur verschiedene Freizeitinteressen, dachte Miia. Sie standen auch an völlig verschiedenen Punkten ihrer sexuellen Entwicklung. Johanna war möglicherweise noch Jungfrau.

»An diesem Samstagabend war ich mit Laura am Strand.«

»An was erinnerst du dich? War da irgendetwas anders als sonst?«

»Nein. Laura war dicht wie immer und hat mit allen rumgeflirtet. Solange ich da war, ist es aber dabei geblieben, von Sex hab ich nichts mitgekriegt.«

»Hatte Laura auch was mit älteren Männern?«

»Nicht, dass ich wüsste, aber es würde zu Laura passen.«

»Hast du eine Idee, wo Laura sein könnte?«

Wieder flog eine Zigarette in die Pfütze.

»Die kann überall sein. Vielleicht auf Bali, da ist es schön warm. Mann, da wär ich jetzt auch gern.«

»Deine Nachrichten klangen ja ziemlich düster und endgültig«, versuchte Miia aufs Thema zurückzulenken.

»Was für Nachrichten?«, fragte Johanna.

»Die Facebook-Nachrichten, die du mir geschickt hast.«

»Aber ich hab dir gar keine geschickt!«, sagte Johanna irritiert. »Wieso sollte ich?«

Miia musterte Pasi Tikka, der vor ihrem Laptop saß und sich die Nachrichten von Johanna durchlas. In Natura sah Tikka ganz anders aus als auf dem kleinen Schwarz-Weiß-Foto unter dem Zeitungsartikel. An den Schüler Pasi Tikka konnte Miia sich ohnehin nicht erinnern, da zwischen ihnen zwei zu Schulzeiten entscheidende Jahre lagen. Als Exfreund ihrer Schwester Venla – so hatte Tikka sich vorgestellt – kam er ihr schon gar nicht bekannt vor. Er war auch noch mit Venla zusammengewesen, als diese verschwand, und wechselte danach auf eine andere Schule, da er die Erinnerungen nicht ertrug. Miia konnte sich an einen Freund namens Pasi zwar nicht entsinnen, aber nach Venlas Abmagerungskur hatten die Schwestern sich ohnehin kaum noch Persönliches anvertraut. Ein enges Verhältnis hatten sie nie gehabt, und zu der Zeit lagen Welten zwischen ihnen; Venlas Welt war ihr vollkommen verschlossen. Anscheinend jedoch nicht Pasi Tikka.

Zu ihrer Überraschung vertraute Miia Tikka, obwohl sie ihn erst wenige Minuten kannte. Er wirkte absolut ehrlich und hatte schon ein paar Mal über sich selbst gelacht – eine Eigenschaft, die Miia schätzte. Er hatte es unterlassen, einen zweiten Artikel zu schreiben, obwohl das aus beruflicher Sicht schlau gewesen wäre. Er sprach so überzeugend und warm von Venla, dass diese beinahe greifbar wurde. Miia brauchte jetzt jemanden, dem sie vertrauen konnte, der eine neue Richtung in die Geschichte brachte, der Nikkes Ruf wiederherstellte.

Miia erzählte Tikka alles, was sie wusste. Tikka wollte die Nachrichten von Johanna sehen. Er wollte mit Miia in den Probenraum von Trigger Happy, um nach dem Video zu suchen, das Nikke erwähnt hatte. Kilpinen schloss er als Schuldigen aus; er war dem Pianisten schon ein paar Mal in anderen Zusammenhängen begegnet und hielt ihn für einen harmlosen Vogel, der nur zum Spaß mit Frauen flirtete und eigentlich stockschwul war. Jedenfalls hatte er Tikka einmal wüst angebaggert.

Tikka schaute vom Bildschirm auf.

»Ich glaube, dass diese Botschaften nicht von Johanna sind, sondern von Onkel H.« Er klappte Miias Computer zu. »Genau die gleiche Art zu schreiben. Die gleichen Wörter und Satzstrukturen.«

»Eno wer?«

»Onkel H. Ein Internetfreak. Hat mir und dem Konkurrenzblatt das Foto von Laura und deinem Bruder geschickt. Und online überall seinen Senf zu der Geschichte gegeben.«

»Stimmt, der Name ist mir auch aufgefallen. Hast du eine Ahnung, wer dahinterstecken könnte?«

»Ich schätze, irgendein Jugendlicher. Vielleicht sogar eins von deinen Schäfchen.«

»Meine Schäfchen heißen inzwischen Klienten.«

»Und du bist eine Dienstleisterin, oder was?«

»Manchmal kommt es mir tatsächlich so vor. Woher willst du wissen, dass ein Jugendlicher dahintersteckt?«

Pasi Tikka loggte sich in seine Mails ein. »Das erkenne ich an der Sprache. Hier, guck mal, was Onkel H. und ich uns geschrieben haben. Du siehst sofort, was ich meine.«

Tikka stieß einen Pfiff aus: »Eno Schätzchen hat mir doch tatsächlich gerade eben eine Mail geschickt. Und ein Video mit drangehängt.«

Miia war wie unter Strom. »Vielleicht ist es das Video, von dem Nikke erzählt hat!«

Statt einer Antwort öffnete Tikka den Film und drückte auf Play. Auf das, was sie jetzt sahen, waren sie nicht im Geringsten vorbereitet.

Laura war nackt, hatte verquollene Augen, zuckte und wimmerte. Mehrere Jungs hielten sie fest, während einer sich ächzend auf ihr abrackerte. Die Jungs waren von hinten gefilmt, man sah keine Gesichter. Die Tonspur wurde immer wieder vom Gekicher desjenigen überlagert, der die Kamera hielt. Der Ausschnitt dauerte nur zwanzig Sekunden, und jede einzelne tat weh. Tikka drückte trotzdem sofort wieder auf Play. In Sekunde siebzehn zeigten Miia und Tikka gleichzeitig in die obere Bildecke. Hinter Laura war ein Computer zu sehen, auf dessen schwarzem Bildschirm sich ein Gesicht spiegelte. Tikka hielt das Video an. Miia kannte dieses Gesicht.

27

Lauri Ojantaus saß in Korhonens Zimmer und starrte auf die Nagelfeile. Der Kommissar war eigentlich nicht der Typ, der sich die Hände manikürte.

Korhonen registrierte Lauris Blick. »Damit feile ich mir die Zähne. Schau mal.« Korhonen lächelte und ließ seine spitzen Eckzähne aufblitzen. »So, mein Junge, und jetzt kommen wir zur Sache.«

»Okay.«

Korhonen fühlte sich äußerst unwohl in seiner Haut. Vergewaltigungen waren für ihn das Allerletzte. Und nun saß als potentieller Täter auch noch ein ganz normaler Bengel vor ihm. Die Welt verkam zusehends. Obendrein war die Tat auch noch eiskalt gefilmt worden und konnte in Sekundenschnelle per Internet an Millionen von Zuschauern verbreitet werden. Korhonen fühlte sich nicht nur angeekelt, er fühlte sich alt.

»Du hast also einfach so diese Aufnahme von einer gewissen jungen Dame und deinen Kumpels an die Presse gegeben.«

»Äh ... ja.«

»Gib's ruhig zu. Das wird dein Gewissen erleichtern. Allerdings hättest du dein Material viel früher rausgeben müssen, und zwar an uns und nicht an einen Journalisten!«

»Ja.«

»Du stimmst also zu? Großartig, was für ein gewaltiger Fortschritt!«

Korhonen konnte nicht länger still sitzen und ging ans Fenster. Ein teures Auto fuhr auf den Parkplatz, ein Mann in gutsitzendem Anzug stieg aus.

»Scheint so, als würde sich dein Anwalt gerade herbequemen.«

Eigentlich hatte er vorher noch die Namen der anderen Beteiligten aus dem Jungen herausquetschen wollen – sollte der Anwalt sich ruhig ärgern, ihm doch egal. Jetzt war es zu spät.

Korhonen versuchte, im Gesicht des Jungen zu lesen. Vor ihm saß ein armes Würstchen, das versucht hatte, den großen Bruder zu überflügeln und so dessen Aufmerksamkeit zu bekommen – koste es, was es wolle. Lauri Ojantaus blickte leicht verwirrt und verängstigt, aber er schien noch nicht begriffen zu haben, was er getan hatte.

Die Tür flog auf.

Korhonen streckte die Hand aus. »Tag. Korhonen.«

»Nevanen.«

Der Anwalt schüttelte auch dem Jungen die Hand, anscheinend waren sie einander noch nie begegnet.

»Dann sind wir also vollzählig?«, fragte Korhonen.

Nevanen nickte.

»Gut. Ich fasse nochmal zusammen: Wir haben hier einen Videoausschnitt von Lauri Ojantaus, auf dem die vermisste Laura Anderson vergewaltigt wird. Lauri ist nicht nur unrechtmäßig im Besitz dieser Aufnahme, er ist aller Wahrscheinlichkeit nach auch an der Tat selbst beteiligt gewesen, da sein Gesicht sich auf dem Computerbildschirm spiegelt.«

»Soweit ich weiß, gibt es auf der Aufnahme keine Einstellung, die beweist, dass Lauri direkt an der Tat beteiligt ist. Sie haben sich wohl den falschen Jungen geschnappt, Herr Kommissar.«

»Das muss sich erst noch zeigen. Zunächst will ich wissen, wer noch dabei war. Es wäre schön, wenn du uns da ein bisschen auf die Sprünge helfen könntest, Lauri. Ich nehme mal stark an, dass es deine Freunde aus der Band sind? Würde ja gut passen, da sie alle urplötzlich abgetaucht sind.«

Lauri sah fragend zu Nevanen, der die Lippen zu einem Strich presste, und schüttelte dann den Kopf.

Der Anwalt grinste zufrieden. »Das war's dann wohl. Servus.«

»Keine Sorge, wir sehen uns wieder«, brummte Korhonen.

Lauri sah schon von weitem, dass jemand auf der Terrasse vor dem Saunahaus saß. Wer, das konnte er nicht erkennen. Als er oben an der Treppe angekommen war, stand ein Mann auf und reichte ihm die Hand.

»Pasi Tikka. Du bist vermutlich Onkel H.?«

Lauri sah verlegen zu Boden. »Ja.«

»Hab ich's mir doch gedacht. Darf ich reinkommen? Dann können wir uns in Ruhe unterhalten.«

Lauri zögerte einen Moment, schloss dann aber die Tür auf.

Tikka sah sich um: ein echtes Paradies für Jugendliche, mit allem ausgestattet, was Jungs begehrten. Dazu weit genug entfernt von der Villa, so dass man seine Ruhe hatte. Sich als Chef fühlen konnte.

»Die haben dich bei der Polizei wieder laufen lassen?«

»Ich hab schließlich nichts gemacht.«

»Wenn du meinst. Aber du weißt garantiert mehr, als du sagst.«

Lauri zuckte mit den Schultern und holte zwei Energydrinks aus dem Kühlschrank.

Tikka öffnete mit einem lauten Klack seine Dose.

»Was willst du von mir?«, fragte Lauri.

»Ich schätze, dass du noch mehr Material hast als das Foto und das Video. Ich an deiner Stelle würde das schleunigst rausrücken, sonst steht es nicht gut für dich.«

»Willst du mir drohen? Ich hab doch gar nichts gemacht!«

»Das kann man auch anders sehen. Wenn du live dabei bist, wenn ein Mädchen vergewaltigt wird, und das auch noch filmst, hast du jedenfalls keine weiße Weste.«

Lauri sah aus dem Fenster und überlegte.

»Und wenn es gar keine Vergewaltigung war?«, warf er schließlich in den Raum.

»Wie meinst du das? Könntest du das beweisen?«

»Was stellst du mir eigentlich für Fragen? Du bist von der Zeitung und nicht von der Polizei.«

»So einfach ist das nicht. Für mich ist die Sache absolut persönlich.« Tikkas Stimme klang jetzt anders, rau und aufgeregt. Lauri sah ihn neugierig an.

»Wenn es dich interessiert, erklär ich's dir.«

»Nur zu.«

»Ich hab früher auch in Palokaski gewohnt. Bin auf deine Schule gegangen. Und ich hatte eine Freundin. Eine wie Laura.«

»Etwa diese Venla?«

»Du bist ja bestens informiert. Ja, es war Venla. Meine große Liebe. Sie ist auf genauso mysteriöse Weise verschwunden wie Laura, und ich habe sie nicht vergessen. Venla kann ich nicht mehr helfen, aber –«

»Aber Laura? Das soll ich dir glauben?

Tikka lächelte. »Ja.«

»Hm. Ich hab tatsächlich noch Material. Aber du darfst nicht sagen, woher es kommt. Es darf auf keinen Fall mit mir in Verbindung gebracht werden.«

Tikkas Augen leuchteten. »Okay. Was ist es?«

Lauri Ojantaus zerquetschte seine Dose und schmetterte sie zielsicher in den Papierkorb.

»Ich habe ihr Tagebuch.«

28

Eigentlich hatte Miia reingehen wollen, um Nikke persönlich abzuholen, aber vor der Polizeiwache wartete eine Herde Journalisten. Miia beschloss, im Auto zu bleiben, und schrieb Nikke eine SMS zur Warnung. Noch ehe sie fertig war, klingelte ihr Handy. Korhonen. Miia drückte ihn ohne mit der Wimper zu zucken weg. Er hatte schon mehrfach versucht, sie zu erreichen, doch sie hatte die Anrufe immer abgelehnt. Kindisches Verhalten, das wusste sie selbst, doch Korhonen sollte schmoren.

Miia war unendlich zufrieden gewesen, als sie Korhonen und Sundsberg Lauras Tagebuch auf den Tisch geknallt hatte. Dort stand schwarz auf weiß, wie Laura Nikke sah: Sie war glücklich, dass es noch hilfsbereite Erwachsene gab, die sie anrufen konnte, wenn sie auf einer Party Panik bekam und nach Hause wollte. Die sie verstanden. Alle Einträge, in denen Nikke vorkam, waren harmlos, auch dass er mit den Jugendlichen feierte, wirkte kein bisschen unpassend. Und dass Laura ihren Psychologen nicht nur vertrauenswürdig, sondern auch »supergutaussehend« fand, war ihre Sache.

Doch weder Korhonen noch Sundsberg hatten es für nötig befunden, Reue zu zeigen. Sie verhielten sich absolut pragmatisch. »Fein, fein«, hatte Korhonen gebrummelt, und Sundsberg hatte sofort überlegt, wie man die Festnahme eines Unschuldigen nach außen rechtfertigen konnte.

Miia kochte vor Wut. Korhonen hatte nur eine Chance, wieder ihr Freund zu werden: Er musste Nikkes ramponierten Ruf retten und kräftig aufpolieren.

Nikke kam noch immer nicht raus. Die Journalisten wurden unruhig. Miia suchte nach einem vernünftigen Radioprogramm, mit dem sie sich ablenken konnte, doch es lief nur Dudelpop und oberflächliches Gequatsche.

Da ging die Beifahrertür auf. Es war nicht Nikke, der sich neben sie setzte, sondern Korhonen. Miia war sofort auf hundertachtzig.

»Jetzt sag bloß nicht, dass ihr ihn noch länger festhalten wollt!«

»Nikke ist schon vor einer Viertelstunde aus der Hintertür rausgegangen und mit dem Taxi nach Hause gefahren«, sagte Korhonen und nickte dabei müde zu den lauernden Journalisten. »Er hat versucht, dich von meinem Handy aus anzurufen. Bei seinem ist der Akku leer.«

Mist.

»Na gut, dann ist ja alles geklärt und das Gespräch beendet.« Miia startete den Motor.

Korhonen blieb stur sitzen und schnallte sich demonstrativ langsam an. »Ich komme mit.«

»Interessant. Wohin?«

»Wo auch immer du hinfährst.«

»Korhonen, leck mich am Arsch. Ich fahre jetzt zu meinem Bruder, und das mache ich garantiert ohne dich.«

Korhonen schnallte sich wieder ab, ließ die Beifahrertür jedoch geschlossen. »Es muss so gewesen sein. Die Jungs haben Laura vergewaltigt. Die ganze Band. Sie haben sie übel zugerichtet, vielleicht schwebte das Mädchen sogar in Lebensgefahr. Aber Laura wusste, dass es das Video gibt, hatte es wahrscheinlich selber. Sie hat gedroht, damit zur Polizei zu gehen. Und den Idioten ist dann nichts Schlaueres eingefallen, als Laura aus dem Weg zu schaffen. Möglicherweise haben sie sie oben von den Felsen ins Meer geworfen, die Strömung ist dort sehr stark, und das Wasser hat den Körper mit sich gerissen. Keine Leiche, keine Beweise. So könnte es sein.«

Miia ließ sich nicht so leicht überzeugen, und einwickeln lassen wollte sie sich schon gar nicht. »Ganz egal, was passiert ist – Nikke trägt diese Geschichte für den Rest seines Lebens mit sich rum. Wie soll er jemals wieder unbelastet seiner Arbeit nachgehen können? Dafür tragt ihr allein die Verantwortung!«

»Stopp. Nikke kommt mit einer weißen Weste aus der Sache raus. Er könnte seine pädagogischen Arbeitsmethoden überdenken, das ist alles.«

»Weiße Weste hin oder her, Nikkes Ruf ist ruiniert! Dagegen müsst ihr was tun. Dagegen musst *du* was tun.«

Korhonen hob hilflos die Hände in die Luft. »Das tue ich doch gerade. Was hältst du denn nun von meiner Theorie?«

Miia fand sie nicht schlüssig. Sie hatte Lauras Tagebuch zweimal durchgelesen und wusste nun eine Menge über Lauras rastlose Suche nach Nähe und Akzeptanz. Laura beschrieb sehr detailliert, was sie mit ihren Sexpartnern gemacht und wie sie sich dabei gefühlt hatte; die Männer und Jungs kamen dabei nur mit einem Buchstabenkürzel vor. Das Mädchen kannte Gruppensex ebenso wie Sado-Maso-Spielchen. Insofern war unklar, ob die Szene auf dem Video nicht doch mit ihrem Einverständnis stattgefunden hatte oder möglicherweise nur gestellt war. Auch wenn Korhonen ein betagter und altmodischer Mann war – diese Möglichkeit musste er in Betracht ziehen.

Korhonen sah Miia fest in die Augen. »Es tut mir so leid. Der Befehl zur Festnahme kam vom Welpen. Er wollte unbedingt was vorweisen können, nachdem er sich im Fernsehen öffentlich zum Gespött der Nation gemacht hatte.«

Miia gab Gas und bog auf die Landstraße.

»Wir machen ’ne Spritztour. Dabei kann man sich gut unterhalten und die Gedanken ordnen.«

Miia parkte ihren Wagen vor Nikkes Haus und trank den Rest ihrer Cola aus. Sie war müde, wollte ihren Bruder aber unbedingt noch sehen. Nachdem sie Korhonen zurückgebracht hatte, war sie extra noch beim Getränkemarkt Alko vorbeigefahren, um ein paar Flaschen Wein zum Feiern mitzubringen.

Bei Nikke und Suski war glänzende Stimmung. Die Weinvorräte gingen gerade zur Neige, und Miia kam es fast so vor, als würden die Anwesenden sich mehr über den Alkoholnachschub als über Miia freuen. Nur Nikke umarmte sie innig.

»Komisch, sind ja nur Suskis Leute da«, stellte Miia fest. Isabella entkorkte eine Rotweinflasche, Aikku legte eine neue CD ein und regelte die Lautstärke hoch.

»Die waren schon vor mir da. Sie kamen, um Suski aufzumuntern«, erklärte Nikke.

Miia zog irritiert die Augenbrauen hoch. Suski war wirklich nicht der Typ, den man mit spontanen Besuchen aufmunterte. Im Gegenteil, man zog sich mit solchen Aktionen nur ihren Zorn zu.

»Vielleicht hatte sie auch einfach nur Angst, dass die mich doch nicht rauslassen, und hat die Mädels angerufen.«

»Mich hat sie nicht angerufen.«

»Suski wusste, dass du Bescheid weißt und bei der Polizei auf mich gewartet hast. Rate mal, was sie sich überlegt hat, während ich weg war.«

»Woher soll ich das wissen? Mir erzählt sie ja nichts mehr, ich durfte nicht einmal zu Besuch kommen. Ein Wunder, dass sie am Telefon mit mir gesprochen hat.«

»Hm. Mit mir hat sie jedenfalls viel gesprochen, und ihr Plan ist, dass wir in eine Super-Eizelle investieren werden. Von einer Frau, die Suski maximal ähnlich sieht. Ich darf entscheiden, ob wir eine künstlerisch oder wissenschaftlich begabte Frau aussuchen. Damit hat sie mich überzeugt.« Nikke lachte.

»Ha, und wie wirst du dich entscheiden?« Miia hoffte, dass ihr Bruder scherzte.

»Für die wissenschaftliche. Da hat das Kind es später im Leben leichter.«

Doch kein Witz.

Als Nikke Miias Gesichtsausdruck sah, meinte er entschuldigend: »Ich will, dass Suski endlich wieder glücklich ist.«

Suski kam zu ihnen und unterbrach das Gespräch mit einem feuchten Schmatz auf Nikkes Mund.

»Ich hab dich so vermisst«, säuselte sie und schmiegte sich an ihren Mann.

Miia war irritiert von Suskis Verhalten, es passte so gar nicht zu dem, was sie selbst in den letzten Tagen gefühlt hatte. Ihr Bruder dagegen schien sich voll auf Suski eingestellt zu haben. Neben ihnen trank Isabella ihren Wein direkt aus der Flasche, Aikku lümmelte in einer Sofaecke. Miia ließ sich neben sie plumpsen.

»Hast du schon den hyperanständigen Millionär getroffen?«, fragte Aikku.

Verflixt, vor lauter Aufregung hatte Miia das Date vergessen! Sie holte ihr Handy raus. Vier entgangene Anrufe von Mikael und eine MMS: Er stand mit einem Rosenstrauß vor dem Theater und zog eine enttäuschte Grimasse. Geschrieben hatte er nichts; das Bild sagte alles.

Miia musste ihm schnell eine Nachricht schicken. »Sorry, habe meinen Bruder im Gefängnis abgeholt«

klang nicht besonders glaubwürdig. Nach mehreren unentschlossenen Formulierungsversuchen kam sie zu dem Schluss, dass das ganze Date von vornherein keine gute Idee war und Mikael momentan nicht in ihren Alltag passte. Auch wenn sie sich gern netter verhalten hätte, schrieb sie ihm besser gar nichts, alles andere hätte nur wieder Hoffnungen bei ihm genährt.

Der Abend endete wie erwartet. Suski dämmerte betrunken ein, Nikke trug sie ins Bett. Aikku fuhr mit dem Taxi zu einem Mann, der ihren Kopfform-Test bestanden hatte und vielleicht der Vater ihres nächsten Kindes werden würde. Isabella malte sich aus, was in Florida auf sie wartete, und drückte Miia den neuesten Wellness & Spirit-Katalog in die Hand. Miia brachte ihre beschwippste Freundin zur Tür. Irgendwann würde sie etwas bei ihr bestellen müssen, allein schon aus Freundschaft.

Miia und Nikke waren noch lange wach. Nikke legte alte Schallplatten auf, und Miia las aus Lauras Tagebuch vor, das sie sich kopiert hatte, bevor sie es bei der Polizei vorbeibrachte. Laura formulierte gut. Sie beschrieb nicht nur, was sie erlebte und fühlte, sondern flocht regelmäßig philosophische und poetische Passagen ein. Leider folgte etwa alle zehn Seiten eine brutale Sexszene, die einem Hardcore-Porno in nichts nachstand. Auch beim dritten Lesen war Miia geschockt. Sie war im Bett garantiert nicht verklemmt, aber was Laura beschrieb, wäre ihr nie in den Sinn gekommen. Irgendwann schlief sie erschöpft ein.

Nikke rüttelte sie wieder wach. Er hielt die kopierten Seiten in der Hand. »Miia, das muss ich dir unbedingt vorlesen. Hör zu: *Und jetzt soll ich dem Typen alte Baby- und Kinderfotos geben. Mist, die muss ich aus dem Fotoalbum rausreißen, und Papa wird das merken. Der guckt sich die regelmäßig an und schwelgt in alten Zeiten. Aber der Typ will wissen, wie ich als Kind ausgesehen habe, außerdem braucht er Beweise, dass ich wirklich blond bin. Ich hab mir grade wieder frisch die Haare gefärbt, man sieht meine natürliche Haarfarbe nicht mal am Scheitel. Hilft nichts, ich muss die Fotos aus dem Album reißen. Und noch alle meine Zeugnisse kopieren, die will er auch sehen. Dann geht's los. Ich krieg dafür mehrere Tausend, hat er gesagt. Ich werd Zehntausend verlangen, damit kann ich reisen, wohin ich will. Angeblich werde ich gar nichts davon merken, ich werd ja vorher betäubt.*«

Nikke sah Miia fragend an.

»Pfui. Sie hat sich auf perversen Sex unter Betäubung eingelassen. Mit einem Typen, der auf Blondinen steht und dem die Kinderfotos noch einen Extrakick verschaffen. Ekelhaft, aber jetzt lass mich bitte weiterschlafen.«

Nikke ließ sie nicht weiterschlafen. »Miia, sag mal, du hast die ganzen Sexeinträge geglaubt, oder? Mann, Laura ist Jungfrau! Und phantasiert sich die Sachen nur zusammen. Im Internet gibt es so viel krankes Zeug zu sehen, dass sie das irgendwie verarbeiten muss. Die Jugendlichen haben heute ein völlig verzerrtes Bild von Sexualität. In unseren Sitzungen ging es ganz viel um Lauras Körperlichkeit und wie sie normal damit umgehen kann.«

Miia war erleichtert. Und im nächsten Moment wieder schockiert. Wenn das, was im Tagebuch stand, nur in Lauras Phantasie passiert und sie in Wahrheit völlig unerfahren war, dann musste die Szene, die das Video zeigte, der absolute Horror für sie gewesen sein. Höchstwahrscheinlich war es eine echte Vergewaltigung. Nikke starrte noch immer auf die Seite, die er vorgelesen hatte.

»Was irritiert dich so daran?«, fragte Miia.

»Was Laura hier andeutet, muss wirklich passiert sein. Es ist leider keine Phantasie! Laura hat mir die Kinderfotos nämlich selbst gezeigt. Und mich gebeten, beglaubigte Kopien von ihren Zeugnissen zu machen. Von dem Typ hat sie mir aber nichts gesagt.«

»Mein Gott. Was ist das bloß für ein Mann, was will er von ihr?«

»Ich hab keinen blassen Schimmer.«

»Ich auch nicht.«

29 Schweißnass und zufrieden starrte Miia an die Decke. Neben ihr keuchte Antti wie nach einem Halbmarathon.

»Nochmal?«, fragte er.

Miia legte ihre Hand auf seine Brust. »Nicht bei deinem Herzschlag. Ich will dich heute Abend nicht ins Krankenhaus kutschieren.«

Antti setzte sich auf Miia und umfasste ihre Handgelenke so fest, dass jede Gegenwehr zwecklos war. »Ins Krankenhaus kutschieren? Ich zeig dir mal, wer hier als Erstes keine Kondition mehr hat.« Er biss ihr zärtlich ins Ohr. Dabei fielen aus seinen dichten, kurzen Haaren ein paar Tannennadeln.

»Wo kommen die denn her?«, wunderte Miia sich.

»Spezialgeschenk für dich, du Naturkind.«

Er zog die Decke von Miias Bauch und küsste sich von ihrem Nabel aus langsam abwärts. Als er zwischen ihren Beinen angekommen war, gab Miia sich dem Rhythmus seiner Zunge hin.

Als Antti unter der Dusche stand, vibrierte sein iPhone auf ihrem Nachttisch. Miia zögere einen Moment – seine Privatangelegenheiten gingen sie nichts an. Aber ein kurzer Blick aufs Display war vielleicht doch erlaubt? Aus der Dusche tönte Anttis gutgelaunter Bariton. Miia beugte sich über das Handy und sah die jeweils ersten Zeilen von vier Facebook-Nachrichten. Eine von einem Martti, eine Einladung zu einer Vernissage, ein Like zu Anttis letztem Status-update und eine Nachricht von Toni Ojantaus. Von Toni Ojantaus? Was hatte ein erwachsener Mann mit einem Teenager zu tun? Ausgerechnet Toni! Miia sah nur die ersten Worte – *Was ist los? Du hast versprochen ...* –, dann wurde das Display dunkel. Miia versuchte, das iPhone wieder zu aktivieren, doch dafür brauchte sie die PIN. Im Badezimmer wurde es auffallend ruhig, Antti konnte jeden Moment zurückkommen. Dummerweise leuchtete das Display jetzt wieder. Miia drehte das Handy einfach um und räkelte sich verführerisch.

»Na, Süße?«

Antti beugte sich über sie, leckte ihr über den Bauch und die Oberschenkel und grinste: »Erinnert an weiße Schokolade und gezuckerte Blaubeeren.«

Jetzt klingelte Miias Handy, es lag gleich neben dem von Antti.

»Miia hier.«

»Miia, ich bin's, Bengtson. Eins deiner Schäfchen hat sich zu mir verirrt. Kannst du schnell kommen und es abholen?«

30

Ringsum nichts als Wald. Tannen, Birken, regennasses Moos. Miias Turnschuhe waren alles andere als wasserdicht, ihre Socken wurden mit jedem Schritt feuchter. Warum hatte sie nicht ein Glas weniger getrunken, dann hätte sie das Auto nehmen können. Fürs Taxi lohnte der Weg sich nicht; mit einer Abkürzung durch das Nadelwaldstück konnte man Bengtson schnell erreichen. Doch schon nach wenigen Minuten hatte Miia die Orientierung verloren, und auch ihr Handy half ihr nicht weiter, der Empfang war zu schwach.

Miia sah in den Himmel, musterte die Baumstämme und versuchte sich die alten, in der Schule gelernten Orientierungsregeln ins Gedächtnis zu rufen, aber in ihrem Kopf war nur Watte. Sie prägte sich eine große, markante Kiefer ein, um wenigstens nicht im Kreis zu laufen.

Antti hatte sie immer wieder gefragt, weshalb sie so dringend wegmusste. Anfangs hatte er versucht, sie mit seinen Verführungskünsten am Gehen zu hindern, doch als das nicht half, drohte er ihr, die Romanze zu beenden – es käme nicht in Frage, dass irgendein Bengtson und ein unerzogener Schüler jetzt wichtiger waren. Miia hoffte, er würde scherzen, doch Antti meinte es absolut ernst. Er wurde richtig wütend und beschimpfte sie wüst. Warum nur hatte er sich da so reingesteigert?

Ganz in ihrer Nähe knackte laut ein Ast. Miia spähte

umher – nichts. Dann knackte es wieder, jetzt wurde sie unruhig. Sie musste schleunigst aus dem Wald rausfinden.

»Wer ist da?«, fragte eine Männerstimme, die ihr bekannt vorkam.

Miia antwortete mit derselben Frage und hob einen abgebrochenen Ast vom Boden auf, um sich im Notfall verteidigen zu können.

»Miia! Du?«

Vor ihr stand Mikael, der Segler. Er trug Outdoorklamotten, über seiner Schulter baumelte ein Jagdgewehr.

»Was machst du hier?«, fragte Miia verdattert.

»Wir warten schon eine Weile auf dich, Bengtson und ich. Irgendwann hab ich gedacht, ich mach mich mal lieber auf die Suche.«

»Was machst du bei Bengtson?«

»Ich habe den Jungen ganz in seiner Nähe aufgegabelt. Komm!«

Mikael führte sie zu Bengtsons Grundstück, das nur wenige hundert Meter von der großen Kiefer entfernt lag. Der alte Bengtson stand in gelber Regenjacke und roter Mütze am Feuer und stocherte in den Flammen. Wie immer. Als Kind hatte Miia Angst vor ihm gehabt. Zusammen mit anderen Kindern aus Palokaski hatte sie ihn aus einem dichten Gebüsch beobachtet und überlegt, ob er Leichen verbrannte.

»Wo ist Lauri?«, fragte Miia.

Die Männer zeigten in die hintere Ecke des Grundstücks: Lauri lag in Embryonalstellung auf der Hollywoodschaukel. Bei seinem Anblick wurde Miia übel. Der Junge war blutüberströmt, sein Gesicht blaugeschlagen, ein Auge zugeschwollen. In seinen Haaren klebte Erde.

»Er lässt sich nicht anfassen. Sonst hätten wir ihm längst geholfen«, sagte Mikael.

»Was ist bloß passiert?«, stammelte Miia.

»Ich war am Meerufer Enten schießen. Auf dem Heimweg durch den Wald bin ich fast über ihn gestolpert. Mein Akku ist leer, und der Junge hatte kein Handy dabei, also habe ich ihn erstmal zu Bengtson getragen, weil das am dichtesten dran war. Als Bengtson den Krankenwagen rufen wollte, hat Lauri wie verrückt gebrüllt und gesagt, wir sollen dich anrufen.«

»Mich? Das hat er gesagt?«

Die Männer nickten. Miia ging zur Hollywoodschaukel und hockte sich neben den Jungen.

»Lauri, ich bin's, Miia. Du musst unbedingt ins Krankenhaus.«

Lauri gab keinen Ton von sich. Miia beugte sich über ihn. In seinem Gesicht zeigte sich nackte Panik.

»Wer hat dich so zugerichtet?«, flüsterte sie und strich Lauri die Haare aus der Stirn. Er reagierte nicht. Miia hob vorsichtig die schwarze Jacke und das T-Shirt an: Lauris schmaler Oberkörper war überall blau.

Miia drehte sich zu den Männern um. »Wir brauchen sofort einen Krankenwagen. Lauri steht unter Schock, vielleicht hat er auch innere Blutungen.«

»Aber das will er doch nicht.«

»Seid ihr bescheuert? Darauf können wir jetzt keine Rücksicht nehmen.«

Miia sah, wie Lauris Augenlider zitterten und sich langsam schlossen.

»Schnell, ich glaube, er verliert das Bewusstsein.«

Miia berührte vorsichtig Lauris Hand.

»Lauri, du musst wach bleiben! Gleich kommt Hilfe!«

Der Körper des Jungen zuckte und schien noch tiefer in die Hollywoodschaukel zu sinken. Als wäre alle Luft aus seinen Lungen gewichen.

Mikael kam zu ihr und brachte Lauri vorsichtig in die stabile Seitenlage. Miia holte eine Decke und breitete sie über ihn.

»Atmet er überhaupt noch?«, fragte sie mit zittriger Stimme.

»Ja«, antwortete Mikael.

Bengtson schwenkte sein altes Nokia-Handy. »Der Krankenwagen ist unterwegs. Allerdings hat den schon jemand anders vor uns bestellt.«

»Wer kann das gewesen sein?«, fragte Mikael erstaunt.

Bengtson zuckte die Schultern.

Erst kurvte der Krankenwagen, dann ein roter Audi Cabrio aufs Grundstück. Tiina Ojantaus blieb beim Aussteigen mit ihren superhohen Absätzen in der Erde stecken und fiel der Länge nach hin; Mikael half ihr wieder hoch. Die Sanitäter hoben Lauri auf eine Bahre und trugen ihn zum Krankenwagen.

»Haben Sie den gerufen?«, fragte Mikael Tiina Ojantaus.

»Natürlich, wer sonst.«

»Woher wussten Sie, dass Lauri hier ist?«

Statt einer Antwort zog Tiina Ojantaus ihre High Heels aus und lief barfuß zu ihrem Sohn. Sie kniete sich neben ihn, doch statt mit ihm zu sprechen oder ihn zu berühren, rubbelte sie an ihren Schuhen herum. Die Sanitäter hoben die Bahre in den Wagen und machten die Türen hinter Lauri zu.

Tiina Ojantaus blieb zurück.

»Wieso fährt sie nicht ihrem Sohn hinterher?«, wunderte Mikael sich.

Miia schüttelte fassungslos den Kopf und holte ihr Handy aus der Tasche. »Ich rufe ein Taxi und fahre selber ins Krankenhaus. Irgendwer muss ja bei dem Jungen sein.«

»Ich kann dich gern hinfahren.«

Mikael zog Miia mit zu seinem Jeep und hielt ihr die Beifahrertür auf.

Als sie losfuhren, schien Tiina Ojantaus sich endlich zu besinnen und rannte zu ihrem Wagen. Auf der Hauptstraße überholte sie den Jeep mit röhrendem Motor.

»Jetzt kapiert sie anscheinend doch, dass Lauri ihre Hilfe braucht«, sagte Miia. »Ich glaube, dann möchte ich lieber nicht ins Krankenhaus fahren. Ich habe keine Lust, ihr gleich wieder über den Weg zu laufen.«

»Ob sie Lauri eine Hilfe ist? Na ja, wie du meinst. Der arme Junge tut mir leid, hat so eine blöde Mutter.«

Miia wurde im ganzen Körper warm. Wieder dieses Gefühl, dass man mit diesem Mann ein gutes langes Leben leben könnte. Mikael würde sich nicht aus der Verantwortung stehlen oder launisch werden, wenn nicht alles nach Plan lief. Er würde die Kinder ohne Murren herumkutschieren und auf dem Nachhauseweg Blumen für sie kaufen. Würde sich fifty-fifty am Haushalt beteiligen und im Bett nach zehn Jahren Ehe so leidenschaftlich sein wie beim ersten Mal. Miia spürte, wie die Wärme sich in ihrem Unterleib sammelte, und sah auf Mikaels Hände, die ruhig auf dem Lenkrad lagen und nichts von ihren künftigen Aufgaben wussten.

»Tut mir leid, dass unsere Verabredung geplatzt ist. Können wir es vielleicht noch einmal versuchen und ein andermal ins Theater gehen?«

»Wann immer du willst«, antwortete Mikael erfreut.

»Gleich morgen?«

»Klar, ich reservier uns Karten.«

»Geht das denn so kurzfristig?«

Mikael sah Miia prüfend an. Mist, jetzt dachte er bestimmt, sie würde wieder einen Rückzieher machen.

»Ich dachte nur, dass das vielleicht zu knapp ist.«

»Ich krieg das schon hin. Hat bisher auch immer geklappt. Morgen wäre auch das Springsteen-Konzert, vielleicht hättest du darauf noch mehr Lust?«

Normalerweise stand Miia nicht auf Typen, die überallhin gute Beziehungen hatten und notfalls auch mit Geld noch was drehen konnten. Aber bei Mikael spürte sie eine wohlige Sicherheit, in die sie sich entspannt einhüllen konnte.

»Einmal im Leben zu Springsteen wäre natürlich toll«, sagte sie.

Mikael brachte Miia nach Hause und versprach, sie am nächsten Tag zum Konzert abzuholen.

Kaum war Miia in ihrer Wohnung, riss sie sich die Kleider vom Leib und stellte sich unter die Dusche. Ihre Füße waren Eisklumpen, es dauerte ewig, bis sie auftauten. Miia musste niesen. Hoffentlich wurde das keine Erkältung. Sie ließ das heiße Wasser lange an sich herunterströmen und richtete den Duschkopf auch dorthin, wo sie sich Mikaels Hände hinwünschte. In den Tagen davor hätte sie in solch einer Situation an Antti gedacht. Aber dessen Verhalten vorhin war höchst irritierend gewesen. Und auch sonst kam er ihr irgendwie seltsam vor.

Es war weniger die Nachricht von Toni Ojantaus auf Anttis Handy. Palokaski war klein, jeder kannte jeden. Oder jedenfalls kannten die Reichen die Reichen und so weiter, und da Antti in einer der Ufervillen wohnte, kannte er Familie Ojantaus natürlich. Was war es dann? Miia drehte die Dusche ab. Warum wurde sie das Gefühl nicht los, dass Antti mit dem Fall Laura zu tun hatte? Sie trocknete sich ab und dachte angestrengt nach. Ihr fiel nichts ein. Schließlich kam sie zu dem Ergebnis, dass der neue Job und Lauras Verschwinden sie so durcheinandergebracht hatten, dass sie Gespenster sah. Sie nieste wieder, ihr Kopf schmerzte. Vielleicht wäre eine anständige Erkältung jetzt gar nicht so schlecht – sie könnte sich mit gutem Gewissen ein paar Tage ausruhen.

Als Miia in den Spiegel sah, wäre sie vor Schreck fast auf dem feuchten Boden ausgerutscht. Auf dem Spiegel stand in leuchtend roten Lippenstiftbuchstaben HURE. Und plötzlich wusste Miia, was komisch war: Tiina Ojantaus hatte den Krankenwagen bestellt, dabei hatten doch nur Bengtson, Mikael und sie selbst gewusst, was mit Lauri passiert war. Und Antti, der bei ihr gewesen war, als Miia angerufen wurde. Da Lauri kein Handy dabeigehabt hatte, konnte nur Antti Tiina Ojantaus informiert haben. Antti, der Miia nicht hatte weggehen lassen wollen. Dem Tannennadeln aus den Haaren gerieselt waren. Wie gut kannte er Familie Ojantaus? Was hatte er mit Tiina zu tun?

Sie schlang sich ein Handtuch um und ging ins Schlafzimmer. Sie würde Antti anrufen und um eine Erklärung bitten. Oder nein, sie musste als Erstes Korhonen auf dem Laufenden halten. Plötzlich blieb sie wie angewurzelt stehen. Antti saß splitternackt auf ihrem Bett.

»Hast du etwa die ganze Zeit hier gewartet?«, fragte Miia.

»Gegenfrage: Wer war der Typ, der dich hergefahren hat?«

Miia wich einen Schritt zurück.

»Antti, ich glaube, es ist Zeit, dass du meine Wohnung verlässt.«

Antti setzte ein entwaffnendes Lächeln auf, aber sein Blick war nicht der, den Miia aus ihren gemeinsamen Nächten kannte.

»Das wäre aber schade«, sagte er, stand auf und ging langsam, aber zielstrebig auf Miia zu. »Ich dachte, wir könnten noch ein paar Runden einlegen.«

»Kein Interesse.«

Miia war bereit für einen Sprint nach draußen. Noch nie in ihrem Leben hatte sie eine solche Angst gehabt.

»Ganz ruhig, Süße«, sagte Antti, und endlich verschwand der bedrohliche, glasige Blick. Er hob seine Klamotten vom Boden auf und zog sich an. »Ich hätte mich gern wieder mit dir vertragen, unser Abschied vorhin war ja nicht gerade schön.« Antti lachte auf. »Ich kann leider ziemlich eifersüchtig werden. Sorry wegen des dummen Kommentars auf deinem Spiegel. Ich war nicht ich selbst.«

»Du gehst besser trotzdem.«

Antti strich ihr im Vorbeigehen über die Wange.

»Wir sehen uns wieder, Kleines.«

Er zog die Tür hinter sich zu.

Miia stellte sich ans Fenster und wartete, bis er hinter dem nächsten Haus verschwunden war. Dann holte sie mit zitternden Fingern das Handy aus ihrer Jacke. Schon dieses kleine Gerät in der Hand zu halten, beruhigte sie.

So lächerlich es war, aber das Handy war ein Kontakt in die Welt, bot ihr Schutz und Hilfe. Sie musste nur noch entscheiden, wen sie anrief. Am besten gleich Korhonen. Jetzt nützte es nichts, mit Freundinnen zu reden. Als sie ihr Handy einschaltete, wurden ihr zehn verpasste Anrufe und eine Nachricht von Korhonen angezeigt.

»Schon mal von der Bibel gehört? Die Leiche eines Mädchens wurde gefunden. Ruf mich sofort an.«

31 Der alte Kommissar stand im Eingangsbereich der Pathologie und starrte mit leerem Blick auf die Wand. Er erinnerte an einen Dementen, der hilflos nach einer Erinnerung suchte, die sich nicht mehr einstellen würde. Miia hatte ihn noch nie so gesehen. Leise ging sie auf ihn zu und berührte ihn an der Schulter.

»Hallo. Wie geht's?«

Korhonen lächelte sie matt an.

»Wie soll's mir gehen. Ich bin sofort hergefahren, nachdem ich die Nachricht bekommen habe.«

»Du wirkst ziemlich erledigt.«

»Tja, ich bin überrascht.«

»Wovon?«

»Dass es jetzt doch so endet. Hätte nicht passieren dürfen.«

Korhonen ließ sich auf eine Bank plumpsen und starrte Löcher in die Luft. Er atmete vernehmlich und lächelte angestrengt.

Miia hatte schon viele Menschen in diesem Zustand erlebt, aber nicht Korhonen. Hoffen und Bangen und sich an die eigenen Wünsche klammern, das durfte ein Polizist nicht. Korhonen benahm sich fast, als hätte er die eigene Tochter verloren und fürchtete nichts mehr als den Anblick ihres toten Körpers. Miia setzte sich still neben den alten Kommissar.

»Die Leiche ist an der Kahva-Bucht aufgetaucht, ein

Fischer hat sie gefunden. Erst dachte er, es wäre Treibholz«, sagte er leise.

Miia legte die Hand auf Korhonens Knie. »Jetzt ist es also doch so ausgegangen.«

»Aber das hätte es nicht dürfen! Damit war nicht zu rechnen! Vielleicht ist es ja doch nicht Laura, ich habe die Leiche noch nicht gesehen. Vielleicht reist Laura mit einer Freundin um die Welt und ist putzmunter.«

Miia schaute Korhonen irritiert an. Was war bloß mit ihm los? Er verhielt sich absolut unprofessionell. Dabei hatte er Laura nicht einmal gekannt.

»Korhonen, was ist mit dir? Vielleicht solltest du dich mal lieber richtig ausschlafen und einen Kollegen herschicken? Die Geschichte ist für uns alle sehr anstrengend.«

Korhonen schaute sie finster an. So weit kam es noch, dass er sich von jungen Frauen sagen ließ, wann er eine Pause brauchte.

»Es ist alles in Ordnung, Miia. Keine Sorge, ich nehme das ganz professionell. Mich schockt so leicht nichts. Glaubst du etwa, ich ...« Eine Träne lief ihm über die Wange, und er lehnte seinen Kopf an Miias Schulter. Sie legte den Arm um ihn und strich ihm über den Kopf.

»Macht nichts, Korhonen. Natürlich bist du professionell.«

Korhonens Atem wurde ruhiger, und nach kurzer Zeit schlief er an Miias Schulter ein. Sie betrachtete ihn verstohlen und sah auf einmal ihren Vater. Wie musste der sich gefühlt haben, als Venla nicht wieder auftauchte? Wäre es für ihn leichter gewesen, seine Tochter in der Pathologie wiederzusehen, als nie zu wissen, was eigentlich passiert war? Miia bettete Korhonens Oberkörper vorsichtig auf die Bank, stand auf und streckte sich.

Endlich ging die Tür des Untersuchungsraums auf, eine kleine Frau mit akkuratem Bob kam lächelnd auf sie zu.

»Sie sind von der Polizei?«

Miia nickte.

»Prima, dann hereinspaziert.«

Miia ließ Korhonen weiterschlafen, nahm leise ihre Tasche von der Bank und folgte der Frau in den kühlen Raum, in dem ausschließlich Regale und Tische aus Metall standen.

»Ein hochinteressanter Fall!« Die Augen der Pathologin leuchteten.

Miia sah sie fragend an.

»Es handelt sich tatsächlich um das vermisste Mädchen.« Die Frau führte sie zu einem Tisch, auf dem eine kalkweiße, nackte Laura lag. Miia erschrak. Sie hatte schon oft Leichen gesehen. Blutige, verrenkte, misshandelte. Doch Lauras Körper sah so zart und unschuldig aus, dass der Kontrast zu diesem Ort schmerzte.

»Was ist denn so hochinteressant?«, fragte sie, ohne ihren Blick von Lauras Gesicht lösen zu können.

»Eigentlich ist die Sache ganz klar. Schädelbruch, weitere Brüche, Prellungen und so weiter.«

»Das heißt, sie könnte von den hohen Felsen ins Meer gefallen sein?«

»Für Schlussfolgerungen bin ich nicht zuständig, aber das wäre gut möglich. Noch viel interessanter als die Todesursache ist aber etwas anderes.«

»Was denn?« Miia wollte sich am Rand des Tisches aufstützen, doch das kühle Metall ließ sie zurückzucken.

»Der Hormonspiegel des Mädchens ist auffällig. Die Östrogenwerte sind extrem hoch.« Die Pathologin lächelte Miia an wie ein Kind, das etwas Spannendes herausgefunden hatte.

Korhonen, von seinem Nickerchen sichtlich erfrischt, trat ein und verzog beim Anblick Lauras keine Miene. Er stellte die nötigen Fragen und war wieder ganz der Alte.

Die Pathologin schien stolz, ihre Entdeckung ein zweites Mal präsentieren zu können, und präzisierte sie noch: »Solche Hormonwerte finden wir sonst nur bei Eizellenspenderinnen, aber das kommt hier ja nicht in Frage, die Tote war viel zu jung für so etwas. Wirklich ein sonderbarer Fall.«

Beim Rausgehen war Korhonen auffallend schweigsam. Da Miia ohnehin zur Schule musste, beließ sie es bei einer kurzen Verabschiedung und machte sich auf den Weg. Endlich mal pünktlich am Arbeitsplatz.

Vor dem Treffen mit Mikael wollte Miia ihren Kopf freikriegen und die Bilder aus der Pathologie hinter sich lassen. Sie brauchte vertraute Gesellschaft und fuhr von der Arbeit direkt zu Nikke und Suski. So langsam könnte sie ihr Auto mal aufräumen, dachte sie, bei ihr sah es mittlerweile auch nicht besser aus als bei Korhonen, überall Hamburger-, Sandwich- und Donut-Verpackungen. Bei ihrer Schwägerin würde sie hoffentlich eine gesunde Mahlzeit serviert bekommen, die erste seit Tagen.

Suski öffnete die Tür und war wie immer perfekt zurechtgemacht. Miia hatte sich inzwischen abgewöhnt, zu fragen, ob Suski irgendwohin wollte – sie wusste, dass ihre Freundin sich auch fürs Abendessen daheim hübsch machte.

»Miia! Normalerweise steh ich ja nicht auf Überraschungsbesuche, aber das Essen ist gerade fertig, setz dich mit uns an den Tisch!«

In der Küche war fertig gedeckt, Suski stellte rasch noch einen Teller und ein Weinglas dazu. Nikke saß schon am Tisch und wirkte niedergeschlagen. Miia gab ihm einen Schmatz auf die Wange.

»Wie geht's dir heute, Bruderherz?«

»Wie soll's mir schon gehen? Immer noch scheiße.«

»Ach je. Das wird wieder besser werden.«

Suski stellte lächelnd einen Rindertopf auf den Tisch. »Lass den Kopf nicht hängen, Nikke, wir haben es doch gut. Okay, ein paar anonyme Anrufe, aber das wird sich legen.«

»›Ein paar‹? Mensch, Suski, wir haben unsere Handys ausgeschaltet, weil wir sonst permanent belästigt werden! Ich habe sogar eine Morddrohung bekommen.«

»Nikke trifft das alles schwer«, sagte Suski entschuldigend.

»Natürlich trifft mich das schwer! Was denn sonst? Aber gut, ich werde mit euch beiden jetzt auf die Leichtigkeit des Seins anstoßen.«

Miia musterte ihren Bruder. Er verlor seinen lakonischen Humor wirklich nie. »Hinter den Anrufen stecken sicher nur ein paar dumme Jugendliche, die sich einen schlechten Scherz erlauben. Ihr habt es doch der Polizei gemeldet? Das müsst ihr unbedingt tun.« Miia sah zu Suski.

»Bislang nicht. Es hört sicher bald wieder auf.«

Nikke verdrehte die Augen, nahm sein Weinglas und verließ die Küche.

»Nikke hat eine schlechte Phase, kein Wunder. Aber in ein paar Tagen ist das vergessen«, sagte Suski. Miia glaubte ihrer Freundin zwar kein Wort, nickte aber diplomatisch.

Dann sprach Suski begeistert über einen Koch-Blog, den sie gefunden hatte, und kündigte an, Miia den Link zu schicken.

Miia starrte ihre Freundin irritiert an. »Suski, ist mit dir alles in Ordnung? Du wirkst irgendwie ... manisch.«

Suski reagierte mit einem breiten Lächeln.

»Keine Sorge, Miia, bei mir ist alles bestens. Ich habe wieder eine neue Hormonbehandlung angefangen. Manchmal geht es mir mies, aber momentan läuft es phantastisch.«

Miia wusste jetzt, was ihren Bruder belastete. Es waren nicht so sehr die Ereignisse der letzten Tage und ihre Nachwehen. Der Ärger über die anonymen Anrufe war lediglich ein Vorwand, um nicht mit Suski in einem Raum sitzen zu müssen. Nikke ertrug die ewig gleichen Themen Kinderwunsch und Haushalt einfach nicht mehr. Vielleicht ertrug er auch die hysterische Art seiner Frau nicht mehr.

32

Aus der blauen, knetgummiartigen Klebemasse konnte man wunderschöne Pyramiden bauen, aus zwei platten Strängen sogar eine Ziehharmonika. Pasi Tikka musste sich immer irgendwie beschäftigen. Schon im Studium hatte er festgestellt, dass Klebemasse dafür hervorragend geeignet war. Man konnte sie in alle erdenklichen Formen bringen und nach Gebrauch unkompliziert in ein Stück Papier einwickeln. Pasis Favorit war ein Würfel – ihn gleichmäßig hinzukriegen war schwerer als gedacht. Einen wirklich perfekten Würfel bekam man nur ein paar Mal im Leben hin. Und meist fehlte einem dazu ohnehin die Zeit: Als Tikka Tötterman hereinkommen sah, ließ er die Klebemasse schnell in der Schreibtischschublade verschwinden.

»Pasi Tikka, unser Held! Mein Glückwunsch!«

Tikka lehnte sich bequem im Stuhl zurück und faltete die Hände hinterm Kopf. »Jetzt übertreib mal nicht, Chef.«

Tötterman beugte sich über ihn und nahm Tikkas Gesicht in seine großen Pranken. »Du machst mich sehr stolz und glücklich.« Er kniff Tikka in die Wange. »Wäre ich schwul, ich würde dir einen dicken Schmatzer verpassen.«

»Lieber nicht.«

»Keine Sorge.« Tötterman grinste. »Übrigens habe auch ich was Neues zu vermelden. Schon morgen liegt hier auf deinem Schreibtisch ein Vertrag für eine feste Stelle, und alle würden sich freuen, wenn du deinen klangvollen, ehrenwerten Namen daruntersetzt. Was sagst du dazu?«

Pasi Tikka lächelte froh und erleichtert. »Dazu sage ich danke, Chef! Und ich würde dich gern auf ein Bierchen einladen.«

Tikkas Reportage über den Fall Laura befand sich gerade im Druck. Als die Leiche gefunden worden war, hatten sich die Teile wie in einem Puzzle zusammengefügt. Durch Lauri Ojantaus' Hilfe hatte Tikka Material – das Tagebuch, den Film –, nach dem die Konkurrenz sich nur die Finger lecken konnte. Der doppelseitige Artikel war eine versöhnliche Geschichte: Der wackeren Polizei konnte man wieder vertrauen, der gescholtene Schulpsychologe war in Wirklichkeit ein aufopferungsbereiter Held, und die Jugendlichen brauchten den Schutz ihrer Eltern, damit sie beim Feiern nicht über die Stränge schlugen und endeten wie Laura. Tikka hatte Fotos bekommen, auf denen Laura sich und ihre Freunde beim Feiern fotografiert hatte. Außerdem rief er zu einer aktiveren Sexualerziehung durch die Eltern auf, damit die Kinder ihr Bild von lustvoller Körperlichkeit nicht allein aus fragwürdigen Internetquellen bezogen. Unter dem Artikel gab es ein paar Kurzinterviews: eins mit Sundsberg, eins mit einer anerkannten Jugendpsychologin und eins mit Miia. Dazu kamen noch ein paar O-Töne von Prominenten, das gehörte einfach dazu.

Pasi Tikka betrat mit Tötterman im Schlepptau die Stammkneipe der Redaktion und bestellte zwei große Guinness und zwei Schnäpse. Sie setzten sich in eine Loge.

»Dann mal Prost!« Tikka hob sein Bierglas.

»Prost, Tikka. Ich wusste, dass du der Richtige bist.«

»Wenigstens haben wir die Konkurrenz abgehängt. Wenn die morgen unser Blatt sehen, werden sie sich die Augen reiben.«

»Und warum siehst du dann so bedröppelt aus?«

»Weil das alles eine traurige Angelegenheit ist.«

»Aber dein Artikel ist super! Oder stimmt da etwas nicht? Deine Quellen sind doch hoffentlich alle geprüft?«

»Ja, das sind sie.«

Tötterman bestellte eine zweite Runde und plauderte munter drauflos. Dass Tikka nur halb zuhörte, schien ihn nicht zu stören.

Alles bestens, ja, so war es wohl. Der Artikel jedenfalls klang schlüssig und rund; der Fall Laura war zu seiner tragischen Auflösung gekommen. Und dennoch regte sich bei Tikka das leise Gefühl, dass die Puzzleteile allzu rund waren und nur deshalb so gut ineinanderpassten.

33 Während Miia auf Korhonen wartete, schnappte sie sich die Nagelfeile, die Korhonen zum Öffnen seiner Schreibtischschublade benutzte. Seit sie Korhonen kannte, hatte die Schublade geklemmt, und ebenso lange behauptete er, das sei erst seit wenigen Wochen so. Nachdem Miia sich die Nägel gefeilt hatte, nahm sie die Schublade genauer unter die Lupe. Der Knauf zum Aufziehen hing lose abgeknickt am Holz. Miia riss ihn ganz ab, pulte mit der Feile das Loch von Holzsplittern frei und drückte den Knauf mit viel Kraft zurück in die Öffnung. Sie zog die Schublade beherzt auf, und schon funktionierte sie wieder. Korhonen bewahrte ein paar Kugelschreiber und ein Foto darin auf. Eine Frau mit einem Strauß Rosen lächelte versonnen in die Kamera. Wahrscheinlich Korhonens Annikki an ihrem fünfzigsten Geburtstag. Der Kommissar lobte seine Frau so oft, dass Miia sie insgeheim für eine launische Hexe hielt, die der arme Korhonen sich schönredete. Doch jetzt blinzelte Annikki sie so freundlich an, als wolle sie sagen: Eines Tages, Miia, lebst auch du in einer glücklichen Beziehung. Fast hätte Miia protestiert, aber da trat Korhonen in sein Büro.

»Ich hab nicht so viel Zeit«, sagte Miia.

Korhonen kam schnell zur Sache.

»Also, ich habe gerade mit dem Welpen gesprochen, die Untersuchungen zu Lauras Tod sind offiziell beendet.

Ihr Körper weist keinerlei Spuren von Gewalt auf, und auch sonst gibt es keine Hinweise auf ein Verbrechen. Das Mädchen ist besoffen von den Felsen gefallen und ertrunken. Das Video ist schon ziemlich alt, unsere Techniker haben das Aufnahmedatum überprüft. Meine Theorie, dass die Jungs sie wegen der Aufnahme mundtot machen und aus dem Weg räumen wollten, hat also auch keinen Bestand.«

»Und was ist mit dem, was auf dem Video zu sehen ist? Es sah wie eine Vergewaltigung aus, untersucht ihr das etwa nicht?«

»Selbstverständlich untersuchen wir das. Wir haben alle Jungs zum Verhör geladen. Das Tagebuch von Laura deutet aber darauf hin, dass es ein Spiel gewesen ist. Das Mädchen war ja so mit Hormonen vollgepumpt, die hatte nichts anderes mehr im Kopf.«

Miia wollte weiterfragen, doch Korhonen kam ihr zuvor.

»Natürlich untersuchen wir, wie es zu diesen Hormonwerten kommen konnte. Aber im Tagebuch steht auch, dass Laura freiwillig Tabletten eingenommen hat, insofern liegt hier kein Verbrechen vor.«

Korhonen schaute nachdenklich. Miia kannte diesen Gesichtsausdruck: Der Kommissar wollte noch etwas sagen, wusste aber nicht, wie. Dann lächelte er. »Danke, Miia. Du hast gute Arbeit geleistet.«

»Was ist mit dem Mann, der Laura Geld dafür geben wollte, dass er irgendetwas mit ihr machen kann, während sie bewusstlos ist?«

»Lass gut sein, Mädchen. Wir kümmern uns darum. Dein Leben geht weiter. Mit der Ermittlerei ist endgültig Schluss, du konzentrierst dich jetzt wieder auf deine neue Arbeit an der Schule. Mach auch ruhig wieder eine Internetpause. Und wir beide treffen uns einfach so, ohne beruflichen Grund.«

Damit hatte Korhonen all die bangen Fragen beantwortet, die in Miias Kopf umherschwirrten. Endlich würde ihr Alltag wieder normal werden. Sie spürte, wie ihre Muskeln lockerer wurden, ihre Augenlider leichter. Die Farben um sie herum schienen viel schöner und intensiver. Jetzt konnte sie endlich in Ruhe ihrer Arbeit nachgehen und an das Glücksgefühl des ersten Morgens anknüpfen, das sie ergriff, als sie zum ersten Mal in ihrer neuen Rolle die Schule betrat. Und sie wollte ihre Freunde nicht als Informationsquellen, sondern als Menschen erleben und das Zusammensein mit ihnen genießen. Und ihr Bruder durfte endlich wieder unbehelligt sein eigenes Leben leben.

Eine allerletzte Frage noch. »Was ist mit Lauri, wieso wurde er zusammengeschlagen?«

»Mit Lauras Tod hat das nichts zu tun. Wir gehen davon aus, dass es sich um eine Racheaktion der Bandmitglieder handelte, schließlich hat Lauri das Video ungefragt weitergegeben und damit seinen Freunden ziemlichen Ärger eingebrockt.«

Miia nickte und stand auf. Sie wollte nach draußen. Sie wollte alles vergessen, wollte die Vergangenheit hinter sich lassen. Wie Korhonen.

»Vielleicht wäre es an der Zeit, mit dieser Geschichte auch Venla zu beerdigen«, sagte er leise.

Nachdem Miia das Büro verlassen hatte, warf Korhonen noch einmal einen Blick in den Ordner *Laura Anderson.* Sollte der Welpe den Fall ruhig für beendet erklären – wenn er Korhonens Predigt hörte, würde er heftiger ins Schwitzen kommen als bei dem verpatzten Fernsehinterview. Und hoffentlich würde er endlich lernen, die Fakten und offenen Fragen genauer zu betrachten.

Der Kommissar blätterte in seinen Notizen. Lauri hatte auf seinem Krankenhausbett im Fieberwahn gerufen: »Nein! Nein! Nicht treten, ich hör schon auf damit. Sag Mama, dass ich aufhöre!« Das konnte alles Mögliche bedeuten, wies vielleicht auf ein Kindheitstrauma hin – zum Fall Laura musste es keinen Zusammenhang geben. Der Gedanke, dass Lauris Mutter etwas mit dem gewalttätigen Überfall auf ihren Sohn zu tun hatte, schien Korhonen abwegig.

Er las noch einmal den Bericht der Pathologin.

»... sonst nur bei Eizellenspenderinnen«, murmelte er und gab bei Google »illegale Eizellenspende« ein.

34

Draußen kündigte sich der erste Herbststurm an. Der Wind zerzauste die Linden, und die Luft, die durch die geöffneten Fenster strömte, roch nach Regen. Schnellziehende Wolken warfen unruhige Schatten auf den Schulhof. Heute ging etwas zu Ende. Und etwas Neues begann.

Die Stimmung im Lehrerzimmer war erwartungsgemäß düster. Die Direktorin erklärte den Ablauf: Die Lehrer gingen in die Klassen, informierten über die letzte Wendung im Fall Laura Anderson und boten sich als Ansprechpartner für Nachfragen und Diskussionen an. Bei Miia und Nikke standen die Türen den ganzen Tag offen. Nachmittags fand die Gedenkfeier statt, zu der auch alle Eltern eingeladen waren.

Miia ahnte, dass längst alle Schüler Bescheid wussten und sich die traurige Neuigkeit wie ein Lauffeuer verbreitet hatte. Die Schlagzeilen der heutigen Zeitung waren dann nur noch eine Bestätigung. Auf der neu eingerichteten Gedenkseite bei Facebook fanden sich bereits die ersten Gedichte und Erinnerungen. Vermutlich gäbe es kaum noch Informationsbedarf. Aber vielleicht Bedarf an emotionalem Beistand. Miia würde jedem ihre Schulter anbieten.

Spätestens bei der Gedenkfeier würden die Tränen fließen: Unter den Trauernden saßen die Eltern, die engsten Freunde, die Lehrer, die Nachbarn von Laura.

Alle anderen, die weniger direkt betroffen waren, würden in eine kollektive Trauer verfallen, die weniger der toten Schülerin persönlich als dem gemeinsam durchlebten Drama galt. Wie es bei solchen Veranstaltungen eben so war. Ein großes, schweres Ritual – für einen Tag.

Als die vierte Stunde begann, hatte Miia fünf Zimtschnecken gegessen und sieben weinende Mädchen getröstet. Keine Einzige hatte konkret um Laura getrauert, sie brauchten alle nur ein Ventil für ihre Verwirrung. Vielleicht waren sie auch dankbar, eine Weile dem Unterricht entfliehen zu können. Bislang hatte also keiner der Schüler wirklich einen Schock erlitten.

Irgendwann klopfte Nora aus der Achten. Ihre Augen waren verweint, ihre Wimperntusche verschmiert.

»Ich habe furchtbare Angst. Ich bin garantiert als Nächste dran.«

»Aber Lauras Tod war kein Verbrechen, Nora. Warum hast du solche Angst?«

»Weil ich genauso jung und schön bin wie Laura. Solche sterben eben. Außerdem habe ich super Noten, und mein Gesicht ist ebenmäßig und symmetrisch. Auf der Rassenseite werden genau solche Mädchen gesucht.«

»Was für eine Rassenseite?«

»Ich weiß grad nicht, wie die Internetseite wirklich heißt. Da können sich Paare Eizellen aussuchen und den perfekten Nachwuchs züchten. Aber wer zu schön ist, der überlebt nicht. Den holen sie sich. Wie bei Laura, da hat der Serienmörder auch zugeschlagen. Ich hab Angst, dass ich die Nächste bin.«

Miia seufzte. »Nora, jetzt hol mal tief Luft und denk in Ruhe nach. Es gibt keinen Serienmörder. Laura hatte zu viel getrunken und ist von den Klippen gestürzt. Du kannst dich unbesorgt in Palokaski bewegen.«

Nora schien unzufrieden. »Du glaubst mir nicht. Ihr werdet es noch alle bereuen, wenn man mich irgendwo findet, tot und mit verschandeltem Gesicht.«

Miia lächelte geduldig. »Glaub mir, Nora. Was du dir da ausmalst, wird garantiert nicht eintreten.«

Nora zuckte die Schultern und blickte so stolz und verlassen, als stünde der Tod schon hinter ihr.

»Gut. Du wirst es selbst erleben. Ich hab gehört, dass nachher *Hallelujah* gesungen wird. Für meine Gedenkfeier wünsche ich mir *Let it be*.«

Der Saal war festlich geschmückt, genau wie Miia erwartet hatte. Überall Blumengebinde, an der Wand eine Banderole mit Geburts- und Todesdatum von Laura, darüber ein vergrößertes Foto.

Erst hielt die Direktorin eine Rede, dann ein Schülervertreter. Die AG Kreatives Schreiben las Gedichte vor, und das gemeinsame Lied zum Abschluss, Leonard Cohens *Hallelujah*, wurde vom Schulchor angestimmt.

Die vielen Blumen kamen von Tiina Ojantaus. Wahrscheinlich wollte sie beweisen, dass ihre Familie, obwohl die Söhne noch verhört wurden, unschuldig war. Vielleicht wollte sie auch davon ablenken, dass Lauri und Toni bei der Gedenkfeier fehlten, ebenso wie die restlichen Bandmitglieder. Von Toni hieß es, er würde eine ganze Weile mit der Schule aussetzen.

Miia hatte angenommen, dass noch jemand aus Lauras direktem Umfeld eine Rede halten würde. Ihre Eltern waren vermutlich zu erschüttert, aber gab es wirklich keine Freundin, die ein paar Worte des Abschieds sagen wollte? Miia stellte fest, dass sie bis heute nicht wusste, wer außer Johanna Laura wirklich nahestand.

Sie betrachtete das riesige Foto. Dasselbe wie aus dem ersten Artikel von Pasi Tikka. Laura lächelte sanft, aber selbstbewusst in die Kamera. Sie trug einen adretten Mittelscheitel, der hellblaue Mohairpulli ließ ihre blauen Augen intensiv leuchten. Das perfekte Foto für diesen Anlass: Es deutete nichts an, gab keine Geschichte vor. Es war einfach das Bild eines jungen Mädchens. Man konnte darin lesen, was immer man wollte.

Wie Tikka gesagt hatte, erinnerte das Foto in der Tat stark an Venla. Die aufrechte Haltung, der selbstbewusste Gesichtsausdruck, die hübsche Kleidung, ein dezentes Rot auf den Lippen. Vielleicht war sogar der Farbton gleich. Miias Blick wanderte vom Mund hinunter zum Hals: In der Grube zwischen den Schlüsselbeinen hing an einer Kette ein zarter Anhänger.

Weil das Foto so stark vergrößert war, konnte man die Umrisse des Anhängers nur undeutlich erkennen. Miia wusste trotzdem sofort, um was es sich handelte: Ein kleiner Engel mit tief geneigtem Haupt baumelte an einem Flügel von der Halskette herab. Miia bekam eine

Gänsehaut. Genau so einen Anhänger hatte auch Venla getragen. Es war ihr liebstes Schmuckstück gewesen; *Hauch des Engels* hatte sie es genannt. Man konnte darin einen gefallenen Engel sehen, der trotz allem eine große Unschuld ausstrahlte. Ein Jahr vor ihrem Verschwinden hatte Venla die Kette zu tragen begonnen und sie nicht mal beim Schwimmen oder in der Sauna abgelegt.

Miia wurde heiß. Sie krempelte die Ärmel ihrer Bluse hoch und spürte plötzlich einen prüfenden Blick. Ein paar Reihen vor ihr saß Tiina Ojantaus und sah Miia in die Augen. Auf ihrem Gesicht lag gespielte Anteilnahme. Gerade als die Direktorin das Schlusswort mit dem Wunsch für eine bessere Zukunft sprach, sah sie die Kette um Tiina Ojantaus' Hals.

An der Kette hing der kleine, gefallene Engel.

Teil 3 der Palokaski-Trilogie

J. K. Johansson
Venlas dunkles Geheimnis
Roman
Aus dem Finnischen von
Anke Michler-Janhunen
st 4614. 240 Seiten
(978-3-518-46614-8)
Auch als eBook erhältlich

»Thriller, die man verschlingt.«

Ilona Magazine, Finnland

In einem Wald in der Nähe von Palokaski wird eine Frauenleiche gefunden. Nora? Weil sie eine wichtige Zeugin ist? Oder könnte es sich – in Anbetracht des Zustands der Leiche – vielleicht doch um die junge Venla handeln, die vor 20 Jahren plötzlich verschwunden war. Miia, die als Psychologin an Lauras und Noras Schule arbeitet, beginnt zu ermitteln, handelt es sich doch bei Venla um ihre ältere Schwester. Gibt es einen Zusammenhang zwischen den drei Frauen? Bei ihrer Recherche deckt sie mehr als ein Geheimnis auf.

suhrkamp taschenbuch

Weitere Informationen erhalten Sie unter www.suhrkamp.de
oder in Ihrer Buchhandlung.